人文新视野（第15辑）
2019年第2辑

人文新视野（第15辑）

New Perspectives in
Humanities N° 15

史忠义　栾　栋　主编

知识产权出版社
全国百佳图书出版单位
—北京—

图书在版编目（CIP）数据

人文新视野. 第 15 辑／史忠义，栾栋主编 . —北京：知识产权出版社，2019.11

ISBN 978-7-5130-6594-8

Ⅰ.①人… Ⅱ.①史…②栾… Ⅲ.①文艺理论—西方国家 Ⅳ.①I0

中国版本图书馆 CIP 数据核字（2019）第 244643 号

责任编辑：刘 睿 邓 莹　　　　　责任校对：潘凤越
文字编辑：李 硕　　　　　　　　　责任印制：刘译文

人文新视野（第 15 辑）

史忠义 栾 栋 主编

出版发行：知识产权出版社 有限责任公司	网　址：http://www.ipph.cn
社　址：北京市海淀区气象路 50 号院	邮　编：100081
责编电话：010-82000860 转 8346	责编邮箱：dengying@cnipr.com
发行电话：010-82000860 转 8101/8102	发行传真：010-82000893/82005070/82000270
印　刷：北京建宏印刷有限公司	经　销：各大网上书店、新华书店及相关专业书店
开　本：720mm×960mm　1/16	印　张：16
版　次：2019 年 11 月第 1 版	印　次：2019 年 11 月第 1 次印刷
字　数：250 千字	定　价：68.00 元
ISBN 978-7-5130-6594-8	

出版权专有　侵权必究
如有印装质量问题，本社负责调换。

编委会成员

编委会主任 徐真华　费君清

主　　编 史忠义　栾　栋

顾　　问 钱中文　吴元迈　黄宝生　叶舒宪　郭宏安　罗　芃

　　　　　　米歇尔·梅耶（比利时布鲁塞尔自由大学哲学和修辞学教授、法国《国际哲学和修辞学》杂志主编）

　　　　　　让·贝西埃（法国巴黎新索邦大学比较文学教授、国际比较文学学会荣誉会长）

　　　　　　卡萝尔·塔隆-于贡（法国尼斯大学美学教授、法国大学研究院院士、法国《新美学杂志》前编委会主任）

编　　委（按姓氏汉语拼音顺序排列）

　　　　　　程　巍　程玉梅　董炳月　费君清　高建平　韩　伟　户思社
　　　　　　李永平　刘家思　宋学智　史忠义　谭　佳　王宗杰　魏大海
　　　　　　吴　笛　吴国良　吴晓都　向　征　徐德林　许金龙　徐真华
　　　　　　叶兴国　余卫华　朱文斌

编　　务 向　征(兼)

人文新视野

2019 年第 2 辑

总第 15 辑

New Perspectives in Humanities

V°15

合 办

中国社会科学院比较文学研究中心

Center of Comparative Literature

Chinese Academy of Social Sciences

浙江越秀外国语学院外国语言文化研究院

Foreign Language and Culture Institute

Yuexiu International Studies Institute of Zhejiang

主 编

史忠义　栾　栋

目 录

文学理论

新人文主义宣言 …………………… 史忠义　栾　栋　李贵苍（3）
世界文学，中心，多元中心：创建新的文学
　　模式 ………………………… ［法］让·贝西埃　张　鸿译（14）
日本的"自然"概念再考
　　——基于文化史重建的文艺史
　　研究 ……………………………… ［日］铃木贞美　魏大海译（27）
波德莱尔城市诗歌中的"深层模仿" ……………………… 刘　波（58）
迈向"行吟诗"
　　——评萨拉扎克的现当代戏剧诗学 ………………… 赵英晖（88）
玛格丽特·安德森小说《女性回忆》中的自传诗学研究 …… 冯　琦（109）

文学通化论专栏

通化性比较研究管窥 ……………………………………… 雷晓敏（125）
文学通化思想的天文维度 ………………………………… 冯晓莉（130）
《文学通化论》之辟思 …………………………………… 马利红（135）
"通化"诗学蠡测 ………………………………………… 陈可唯（140）

比较文学研究

消解"时代噪音":华裔美国文学鼻祖水仙花的华人族性
　　书写 ………………………………………………… 李贵苍（147）
李健吾与萨特的"福楼拜"
　　——两种传记批评的学术史研究 ………………… 刘　晖（167）
文学与人类学:近代法国的民间文学研究 ……………… 佘振华（187）
当代法国华人作家作品研究 ……………………………… 别　伟（199）

法文论文

Étude sur la réception de Rimbaud en Chine ………… LI Jianying（215）
Du choix des mots chez Mallarmé …………………… LIU Aiping（234）

文学理论

新人文主义宣言

■史忠义 栾 栋 李贵苍

【摘要】 宣言概述中西方人文主义思想的基本内容或发展阶段及几位作者在人文研究领域的微薄贡献，重在为自己确立努力方向，规划未来十余年的主要研究工作。

【关键词】 人文主义思想　微薄贡献　努力方向及方法

人文主义源远流长

笔者以为，自从人类有了关于人的思想以后，便有了人文主义的萌芽；人文主义思想因而存在于所有文明。中国的人文主义思想可以追溯到夏、商、周三代。伏羲象物取则，创大易，成八卦，于开显中含敬畏。开天辟地之时，开大于收，辟重于合。神农号炎帝，继八卦作《连山》，山出山连，侧重揭蒙除昧。《连山》，朝阳兴象。群山积厚，底气深沉，大势磅礴，如日升腾。华夏人文根祖，巍巍，微微，博大而精深。开远，慎终，得天地之灵气，传万古之福音。然而山不能尽数，物不可恒开，有披露必有掩蔽，苟耗散定须恢复，收敛之德，见于黄帝《归藏》。伏羲从混沌出，阴阳集于一体；炎帝以农耕显，庚寅万象终始；黄帝由母系生，坤乾安之若素。领略黄帝《易》很重要。黄帝《易》，即《归藏》。《归藏》重坤守谦用隐，其中有真意，淹留黄帝真风貌，储存黄帝真行藏。黄帝与蚩尤战，大野逐鹿，不得已而为之。与炎帝盟，为苍生而和之。天下既定，任炎帝向东南、西南扩展，而轩辕则止戈勒马，退守西北，匿于大漠，隐于高原，葬于深山。黄帝精神是什么？是涵养，是厚道，是祥和，是归化，《归藏》本意盖在于此。

夏用《连山》。夏禹部族将《连山》的开显文化发挥到极致。大禹治水、刊山、安澜、列九州、铸九鼎以征天下，使民知神奸。殷商复用《归藏》。敬天礼地，刻骨铭心，金甲文字，文化深藏。最神奇的归藏莫过于甲骨文字，数千年后复见天日，把归藏的意蕴诠释得惟妙惟肖，诚可谓人类瑰宝。从《周易》及其传播来看，文武周孔对《归藏》精神都深有体会。文王重卦，乾坤虽然异位，母仪仍然显耀。武王鼎革，鬼神尸位有别，然而殷商庙享不除。周公摄政布德决不僭越。孔子设席教化述而不作，归藏的厚重品德一脉相承。梁漱溟和当代学者郭沂认为，商周之际，中国社会发生过一场人文主义运动。殷商宗教社会神灵崇拜的风气浓厚，至周代逐渐产生一些理性思想，有了"天命靡常""惟命不于常"乃至"天不可信"等观念，周公提出"皇天无亲，惟德是辅""敬天爱民""民之所欲，天必从之"等思想，这些便是早期的人文主义思想的雏形。到了春秋时期，自然天道观进一步发展，孔子的"仁""智""泛爱众""君子和而不同"等思想，进一步奠定了人文主义思想。

近年来，大量考古成果（内蒙古赤峰的兴隆洼考古，良渚文化时期和红山文化时期的大量考古发现等）充分肯定的玉石时代和玉文化的存在也奠定了一定的人文主义思想。华夏初民之所以崇拜玉石，是因为其代表一定的美德。这与《伊利亚特》所肯定的金子崇拜代表一定的财富思想和发财梦想形成鲜明对比，后者体现了希腊人早期的人文思想。

西方人文主义思想发展有四个倍受学界重视的阶段，使西方人文主义精神在不同时期具有不同的特点。智者学派是西方人文主义思想的起源，将研究重点从自然界和神转移到人本身，代表人物是普罗泰格拉，主张以人和人类社会为探索的主题，特别强调人的价值。提出"人是万物的尺度"，人的感觉是判定一切的准绳，否定神的意志，树立人的尊严和权威。反对迷信，强调自由。在社会道德方面，强调每个人都有自己的判断标准，不应该强求一律。智者学派体现希腊文化人文主义的本质，对雅典民众的思想启蒙和解放起了积极作用。苏格拉底主张"有思想力的人是万物的尺度"，提出"美德即知识"的思想；提出善是人的内在灵魂，教育对美德同样重要，它可以使人认识自己灵魂之内已有的美德；对人性本身的研究，是人类精神觉醒的一个重要表现，使哲学真正成为一门研究"人"的学问。柏拉图关注的焦点也是人类社会，其代表作《理想国》主张根据智慧品德而不是按照出身，将每个人明确分工，各司其职。其影响是鼓励人们独立理性思考，为理性主义的发展奠定基础。亚里士多德关注自然界和人类生活，强调在整个自然界中，人类是最高级的。提出"吾爱吾师，吾尤爱真理"，充分体现人类不断追求真理、了解未知的人文精神。

文艺复兴是西方人文主义思想发展的第二个重要阶段，始于14世纪的意大利，涵括欧洲从中世纪到近代四百多年时间，由野蛮的黑暗时代演进到在各个领域都有新发展的时代，而这些领域的成就均超越了伟大的古代文明。

文艺复兴一词意指重生或复活。中世纪，欧洲的天主教会垄断全部知识教育，用封建神学统治人们的思想，压制科学研究，文化陷入低潮。新兴资产阶级为了发展资本主义和追求生活享受，在意识形态领域展开了反对教会的斗争。知识分子借助古希腊、古罗马的古典文化，从各个方面冲击教会的束缚，建立资产阶级人文主义的世界观。当时看起来好像是"文艺复兴"，其实是资产阶级文化的兴起。15世纪后期扩大到欧洲其他一些国家，16世纪文艺复兴达到高潮。文艺复兴中的思想巨人，以自己的作品抨击封建教会的虚伪和腐化，肯定人的价值和尊严，提倡自由，追求幸福，解放了人们的思想。

16世纪欧洲的宗教改革主张"因信称义"和"先定论"，否定教皇的绝对权威，使人们获得精神上的自由和灵魂得救的自主权，人文主义思想得到进一步弘扬。代表人物是马丁·路德和加尔文，主张"信仰即得救"，认为只要有虔诚的信仰，灵魂便可以获得拯救。每个基督徒都有直接阅读和解释《圣经》的权利，而非盲目听从教皇和教会的说教。

宗教改革运动在欧洲许多地方兴起，实质是一场在宗教改革外衣掩饰下反对封建统治和罗马神权统治的资产阶级政治运动和思想解放运动。

笔者以为，现代社会的兴起是西方人文主义思想发展的第三个重要时期。"17世纪，现代社会在西方兴起，并向全球扩张，把分散的世界史变成了统一的世界史。西方文化能够产生现代社会，是与其崭新的哲学突破分不开的。以英国经验主义、大陆理性主义和德国古典哲学为代表的近代哲学突破，同西方的科技、经验、政治、艺术创新一道，带动了整个世界历史的变化。与这相对照，这一时期其他大文化，如中国、印度、伊斯兰的哲学文化，都只有自身文化史的意义，而没有世界性的意义。可以说，第二个大的世界史的转折，是以西方的哲学突破为标志的。获得突破的西方哲学随着西方文化的全球扩张成为世界的主流哲学，各大文化当面临现代文化潮流的压力和自身的现代化任务，不得不学习、模仿、吸收西方哲学实现传统哲学的现代化。这是一个充满矛盾、冲突、痛苦，包括大悲、大喜、大思的复杂过程。"❶

启蒙运动被视为人文主义的第四个重要时期。启蒙思想家高举理性的旗帜，批判封建宗教迷信和封建专制制度，强调人的尊严，追求自由平等，主张人权神圣不可侵犯，人文主义思想达到新的高度。代表人物伏尔泰提倡"天赋人权"，反对君主专制，倡导君主立宪制；孟德斯鸠反对君主专制，提出"三权分立"学说；卢梭主张"社会契约论"和"人民主权"，认为人类不平等的根源是财产的私有；康德主张主权在民，相信自由和平等是天赋人权，但坚持人要自律。

现代经济活动的人文理念越来越普遍、越浓厚，产品和商品的审美色彩越来越浓。人文理念和审美追求几乎成为经济活动成功的必备条件。没有人文理念和审美追求的商品就缺乏竞争力，经济活动成功的可能性就会大大缩小。现代社会的经济竞争除了产品质量的竞争、企业实力的竞争之外，在很大程度上，还是人文理念和审美追求的竞争。反

---

❶ 张法："后现代与中国的对话：已有的和应有的"，见王岳川主编：《中国后现代话语》，中山大学出版社2004年版，第150页。

之，人文思想也凭借经济活动以推广。经济全球化与大国的全球战略思想是分不开的。笔者以为，自从一个半世纪以前马克思主义创立以来，人类就进入了第三次大的哲学突破或曰理论突破。马克思主义创始人确立的辩证唯物主义和历史唯物主义，马克思分析资本主义的经典杰作《资本论》，毛泽东的实践论思想，以胡塞尔、海德格尔以及体现后现代思维的某些哲学家为代表的西方当代哲学，中国第二代、第三代、第四代领导集体重新肯定的"科学技术是第一生产力"，他们提出的"发展才是硬道理""科学发展观""构建全球和谐社会"等思想，还有转型经济学等，都是这次哲学突破或理论突破的重要组成部分。中国改革开放四十年的伟大实践，中国特色的社会主义思想，习近平同志提出的"人类命运共同体"的思想等，都是新时期成熟的人文思想，都是这次哲学突破或理论突破的重要成果。第三次哲学突破或曰理论突破还在继续，大约会在21世纪大体完成。20世纪90年代以来，新的政治、经济、文化、地理上的全球性互动，为这次突破的继续发展提供了新的契机。笔者同意张法先生的下述意见，即这次哲学突破不会像第二次哲学突破那样，是以西方的哲学突破来代表世界的哲学突破，而更像第一次哲学突破，是全球各大文化之间各自扎根自身传统而又积极面向全球而产生的一种既有文化多样性又有全球整一性的哲学突破。"这次哲学突破与轴心时代的哲学突破不同的是，它不是各自文化间互不相连的分散世界史中的哲学突破，而是在各文化相互影响中的统一世界史中的哲学突破。……人类在新时代的意义，是由这种哲学突破来定义的。"[1] 上述我们提到的第三次哲学突破的组成部分，已经具备这些特点。这次突破也构成人文主义思想发展的最重要的时期。

---

[1] 张法："后现代与中国的对话：已有的和应有的"，见王岳川主编：《中国后现代话语》，中山大学出版社2004年版，第151页。

我们的微薄贡献

在国内外人文学研究的大潮中，我们几位人文学科的学者，如今聚齐在浙江越秀外国语学院的人文队伍中。回首过去，我们也为人文学科的研究做出了绵薄贡献。

栾栋教授早年获法国巴黎索邦第一大学哲学系人文科学国家博士，曾在《中国社会科学》《国外社会科学》《哲学研究》《世界哲学》《文学评论》、Inharmonique、Revue internationale de pholosophie 等国内外著名刊物，发表兼通中外文史哲论文100余篇，出版《美学的钥匙——马克思劳动学说的美学意义》《感性学发微》《文学通化论》等5部专著，译著有《黑格尔与黑格尔主义》《濒危的文学》等5种，并主编出版"人文学丛书"3辑共35册，"外国文学文化论丛"1套（已出版9册）；主编主笔《人文学概论》1部。先后主持国内外课题17项，获省部级奖励10余项。在中国古代文学、法语语言文学、比较文化、哲学美学等领域指导硕士、博士研究生，主讲人文类一级学科建设的主体课程6种、配套建设课程6种。

吴国良教授先后在外语类核心期刊和国际期刊如《当代语言学》《中国翻译》《外国语》《外语与外语教学》《上海翻译》等刊物上发表论文140余篇。出版专著、编著、译著和教材40余部。专著代表作为《现代英语句法与语义》《英语术语翻译与译名规范研究》等。译著代表作为大型工具书《英语准确用词词典》。主编进入人文社科国际检索的国际学术会议的论文集两部，由美国学者出版社出版。主持国家级和省市级科研项目十余项，获省部级奖项4项，国际奖项2项，市级政府奖项7项，浙江大学一等奖1项。

李贵苍教授先后出版《英语写作实践教程》（"十一五"国家级规划教材，清华大学出版社，2013）、《汉诗英译教程》（二十一世纪课程规划教材，北京大学出版社，2013）、The Birth of Twentieth-Century Chinese

Literature：*Revolutions in Language*，*History and Culture*（汉译英，美国帕尔格雷夫-麦克米伦出版社，2017）、《绿色写作：英美浪漫主义文学的生态内涵研究》（中国社会科学出版社，2019）等专著、译著和编著15部，发表论文41篇，目前正在主持的科研项目包括：（1）主编《中国风：留学生汉语系列教材》（6册，清华大学出版社陆续出版）；（2）主编生态文学批评译丛（11册，已由中国社会科学出版社出版6册）；（3）主持浙江古籍出版社中国文化读本外译（11册，马来西亚出版社已出版6册）；（4）组织翻译近千万字的《剑桥非洲史》，基本完成初稿，将由浙江人民出版社出版。

史忠义教授1992年获瑞士洛桑大学文学博士，1996年获巴黎索邦大学文学博士。目前已出版《现代性的辉煌与危机：走向新现代性》（2012）、《问题学初探》（2017）、《中西比较诗学新探》（2008）、《20世纪法国小说诗学》（2000）、《中国现代诗人郭沫若的西方浪漫主义倾向研究》（法文，瑞士伯尔尼 Peter Lang 出版社，1993）、《中西方梦的文学功能的比较研究》（法文，1996年11月里尔法国国家论文制作中心微缩版）、《比较文学和诗学文选》（2008）等7部。重要译著有《诗学史》（上、下册，2001；修订版，2010）、《20世纪的文学批评》（1998；修订版，2009）、《问题与观点：20世纪文学理论综论》（合译，2000；修订版，2010）、《热奈特论文集》（2001）、《言语行为哲学》（2003；修订版，2010）、《热奈特论文选·批评译文选》（修订版，2010）、《文学理论的原理》（2012）、《当代小说或世界的问题性》（2012）、《文学与其修辞学》（2014）、《论问题学：哲学、科学和语言》（2014）、《符号学：符义分析探索集》（2015）、《道德的原理》（2015）、《差异 排斥 历史》（2015）、《修辞学原理》（2016）、《如何思考实在？》（2017）、《论道德和政治的无礼》（2017）、《叩问小说：超越小说理论的若干途径》（2017）、《何谓戏剧？》（合译，2018）等共24部。中外文编著15部（其中《人文新视野》丛书已出版14辑；法国《国际哲学与修辞学》杂志2018年第1期《中国当代哲学研究》

专号)。组织并主持了《尤瑟纳尔文集》7 册的翻译（校对了其中 5 册的译文，2002)。组织并主持了《经济学词典》的翻译（修改并校对了该词典 70% 词条的译文，2011；2012 年码洋列社科文献出版社第一；修订版，2013)。文学译著 3 部，学术译文 10 余篇。发表论文约百篇。近期重要论文有：《世界诗学视野中的〈文心雕龙〉》《后现代之后的当代性观念及其对现代性危机因素的消解》《符号学的得与失——从文本理论谈起》《问题学哲学是辩证唯物主义的最新形态》《简析问题学哲学与梅耶和贝西埃的文艺思想》《略论梅耶双重三位一体的修辞观》"*Pour une expression plurielle des substrats de la culture occidentale et de ceux de la culture chinoise*" "*Introduction aux études philosophiques de la Chine contemporaine*" 等。获国家级奖 2 项，省部级和其他奖励 6 项。与法国著名学者、国际比较文学学会荣誉会长让·贝西埃教授创办并主编《中西新人文》(*Nouvelles Humanités. Chine et Occident*) 杂志。

浙江越秀外国语学院外国语言文化研究院和东北亚研究基地聚集着一批人文主义学者，其他学者也都取得了令人瞩目的成果。在此不一一赘述。

近期的努力方向

笔者之所以撰写这篇《新人文主义宣言》，是为自己确定近期的研究方向，并公之于众，接受学术界的监督和批评。

我们首先要宣传和弘扬的重要思想之一是"人类命运的共同体"观念。人类的各个民族本应该和睦相处，但总有人坚持"冷战"思维，因此这个世界很不太平；有些民族之间长期对立，不懂得和则互利、和能"生财"的道理。"人类命运的共同体"观念是保证世界和平、保证世界各国人民共同发展的根本观念，需要世世代代地坚持下去。

我们需要宣传和弘扬的另一重要思想是中国特色社会主义思想。中国改革开放四十年的实践证明，世界政治、经济、社会、民生四十年的发展史证明，中国特色社会主义是最成功的社会主义思想，值得向所有发展中国家推介，资本主义国家也能从中国特色社会主义思想的实践中获得众多启示。我们无意输出革命，无意把自己的价值观强加于他人，但我们可以客观地介绍中国人民七十年来的奋斗历程和取得的辉煌成就，尤其是近四十年来解放思想、勇于实践、实事求是、不断进取、不断创新、不断丰富社会主义思想和实践的过程，诚心诚意地与其他民族交流和学习，共同前进。

供给侧的结构改革是促进经济活动健康发展、步步升级的长效活动，对世界经济的发展永远有利，需要长久地坚持下去。经济领域与其他领域一样，需要聚精会神地关注其变化和发展，充分发挥市场的主导和调节作用，及早化解来自各方面的风险，不断总结，精益求精，使人类的经济活动持久地良性运转，造福于世界人民。

生态文明的内涵极其丰富，19世纪下半叶以来，人类经过一个半世纪现代性发展的历练，思想认识和物质实践都经历了一场伟大的革命，我们对物质世界和精神世界的认识都已达到前所未有的高度，不断地从必然王国走向自由王国。随着历史的演进，世界各国人民在生态文明的认识方面还会有更大的提高，行动也将更加自觉。

为一切代表先进文化发展方向、代表先进生产力发展方向的社会价值、审美思想、文艺理论、各种知识和学问鼓动与欢呼。

史忠义先生正在翻译比利时哲学家米歇尔·梅耶的代表作《叩问与历史性》。这部580多页的著作上半部分通过回答范畴，思考人类回答思维中的各种规律和原理，下半部分从叩问视角，通过对历史性的分析，实际上阐释了西方文明的重大观念和发展事实。这个思路是宏阔的，但是使用的是作者的一套问题学的术语，这就为著作的理解带来很大的困难。这一切如果用通俗语言表达可能更易于理解，但是这样做又离开了翻译实践。著作给译者的启示是，我们可以用问题学和历史性概念的思路，阐释华夏文明的重大观念和发展路径。这是一个宏大的任务，但从现在起，我们就可以多思考，并尝试在几年后的研究中将其条分缕析，行诸文字。

习近平治国理政理论和实践是发展马列主义、毛泽东思想的新成果，其中蕴含丰富的方法论成果，诸如"人类命运共同体"的命题和"一带一路"的倡议，本身就有道路与方法的宗旨。我们在人文研究方面的基本思路和研究方法，概略地讲，就是贯彻落实习近平治党治国以及祥和天下的思想方略，其中既有对辩证唯物主义和历史唯物主义原理的坚守，也有对中国"新时期社会主义建设"的理论和实践路标的遵循，同时还有在全球化大潮中融汇中西方优秀传统文化以造福人类且行稳致远的学术考量。

在方法论方面，我们还准备以比利时哲学家米歇尔·梅耶的问题学哲学作为贯彻习近平思想方法论的西学支点。该哲学与习近平治国理政思想和实践的务实精神非常契合，而且很适宜向西方世界宣讲中国理念和中国话语。具体而言，我们应重点学习如何思考，对这些问题的研究和分析需要达到怎样的高度，需要怎样层层深入地分析、论述和解决这些问题。这一思路也体现了研究的顺序，可以概括为"以问题为导向"，引导整个搜索整理、学习和研究过程。

鉴于我们的一部分研究针对的是西方世界关于中国新时期社会主义发展的理解偏差，如何走出误区、消除误解和缓和相关的对立观点，需要在一系列重要节点上做化解性的工作。为此我们在践履上述基本导向和路径的前提下，特别开发了"化思"的方法，以疏通中西方不同文化的龃龉。"化思"的要义是"化感通变"以化解中西方文化差异，用"通和致化"和"精致"讲好中国故事，以此把习近平"人类命运共同体"的思想和"一带一路"的美好用意推向世界。

【作者简介】

史忠义（1951~），男，汉族，陕西渭南市临渭区人，浙江越秀外国语学院外国语言文化研究院首席专家，中国社会科学院外国文学研究所研究员，博士生导师。

栾栋（1953~），男，汉族，陕西子长人，浙江越秀外国语学院外国语言文化研究院首席专家，广东外语外贸大学"云山资深教授"，博士生导师。

李贵苍（1958~），男，汉族，陕西澄城人，浙江越秀外国语学院外国语言文化研究院首席专家，南京国际关系学院英语语言学文学博导，浙江师范大学教授、博士生导师。

世界文学，中心，多元中心：创建新的文学模式

■［法］让·贝西埃
■张　鸿　译

【摘要】本文旨在通过新的文学模式——"多元中心"重新理解"世界文学"问题。世界文学中心经历了从单极到多极的变化。虽然目前美国是文学中心，但由于世界存在多元历史，所以世界各地区文学表达力都在蓬勃发展，多元文学中心由此产生。多元文学中心具有交流和建立符号体系的能力，构成媒介或网络。因此笔者批判固守传统文学中心以及将世界文学狭隘地理解为经典文学等历史保守主义。"世界文学"概念应被理解为超越区域界限的广泛文学交流。在各中心的内容之争中，迥异于西方文化的中国文化忠实于自己的传统，运用一种特殊的人类学手法，在文化和文学交流中发挥媒介作用，并通过大量译介和阐释外国文学作品而成为多元文学中心的一元。

【关键词】世界文学　多元中心　多元历史　文学模式

Title：Center, Centers：Construction of New Literary Models

【Abstract】This essay is aimed to reunderstand World Literature through new literary models：multivariate literary centers. Literary center has experienced the change from unipolar type to multipolar type. Even America is the biggest literary center in the world, the capability of literature expression from other continents is blooming rapidly in term of existence of variety of histories, which generate variety of literary centers. Multivariate literary centers have an ability to communicate and to produce the symbology, which creates medias and networks. The historical conservatism, holding traditional literature center and interpreting World Literature as classical literature, should be criticized. World Literature should be comprehended as wide communication of literature beyond the boundary. In competition between different centers, Chinese literature plays a role of media by using special method of anthropology and becomes one of multivariate centers through introducing and translating products of foreign literature.

【Keywords】World Literature, centers, diverse histories, literary models

一、"中心，多元中心"：关于这一对词的评论

当今社会正广泛讨论"世界文学"问题。我们谈论世界文学有三重依据：多种文学史、世界区域的划分以及目前文学的普遍化属性。其中区域划分是指相对于发达国家的发展中国家；而文学的普遍化属性可以中国文学为例：至少在西方社会我们讨论各种文化之间的根本性差异或者协调，比如西方文化和中国文化。关于中国文化的问题，笔者将在本次报告结尾处再作讨论。

为了不使内容过于冗长，本次报告仅提出某些大致思考方向。笔者认为如今某些主流的关于"世界文学"的研究思路尚有争议。我们首先从文学批评这个领域着手，而切入点则是运用一对词：中心，多元中心。第一个"中心"是单数，第二个是复数。我们并不讨论"中心"和"外围"概念。首先，在这个单数和复数的文字游戏中，请大家试着理解这幅关于"多极"的示意图：世界上有不少中心，我们需要判定这

些中心是不是其他中心的外围。其实"多极"的标记方式已经打破了关于外围的假设。我们还可以用另一种方式理解这个单数和复数的游戏。复数的中心：世界上同时并存多个中心。单数的中心：这一系列单个中心从根本上具有不同身份，但它们具有基本相同的经济和文化发展状况。其次，我们应明确：一个中心意味着一个广大的区域，这个区域甚至是全世界范围的。我们似乎应当说现代的普遍主义属于多个地域，而并非仅属于数量有限的几个地区。关于这个游戏我们还有第三种解读。"世界大中心"是以西方历史为基础而定义的。这样的中心正在丧失重要性。只是因为"大中心"能够说明"普遍性"或"普遍化"概念的某一种含义，所以对于当代多元中心，"大中心"曾经具有范式的作用。

我们将从两个方面进行讨论："中心"的多样性以及这种多样性通过"内容之争"而显示的含义。所谓"内容之争"是指一个中心试图将自己的内容强加于另一个中心。人们通过文化商业进行交流，这种"强加"就在交流中实现。如此一来，当今世界不少国际文化商业专家指出文化领域的世界中心就在美国——电影、音乐和极具传奇色彩的科幻作品。

对于这些专家的观点我们有两种理解。

第一种理解：文化领域尤其是指电影和音乐，文学领域则是指极具传奇色彩的科幻巨作。这两个领域的世界中心就是美国。美国的文化产品获得了全世界人们的喜爱。笔者认为此处存在一种标准化的多样性。但矛盾产生了：美国式的文化主流的力量并没有破坏世界各地区文化的表达力，而地区文化表达本身可以成为多元中心。在电影界，印度的宝莱坞与美国的好莱坞势均力敌。在电视界，印度瑞莱斯实业公司（Reliance）或者比利时环球网（TV Globo）与美国电视网平分秋色。在图书出版界，中国是当今世界第三大出版国。中国不仅完全忠实于自己的文化身份而且充分国际化，并在此基础上广泛译介国外作品。

第二种理解：基于以上认识，当我们提出"中心"的单数和复数概念时，我们其实同时说明了两个问题。一方面，世界上其他文化及文学中心加入了内容之争,与美国分庭抗礼——法国执着于此。另一方面,能够加入争斗的这些中心首先使我们明白这个世界确实存在异于西方历史的其他多元历史。此处的"历史"正是历史学家所说的"历史":这场争斗并非仅指内容,还关系到文化表达和文化发展的最广泛的历史属性。

以上解读使我们获得两个本质性的启示。第一,无论是地方化还是地方主义,讨论"多元中心"具有某种易于理解的含义:"多元"听起来是多种社会及其文化的聚合——这些社会及其文化并不相似。第二,多元中心的数量虽然在增加,但它们并没有因此而丧失自己的文化身份。这反映了世界主义在经济和文化层面的一种发展方式。如果我们通过极其简要且本质的方式,并用以下语汇来阐释世界主义,那么世界主义是指"世界文化"。"世界文化"并不是文化的混杂,而是指文化交流的广度和方式。

所有这一切意味着我们需要在文化和文学领域抛弃中心和外围这样的参照体系。拒绝抛弃该体系说明人们头脑中依然存有19世纪欧洲在人类文化史上留下的印象:当时整个欧洲处于极度扩张之中。可以说,16世纪以来欧洲对主流文学的认同大致呈现如下序列:意大利文学、西班牙文学、法国文学,继而是英国文学、德国文学;随着殖民扩张,序列有变,分别是西班牙文学、英国文学和法国文学;第一次世界大战后,美国文学成为主流。有学者曾充分说明:处于优势地位的文学中心的变化过程是一个单方面的历史;由于这段历史,人们没有认识到世界上还存在其他文学中心,这些中心可以不受主流中心霸权的影响。我们可以进一步认识这个问题。今天我们在文学批评中使用的概念是以美国、英国和法国文学批评为参照的。由此又产生了一个矛盾:这些概念以及"世界小说"和"世界文学"的提法说明旧的文学中心见证了多种文学的发展,比如以前的殖民地文学。"世界小说"和"世界文学"这两个词语表明具有普遍化能力是文学中心的成因。普遍化能力应被理解为交流的能力和建立符号体系的能力,这个体系既特殊(为某文化所独有)又可共享。为了建立这样的体系，我们应重新定义"内容之争"。

　　笔者提出"多元中心"、"（历史性的）系列中心"和"外围"等概念并非促使人们观察等级划分，而是要强调文学作品的某些交流方式以及文学影响力的变化方式。目前法国、德国和西班牙出版的翻译作品范围最为广泛。这一点说明上述三国成为全球的出版中心。虽然出版数量庞大，但以上三国并未因此而在文学领域获得并运用支配权。由此必然产生一种相反的观点：这三个出版中心确保了多种文学在国际上获得认可。我们抛弃等级划分观念的第二个理由是：任何一种文学都源自一种语言，可能还是一种外来语言。语言身份可以避免一部文学作品和它所属的文化被归入这一文化之外的中心。同样，我们所讨论的非主流文学有它们自身所属的中心——这种文学源于某种特殊的语言和文化。因此，我们也可以将非主流文学或小众文学理解为重要的文学。这些作品也可以具有全球性的影响力。❶ 以上见解会导致另一些更普遍的观点。我们假设"中心—外围"这对词对于描述某种文学的发展情况非常贴切，即使这种假设成立，我们也不能排除该文学本身特有的发展。其实这对词与"全局"和"局部"，或者说与"主流"和"非主流"密不可分。

　　文化交流专家强调"内容之争"概念的重要性，我们在报告开篇也指出了这一点。"内容之争"的含义就是承认文化和文学中心是多元的。

二、中心，多元中心：内容之争

　　文学作品的输出与输入通过翻译实现。我们在这个过程中理解内容之争。翻译文学作品（源语言是英语）数量最多的10个国家在最近50年完成了65万项翻译。同时期美国和英国分别完成了3万项和1万多

---

❶ 如果不理解这一点我们就无法理解吉尔・德鲁兹（Gilles Deleuze）和菲利克斯・居阿达利（Félix Guattari）在《卡夫卡，关于非主流文学》（*Kafka. Pour une littérature mineure*；Paris：Minuit，1975）中的论题。

项。各国翻译数量并不均等。由此我们发现英语文化圈文学作品的强势地位。我们经常从中得出结论，用以说明其他文化的弱势地位以及世界文化的某种一致化倾向。

我们不能仅以这种不对等为依据来理解内容之争。首先，我们应指出像中国这样正在获得中心地位的新兴国家具有恰当的译介策略。翻译表明人们承认文化的多样性，也说明人们可以在输出内容最多的中心之外运用中心的力量。一个明显的事实与此相关：翻译文化是对所翻译的内容进行阐释的文化。由此我们得到一个显著的对比：世界上存在输出内容的多元中心，也存在对内容进行阐释的多元中心。"输出"型中心的影响力确定了文学生产主流的运作方式，也必定展现某种文化和经济能力。这种影响力并不必然促使其他文学模仿和顺从主流。对此我们可以进行简要评论和说明。输出的内容是一种介绍和论证性的示意图。如果我们审视一下文学界的英语侦探小说、科幻小说以及其他类似的小说，我们会发现这些类型的作品翻译量最大。被翻译的也许就是一种内容，这个内容却是特殊的：翻译的内容意味着进行一种解读，而并非进行图像性和描绘性的指示。侦探小说就是如此：解读案件和法律。科幻小说也不例外：用根本不同的另一种时间序列解读现实。翻译者通过翻译出来的内容对外输出自己对文本的自由解读。中心的力量是一种建立交流的能力。至少在文化领域的交流是完全自由的。因此，我们应当如此理解内容之争的特征，那就是令输出原文本的中心失去绝对地位。

中心必然是相对的，我们从"二战"后文学历史的简单材料中就能发现这一点。例如，1945年后西方文学广泛强调并输出存在主义主题作品。我们可以从历史的角度解释人们为何选择这一主题。很明显，这种选择具有实用性目的。大量运用存在主义主题使文学作品的交流空前广泛。当时的作品尤其运用了存在主义的消极意义：消极意义像一个有待阐释的空壳；最终这个空壳激发了读者和非西方文化的创造力。最强大的中心能够建立起一个聚合体，这个聚合体促使人们进行广泛的阐释性解读。有一点非常明确：翻译性文化通过自身的阐释力发挥了至关重要的作用。

因为阐释力不断变化为创造力,所以各中心之间的界限模糊不清。我们可以说明多元文学中心的特征以及这种模糊性。

"世界文学"和"世界小说"对于英语文学而言是特殊的文学成就。详细的文化资料能够说明这一点。秉持"世界文学"和"世界小说"观念的学者坚信全世界各种文学可以聚合在一起。以上两个观念的特性能够促使人们缩小各种文化之间的距离。不少学者认为这两个观念是独特的,并具有中心地位。对于西方世界来说,"世界文学"和"世界小说"具有中心的性质,因为它们反映的是文化和经济层面的世界主义。各种文化之间互相了解的前提是交流而不是混杂。因此孟买和加勒比地区就成了新的文学中心。

在西方文化的聚合中各种文学经历了双重转变。一重是人类学和人种学性质的,另一重是意识形态和符号象征性质的。关于人类学和人种学性质的转变,美国人类学家阿尔君·阿帕杜莱(Arjun Appadurai)曾指出,作为科学的人类学赋予其所研究的每一种文化突出的人类学特征,并由此发展学科自身;[1] 通过研究这一特征,人们就会在该学科中建立起聚合体;因此,人类学研究重新提出了一种文化形象学——由西方中心构建的文化形象学。以上所说的世界性文学获得了非常显著的人类学特征,而获取这些特征是为了自身文化的发展。为了将自己的文化变成聚合体,这些世界性的文学应促使其他文化对其进行广泛解读。例如萨尔曼·鲁西迪(Salman Rushdie)作品中的印度就是如此构建的。意识形态和符号象征性质的转变,即"世界文学"和"世界小说"四处扩张,确认自身的普遍价值,其所用方式与西方文学的普遍扩张如出一辙。"世界文学"和"世界小说"选择了"普遍的现代性",也就是说它们将追求解放和交流的西方形象调换了先后次序。由此它们自认为同时具有对抗精神和广泛的可阐释性,并掌握了交流的策略。

---

[1] Arjun Appadurai, "Theory in Anthropology: Center and Periphery", *Comparative Studies in Society and History*, XXVIII, 2 (Apr. 1986), pp. 356-361.

因此，内容之争不是势均力敌的争斗，并不意味着回避这样的内容，而是体现了重建的趋势，在特殊的文化基础上重建作品交流的聚合体。如此一来，文学作品被放在文学传统的中心进行解读，这样的作品才有流通资格。在流通中，文学作品并不会与西方传统构成的中心聚合体相混杂。很显然，新的文学中心迫使传统中心的文学进行自我反省。

三、中心，多元中心：多元历史性

内容之争有历史背景。我们假定世界上存在各种不同的历史性。我们承认多种历史正在整个人类大世界历史中行进，现代人类理解历史的多样性。我们应当区分多元历史与普遍的现代性。尤其是中国和金砖国家的历史。

历史多样性以及多元中心的问题如今多少有些不为所知，或者说人们从两个角度否认这些问题。从第一个角度说，人们试图以文学中心的持久性为基础，理解当前的世界化进程，例如巴黎这个悠久的文学中心，关于此请参看帕斯卡·卡萨诺瓦（Pascal Casanova）的作品《文学的世界共和国》(*La Rébublique mondiale des lettres*)。从第二个角度出发，人们将经典文学理解为某种形式的"世界文学"，请参看大卫·达姆罗什（David Damrosch）的《何为世界文学》(*What is World Literature?*)。其实这种观点就是拒绝思考历史的多样性。有一种论点可以说明第一个角度，那就是肯定最古老的文学中心依然最具影响力，因为这些文学中心拥有最多的文学的象征性资本。皮埃尔·布尔迪厄（Pierre Bourdieu）的观点契合于某种历史的保守主义。第二个角度基于读者认定的权威，这些读者对于任何文学都践行实际上已解除的契约。这种普遍性观念与多元历史的理念格格不入。

历史的多样性使我们又回到内容之争，促使我们讨论更特殊的问题。我们将巴黎和伦敦作为博物馆式的中心来讨论。它们是历史上的文学中心，属于文学遗产，具有世界性，绝不会反对历史多样性的主张，也不会抗衡历史多样性导致的压力。笔者援引印度人类学家巴尔达·查特吉（Partha Chatterjee）一段激动人心的结论，其出自《我在文学的世界共和国中的位置》："我明白我的工作将一直处在中心研究的边缘地带，中心就是世界的大都会。我的工作将针对某些研究材料，这些材料我略知一二，却永远不可能完全领会。我同时处于这个体系的内部和外部，但既不是完全在内部又不是完全在外部。这种处境导致了永久的协商关系。目前我是文学的世界共和国的公民，我却怀疑自己表决权的有效性。"[1]这段引用告诉我们：即使不能摆脱传统中心的影响，某种文化或文学归属于传统中心之外的另一种历史，这一事实始终不变。这另一种历史不会导致对传统中心的否定和无知，而是导致协商关系。应该明白：我们正在以一种特殊的空间性和时间性来运用从传统中心收获的东西。这至少构成了与传统中心的协商。关于此，我们可以举不少例子，比如阿根廷作家李嘉图·皮利亚（Ricardo Piglia）。他在文章《最后的读者》（*El ultimo lector*）中说："根据大文学中心的传统，任何作家在写作时都像一位最后的读者。"在小说《不在场的城市》（*La ciudad ausente*）中，他将布宜诺斯艾利斯描写成一个二流的文化中心，一个其他文化的典型创作地，象征了若干中心的中心，汇集了多元历史性。如此一来，最后的作家不复存在，只存在将不在场的城市变成中心的人，因为他写作的依据是各种历史之间的分离。这部小说本身是一则意义明确的寓言，说的是作家如何建立新的中心——通过构建写作内容描写各种不同的领土权，表达超越标准的事物，这个标准是按照中心区域制定的。皮利亚的写作是对传统中心持久影响力的回应。

四、中心，多元中心：分享观念，分享丰富性

以上例证使我们得出新文学中心的另一个特征。在全球化时代，像

---

[1] Partha Chatterjee, "Ma place dans la république mondiale des lettres", *L'Homme*, 156/2000, pp. 39–46. Cit., pp. 45–46.

美国这样典型的传统文学中心，首先是各种文学老生常谈的创立者——我们是说修辞学意义上的老生常谈，然后才是符号体系或意识形态的倡导者。由此导致了一个显著的问题：世界上产生了新的文学中心以及异于西方历史的历史性中心，它们如何进入业已建立的中心所占据的领域？我们再强调一下，旧的中心并不必然与区域文化相对立，而且必然能够起到区域文化之间的协调作用。换言之，各文学中心掌握了超越地区界限的方法，大家认为它们推出的文学作品和秉持的主张以推广和普及为宗旨，所以它们才成为中心。

我们在本次报告开篇提出了文化的交流而非混杂。关于此，我们从文学上的老生常谈角度予以详细说明。我们在上文中曾说到过，这样的例子很容易找到。我们此处的讨论仅限于以下例证所构成的语境：一个中国人和一个法国人对彼此的文学和电影艺术知之甚少，但他们对于美国文学和电影的某些元素具有少量认识。这就是他们可以分享的材料，也是他们谈话的起点。从这个意义上说，传统的、主流的文化中心其实是超越地区界限的媒介中心。

如今超越地区界限的媒介得到了广泛的更新，而且提出了非常有意义的关于阐释的问题。

人们为超越界限而建立一个特殊区域。现在新的文学中心的建立广泛体现了这种做法，或者说"世界文学"和"世界小说"这些概念也是一种体现。超越界限的区域既有媒介的作用，也构成了一种网络。媒介性质的区域要求人们运用非常多样化的符号系统。网络性质的区域与背景的重新分析相融合。此处的分析是指再次考察某地方文化活动的背景，尤其是我们这里讨论的文学生产活动。当然地点并不重要。

今天媒介区域必然是一种"后西方"的区域。该区域融合局部地区的能力不限于西方国家以及发达国家，这一点意味深长。目前我们只讨论其中的人类学意义，而且我们只能使用图解的方式。西方的文学中心曾运用并继续运用特殊的人类学表现手法，就是说在写作人类主题时将人作为个体。这种人类学手法适合于这些国家政治组织的形态以及个体主义的表达。这种手法并非勾勒人类的生态学,也不是为了展示西方国家自身的矛盾。这就是为什么灾变论的符号象征与这种人类学手法紧密相连。相反,在西方文化之外,文学所运用的人类学表达手法将人置于超个体的层面。非西方的文学所表现的人是完全具有普遍性的人。我们应当明白任何文化都可以成为中心,它所孕育的文学也可以成为中心,而且其他文化和文学完全可以解读这些作品。这些原创的人类学表现手法源自东方,是发展中国家和后殖民时代国家的创造。上文所论媒介区域本身与当代文学区域的彻底更新密不可分。我们认为应从以上角度对当代小说进行国际性解读。[1]迥异于西方文学和文化的中国文学和文化传统提出了一种特殊的人类学手法,在我们所论的媒介区域内可以发挥重要的作用。

我们上文指出的网络性区域与媒介性区域相关联。网络性区域可以定义为一系列文脉。已有的主流中心需要非主流中心作为支撑。各非主流中心之间相互联系。或者说次要的中心之间并不是互相分离的。那些实际上次要的,或者看似次要的中心并不乏普遍性视野。这一点从国家范围以及超越民族国家的范围内都可以得到证明。各非主流中心之间也有等级划分。某个网络性区域是非主流中心的网络区域,或者也是某几个地理区域的网络区域,但这些地理性区域并不等同于这个网络性区域。在文学领域,这一点尤其显著。比如诗歌和诗歌艺术节,它们的国际性发展引人注目,虽然其发展并没有主流文学中心的参与,其创作方式也不符合象征化的普遍模式。作家们的多样化表达与展现手法也证明了上述观点。还有互联网构成的解读网络也是如此。换言之,从今以后关于中心性的博弈并不必然取决于规模以及某种规模产生的影响力,而是取决于各地区之间的联系。这些地区构成了一种大环境模式。传统文学中心能够超越区域界限,而我们现在处于这种形势的另一面。如果我们承认某局部区域具有国际性作用,这就意味着我们主张协商,实际上就是主张重新考查各区域的背景。

---

[1] Jean Bessière, *Le Roman contemporain ou la problématicité du monde*, Paris: PUF, 2010.

五、中心，多元中心：中心的多样性

通过讨论"中心"一词的单数和复数概念，我们简要回顾了文化和文学交流的平衡关系，并且评论了"内容之争"这一文化现象。人们赋予文化符号系统和文学以阐释权，由此笔者建议我们应该在整个世界范围全面颠覆这种权力，并广泛重构普遍性的表达手法。

虽然笔者并非中国文化和文学专家，但笔者想通过目前西方的某些争论来说明上述观点，并定位中国文化和文学。西方的争论与人们探讨文化内容的方式有关，而文化从属于上文所论的历史的多样性。

中国文化从根本上不同于西方文化［参看弗朗索瓦·朱利安（François Jullien）的相关论文］，西方国家（美国和法国）对此展开了讨论。讨论还涉及中国文化的密集性，并从西方和中国对等的方面解读中国文学［参看美国学者苏熙源（Haunn Saussy）的相关论文］。由此西方国家正在探索中国文化相对于其他文化的协调能力以及中国文化采用非西方的语汇对普遍性的表达方式［参看程艾兰（Anne Cheng）的相关论文，法兰西公学院］。笔者无法说明以上讨论的细节，但是我们明白，有学者（弗朗索瓦·朱利安）想在一个趋同的世界中维护中国文化的特质，还有学者（苏熙源）在西方和中国文化的应和中看到了解决争论的方案。笔者认为程艾兰对于其中的得失把握得更清楚：问题并不是差异或者互相协调，而是如何描绘文学领域那些象征性的老生常谈，而且如何表达普遍性正与此相呼应。

我们发现以上讨论可以联系到"世界文学"、文学和文化媒介问题，以及属于其他历史的文化的阐释力问题。笔者运用了"中心"一词的单复数概念，将多元中心的博弈置于世界文学的研究背景内。笔者想表明这样的观点：当今文学中心的特性就是媒介和阐释中心的性质。这一点不仅体现于"世界文学"概念，也体现于当代世界关于文化状况的讨论：比如中国文化自身的状况以及其他文化所认为的中国文化所处的状况。新的文学中心从拉丁美洲直到中国呈现为圆弧形。而新的文学中心阐释力如何，其对普遍性的表达如何，这将是一个巨大的研究领域。

最后，在内容之争以及多元文学中心重组的过程中，我们应当回到文学和翻译中心的阐释力问题上来。笔者认为，很显然，文学尤其是人们认为的非中心的文学在"世界小说"和"世界文学"概念之下都自认为是具有普遍性的文学。处在外围的文学认为自己如同文化身份明确的文学一样，能够清楚地表达事物并阐释其他文化的世界，也能够阐释西方世界。

在上文中我们说应当抛弃或者淡化"中心—外围"这对词。我们还应指出文学和对文学的解读是特殊的活动，它与广大读者紧密相连：书籍是流通的，书籍意味着阅读，意味着一种特殊的运用。"中心—外围"这对词所体现的观念使文学以及文学实践的形象僵化。而持有这种观念的人不懂得一点：读者并不等同于"经济人"。"经济人"概念导致了"中心—外围"概念。我们应重新说明这对词，将其理解为现代性背景的一种参照。现代性的形成伴随着"经济人"一词的盛行：政治和经济全球性等同于"中心"，并侵入全世界人们的日常生活。文学因此表现为一种讨论以及纠正这种"入侵"现象的人类活动。与其说"外围"和"区域"具有中心和全球特征，不如说它们正在通过文学不断探讨"内""外"以及归属问题。

【作者简介】

让·贝西埃，法国巴黎新索邦大学比较文学教授，曾任国际比较文学学会会长，在欧美多所大学任教，近期主要著作有《文学及其修辞学》（PUF，1999）、《文学有何地位》（PUF，2001）、《文学理论的原则》（PUF，2005）和《当代小说或世界的问题性》（PUF，2010）。

【译者简介】

张鸿，西安外国语大学西方语言文化学院法语副教授，专业为比较文学与世界文学，研究方向为中西比较诗学与法国现代文论。

日本的"自然"概念再考
——基于文化史重建的文艺史研究

■ [日] 铃木贞美
■ 魏大海 译

一、为何提出"自然"概念的问题

人类自古以来观天地自然之千变万化，恍若永远存续，天经地义为人类提供资源。然而今日，人类开始面对地球环境问题，原子核分裂带来的能源利用和生物技术导致的新物种开发等，人为地破坏了"自然的恒久性"。世界各国达成"可持续发展"的协议，但全世界不可再生能源（石油、煤炭、天然气、铀、水力、地热等）1980~2014年的消费量，初步估算是倍增的。在这几十年里，整体上讲，发展中国家的能源消费量增长是显著的，中国增长了4.5倍，印度增长了约4倍。世界各国开始将目光投向阳光、风力等可再生能源，但能源资源的根本性转换仍遥遥无期。更加令人不安的是有些国家竟破天荒地公然鼓吹国家利益优先，那么整个人类有可能继续走在"持续愚蠢"的道路上。

第二次世界大战后，日本科学史基本秉持超越欧美的西欧化等于近代化的立场。例如，作为日本科学史开拓者的三枝博音著有《日本的思想文化》（第一书房1939年版、改订版刊于1942年，中公书房1967年版），另有吉田光邦著有《日本科学史》（朝仓书店1955年版，讲谈社学术文库1987年版）。后者探究的是日本科学性思考落后的原因。总之日本相关学者具有的倾向是科学思维滞后，鼓吹的是情绪性的自然观和讲究纤细技巧与装饰性的匠人技艺。此外，杉本勋编《体系日本史丛书

19科学史》之"序章"（山川出版社1967年版），将中国思想的根本归结为"阴阳思想、儒佛天人合一、物心一如观"，认为那构成了近代科学发达的"阻止条件"。亦有观点认为，此与东洋式的"天人相关"说或"天人合一"论是关联性的概念。

然而到了1970年前后，日本在直面地球环境问题时出现了危机，成为水俣病之类"公害先进国"。于是急速转向东西文化的相对性比较方面。例如，在渡边正雄《日本人与近代科学——追随西洋的应对与课题》（岩波新书，1976）的"Ⅵ 近代科学与日本人的自然观"一节，他设定了接待性超越神创造的宇宙秩序，将物理化学现象想定为封闭的系统，寻找贯穿其中的规律性——这是一种机械论（mechanism）。据此竟促进了近代科学的发展。这被称作西洋自然观的"二律背反"。相对而言，日本的自然观是调和型的自然观，仿佛象征宇宙的插花。论者指明的方向是文化的总体性比较。

对此，加利福尼亚历史学家林·怀特在其书《机械与神——生态学危机的历史根源》（1972）中警告，根源于犹太教和基督教的自然观将人类看作"万物统治者"（lord of things），妄想的是征服自然。的确，西洋的自然征服观根子在以人为"万物统治者"的宗教。这种观念最早出现在犹太教的经典中，日后重组为《旧约圣经》出现于基督教，在《新约圣经》中也有明确的显现。然而我们必须梳理清楚那种关系，前述宗教产生了机械文明，继而加速了自然的破坏，此时工业革命的进展已不可或缺。

在多神教崇拜的古代美索不达米亚的《吉尔加梅拉神话》中，就有森林采伐引发大洪水的故事。《旧约圣经》中的"诺亚洪水"，想必正是取材于此。中国古代亦与森林破坏并非无缘。在《孟子·告子章句上》中，便举例春秋战国时代的大国齐都临淄（今为山东省淄博市临淄区）附近的牛山，以谏人间不可失本来仁义。

孟子曰：牛山之木，尝美矣。以其郊于大国也。斧斤伐之、以为美乎。是其日夜之所息、雨露之所润、非无萌蘖之生焉、牛羊又从而牧之、是以若彼濯濯也。人见其濯濯也、以为未尝有材焉、此岂山之性也哉。虽存乎人者、岂无仁义之心哉？其所以放其良心者、亦犹斧斤之于木也。旦旦而伐之、可以为美乎。

据称，中国南宋时代江南产业发达，大规模破坏森林，有赖于从日本输入木材。

又称古代日本建设都城，也会令某处的山林荒废。江户中后期，诸藩皆颁布了"富国政策"，伴随着新田开发和矿山开发，洪水频发、水质污染，全国各地都发生了灾害，还频频发生农民暴动。因此对于公害问题的关心日趋高涨。20世纪90年代初，经济学家安藤精一推出力著《近世公害史研究》（吉川弘文馆1992年版）。原因相对集中呈散发状，且获得了相对温和的解决。日本的幕藩二重权力体制是独一无二的。运营税制是以大米计算的石高制。❶ 农业不可或缺，工人阶层尚不存在，因为开发只是农闲期的工作。总之日本的"公害"，比之西洋近代科学技术传入之前发生了变化。

渡边正雄认为西洋的自然科学具有"二律背反"的特征。这种认识或许是受到李约瑟东西比较之研究成果的启发。李约瑟是《中国的科学与文明》（1945）等著书的作者。李约瑟认为希腊古典时代的种种思想，"也不过……或为德莫克里特的机械论或为柏拉图的神学唯心论"，他认为那是"欧洲特有的分裂症或分裂人格"。❷ 论及之后的时代，替换说法是"神学的观念论"对"原子论的唯物论"或"神学的生气论式观念论"对"机械论的唯物论"。

然而李约瑟认为西欧科学乃东西科学之综合，他提出一个示意图——那般动向源自戈特弗里德·威廉·莱布尼茨。西欧摄取了中国的

---

❶ 日本战国时期，不按面积而按法定标准收获量来表示（或逆算）封地或份地面积的制度。见《日本古代史》。
❷ 李约瑟：《中国科学与文明2》思想史（上），东畑精一、薮内清主编，思索社1974年版，第344页。同《中国科学与文明3》思想史（下），第549~550页。

造纸、印刷术、指南针和火药，毋庸置疑，莱布尼茨借助耶稣会传教士处获得的书籍，得到朱子学的启示，从而发明了二进位法等。然而之后的西欧科学是否沿着东洋智慧的方向发展，却是一个很大的疑问。

时至今日，如下等式受到大大的质疑——科学等于技术的发展或国家等于社会关系。村上阳一郎的《日本近代科学的脚步》（三省堂1968年版），质疑了如下常识：日本人的自然观具有温和且调和于自然的特征，或明治以来的科学-技术框架在于偏向技术的倾向。❶ 进而在新著《作为文化的科学／技术》（岩波书店2001年版）中，就西欧19世纪自然哲学转向自然科学的问题以及社会与科学等于技术的相关问题展开了研究。此外，2018年后，山本义隆出版了《近代日本150年——科学技术总力战体制的破绽》（岩波新书）。对明治维新政府科学技术立国的企图延续发展至今，提出尖锐的抨击。这样的书籍出自理科学者。书中涉及了科学等于技术的发展，涉及国家战略的分析以及综合二者的复杂思考。

现在，这种跨文理科的日本人的自然观受到关注，本文拟以构成其核心的"自然"概念为中心，从根本上质疑以往的方法。首先回顾以往日本语论和日本思想史中特征化的"日本人的自然观"，然后以20世纪70年代为转角，探究日本科学史中的"自然观"。

二、"前近代日本没有对象化的'自然'概念"是一大误解

大野晋曾是大和语言研究方面的领衔人物，在其论著《日本语的年轮》（新潮文库1966年版）中，有如下论说："英语中'nature'一语，日语中对应者唯有'自然'"；"日语原本称作大和语言，大和语言中找不到'自然'这个词语。那么为何大和语言中找不到'自然'呢？

---

❶ 据推测，乃托马斯·库恩《科学革命的构造》（*The Structure of Scientific evolutions*, 1962, reed. 1970）倡导的"范式转换"论之影响。相当暧昧的用法，反而触发了形形色色的"范式转换"论。在美国，似被借鉴到研究科学与社会关系的科学社会学领域。

想必是因为古代的日本人认为,'自然'与人类是对立的,所以不是对象。对立于自己的物体便未曾确立于意识之中,'自然'这一名词没有出现当属自然。"❶

另有柳父章的《翻译的思想——自然与 NATURE》(平凡社 1977 年版;筑摩学艺文库 1995 年版。以下简称《翻译的思想》)是划时代的、具有开拓性的论著,说到译词含义(概念)秘藏宝石一般的魔力(宝石箱效果)。据此观点提出明辨译词概念的课题。传统"自然"与"nature"之译词的"自然"具有差异性,但难以辨明的差异引发了种种问题。论著第一章是"围绕两个'自然'的争论",提到岩本善治的《文学与自然》(1889),这里的"自然",是传统语义上的"自然而然"之义;又提到森鸥外的"读《文学与自然》(同前)",在诉诸批判时,说到相对于精神界之自然界意义上的"自然",因而推测说此乃译词"自然"运用之嚆矢。论著论述到争论的错位。就是说,其考察兼顾了"自然"一语的新旧用法。

继而在讨论日本人自然观甚嚣尘上的时期,活跃的日本思想史家源了园是第一人。其寄稿于《新岩波讲座哲学 5 自然与波斯菊》(1985)的《日本人的自然观》,乃是简短随笔形式的古今通史,至今仍是诸多外国青年的索引。他开篇这样写道:"我们面对的问题,首先'自然'一语乃是具有双重含义的一个译词。等义于中国'自然'的词语,在古代大和语言中并不存在。16、17 世纪接触天主教,18、19 世纪接触兰学或洋学,同样没有出现西欧的 natura 或等义于 nature 的用语。这种状况下,辨明译词自然概念的确立过程乃第一课题。其次'自然'概念复杂多歧,古代希腊以来的西欧人和古代中国的思想家们,曾自觉地将之作为哲学性问题列为思想的对象。但是过去的日本人没有这般思想业绩。近代以来,出现了许多关于日本人自然观的研究,但仍旧没有找到一个贴切的方法,全面廓清那种复杂而多歧的自然观。"源了园又在"一 古代日本人的自然观"一节中参照大野晋的《日本语的年轮》,

---

❶ 大野晋:《日本语的年轮》,新潮文库 1966 年版,第 11~12 页。

做了如下描述,"在古代的大和语言中,涉及山、川、草、木等自然物的语汇是丰富的,但没有相当于'自然'的语汇。"❶

在此,在"我们面对的第一问题"中,所谓"双重意义上的译词",意味着我们(日本人)使用的"自然"一词既是汉语又是欧洲语言"nature"的译词。此外,所谓确立过程尚不明了、涉及歧义太多的问题,也参照了领衔日本思想史研究的相良亨的如下论作——《围绕'自然'一词的一点想法》(1979,后加了副标题——"'自然':形而上学与伦理学")。相良亨开篇说道,藉诸辞书得以确认,如今的"自然"用法直至19世纪90年代仍未确立。例如,在《言海》(1891)中,"自然"解释为"自然而然、天然";在《日本大辞林》(1892)中也是"自然而然、自然自动"。

概念只有为知识阶层广泛接受后,才得以确立。若有著名学者群体推动,便会促成概念的形成或确立。"自然"一语在那个时期,显然未在对象"自然"的意义上获得确立,值得注意的只是《言海》中的定义,在"自然"的意义上将之译成"天然"。传统意义上讲,"天然"是作为"天地自然"的缩略语流通。此时显然是在"自然"一语的意义上开始流通。就是说,具有"天地自然"含义的"天然"是在对象"自然"的意义上使用的,这里可以想定概念的确立过程。

大野晋说大和语言中,没有发现我们称为对象"自然"的语汇,他说"古代日本人认为'自然'与人是对立的,所以未能作为对象来把握",因此"理所当然,大和语言中始终没有这个对应词"。古代日本人以大和语言作为标记手段,借用汉字的意蕴和字音乃为常识。借用字音者被称作"万叶假名"。书写大和语言者知道汉字的意思和字音。那么即便大和语言中至今没有对应于"自然"的语汇,只要汉语里有,古代日本的知识分子就会有意识地将之作为对象的"自然"。所以,古代日本并非没有"自然"的概念。

传统意义上汉语的"自然",在撤除人为的意义上唯有"自然而

---

❶ 《新岩波讲座哲学5 自然与波斯菊》,岩波书店1985年版,第350页。

然"之语义。然而有"天地自然"的复合语及其缩略语"天然"。实际上，在幕末的《英和对译袖珍辞书》（堀达之助编，1862）中，就将"nature"译作"天地自然"。

"天然"一语，在《日本书纪》《古事记》《万叶集》中难觅踪影。然而平安时代初，在嵯峨天皇下令编纂的最初的敕选诗集《凌云集》（814）中，大伴亲王（后为淳和天皇）的诗作《奉和江亭晚兴呈左神荣清廉藤将军》（呈藤原冬嗣）登场。原诗如下：

水流长制天然带，山势多奇造化形。

此乃"天然"，言及对象"自然"总体之功能。那么至少在平安初期，对象"自然"的概念业已登场。

源了园研究了《日本书纪》《古事记》开篇名号，以产灵神的出现为证据，解说了始自日本原始时代的、生成式的自然观。源了园在"日本人的自然观"中断定，汉语的"自然"源自《老子》。[1] 想必他留意的是《老子道德经》第二十五章中的如下一节。

人法地，地法天，天法道，道法自然。

这里的"自然"，当然是"自然而然"之意。第六十四章也在说圣人——"以辅万物之自然、而不敢为"云云。"道"乃万物生成之根源，万物应"道"，人的生命最佳境界是"无为""无欲"。第六章如所周知——"谷神不死。是谓玄牝。玄牝之门，是谓天地根。绵绵若存，用之不勤。""玄牝"被当作万物无穷生产生成之根源，正可谓生成的自然观。

又如，中国公元前2世纪汉武帝年间，依淮南王刘安之命，其门客以道家为中心归纳了诸流学说编《淮南子》，在其《原道训》中有"天

---

[1] 《新岩波讲座哲学5 自然与波斯菊》，岩波书店1985年版，第359页。

地之自然""天地之性"之类说法。这里也是天地自然或天地本性之意。《淮南子》述及世界的起始，如《俶真训》"天地未剖，阴阳未判，四时未分，万物未生，汪然平静，寂然清澄，莫见其形。"这里的"汪然"，一般形容水深水广的状态。《日本书纪》"卷第一　神代上"的开篇亦有类似说法"古に天地未だ剖れず、陰陽分れざりしとき"（古天地未剖，阴阳未分）等。《淮南子》影响说乃为定论。此外，《万叶集》中也有不少语句因袭了《文选》或《淮南子》。

如果说生成式的自然观是古代日本人自然观的一个特征，显然不仅因循了道家思想。《周易》（易经）"系辞传下"有"天地之大德曰生"之说，也有"天地绷缊，万物化醇"。而大野晋和源了园皆将这样的"天地"从古代日本人的"自然"概念里排除了。

下面从上代文献中，找寻自然而然意义上的"自然"一语。《日本书纪》有八例，《古事记》"崇神天皇"条一例，《万叶集》一例"卷一三　杂歌"反歌三二三五。

山辺乃五十师[1]乃御井者　自然成锦乎　张流山可母

原文的"自然"，按现行的读法也读"おのずから"。《五十师乃御井者》的"者"乃示明对象的助字，"自然成锦乎"的"乎"则是疑问词或咏叹的助字，皆为中国语的用法。万叶假名有"乃""流""可""母"。

有观点称，《万叶集》中的万叶假名与编纂的时代有关，越早便越多。贺茂真渊的《万叶考》有卷一、卷二、卷一一、卷一二，无名诗人结集的长歌群有卷一三及卷一四（东歌）的歌群。加了注释，据推测，这里显示的是相当早期的和歌原型。

这首歌将山中的黄红色彩写作"自然成锦"，初次接触，便会心生

---

[1] 涉及《五十师乃御井》、契冲鼓吹筑紫说，与贺茂真渊、本居宣长意见抵牾。《五十师》也读作"いそし"，曾针对邪马台国论争发表见解。与本论无关，从略。

感动。收录于此,以便子孙后代吟咏。由此可以推测,在很久以前的古代,和文体的"自然"训述中便已包含汉语"自然"的意蕴。平安末期《类聚名义抄》(观智院本)中也有与"自然"相关的词语。相当于汉语"自然"的大和用语,自古便是"自然而然"之义。如今原本意义上的"自然"复活。

总之,汉文训述或和文体有若干不同的读音和标记法,词性也不同。有些是以万叶假名的方式标记,已经具有了汉字"然"的意味。再度强调,大和语言首先由汉文识字层以汉字训述的方式标记。例如,"なる"常用汉字"成"来标记,"はる"则常用汉字"張"标记。此外,"成る"有时写作"生る""為る","張る"有时写作"貼る",不同的情况下用不同的汉字。这种区分显然源自汉字的语义。

尤其是本居宣长强烈主张,将万叶假名方式记述的大和语言当作纯粹的日本语,这种理念确立于江户时代的"国学"流派。他们认为,日本列岛上的日本民族使用自生的纯粹日本语,习得了汉字之后才能书写。事实上正相反。首先是先有岛外渡来者,无论人数多少,根据汉字的语义,借助字音识字层的努力,实现了大和语言的书写。

此时已经有了"天地自然"和"天然"的概念。此乃"天地"和"自然"两个意义的复合。概念未必局限于名词。汉字一字譬如"雨",有时可以是名词性的"雨粒",可以是动词性的"下雨",也可能是形容词,功能多样。而在《言海》(1891)中,动词"然る"之后缀"自ずから"多作形容词或副词使用,"しぜん"乃"オノズカラ然ルコト、天然"之义,却作名词使用。"天然"自然还是"天地自然"之义。

在19世纪中叶的香港,德国传教士威廉·罗存德编集了《英华辞典》(1868)。汉译《圣经》又当别论,在19世纪中叶的香港和上海等中国东南沿海地带,欧美的传教士和中国的"秀才"合力,确立了令人刮目相看的英文、中文翻译关系。

罗存德编《英华辞典》影响很大，也成为日后英华辞书的编集参照。[1] 这部辞书也以《英华和译字典》"乾坤二册"（敬宇中村正直校正，津田仙、柳沢信大、大井谦吉译，东京山内辕出版，1879）的形式刊行，后又出了井上哲次郎的增订版（1984）。

罗存德编《英华辞典》（1868）的"Nature"（名词）条目，第一译词是"性"，第二译词是"the universe"［（宇宙）、天地］。他还列举了相关语的用法。亦即英语"nature"的语义是"性质"与"天地"，是周边相关语扩充的结构。名词项的"自然"未见相应译词。形容词的"natural"条目，对应的是"not forced"［（不强迫）、自然］。井上哲次郎增订版（藤本氏藏版，1984）省去了拼音，除第一译词"性"译为"天性"外，一切沿袭。

又如《英和字汇》（柴田昌吉、子安峻编，1873）的相关译词乃是"天地""万物""宇宙""品种""本体""自然""天理""性质"。英语的名词"nature"的译词有：①"the universe""天地""万物""宇宙"；②以"性"（本性）为核心，"性质"构成具有本性的实体，在此意义上，在"主体""自然的性质"的意义上，形成"自然"和"天理"两个译词，"品种"也是在各种性质的意义上派生出来的词语，还有"God of nath"（纳斯神）、"the creator"（上帝）、"造物主"的意思。

英语的名词"nature"与前述传统性汉语词汇具有对应关系。那么大和语言的对应关系也生出相应的对应词语如：①"あめつち"（天地）、"すべてのもの"（万物）等；②"たち"（性格）、"うまれつき"（天性）、"もちまえ"（本性）等。念及英语的形容词"natural"与"自然而然"有着对应关系，那么选"天地自然"即"天然"为译词当属自然。在如上汉语和大和语言中，那般复合语或连语是存在的，与概念之有无、单词之有无无关。

另外，相当于"all the nature"（一切自然）的"万物""万象"等，

---

[1] 森冈健二："译词形成期罗存德英华词典之影响（日本近代化诸问题）"，参照《文科系学会连合研究论文集》（1968）。

已为古代中国概念化，日本的汉字识字层亦已掌握。17世纪初长崎刊行的黄金会传教士编纂的《日葡辞书》中载有一首"御主宙斯造森罗万象"。宙斯是基督教的绝对超越神。查《兰和辞典》便可确认。

英语"nature"的一个词义就是"性质"，如今连中学生都知道。然而几乎所有人都忘记了，它有一个译词是"天地"。"自然"一词取而代之。这发生在20世纪转换期的日本，考察其替换确定的过程正是我们面对的课题。

三、柳父章《翻译的思想》留下的陷阱

下面考察柳父章《翻译的思想》。他认为，翻译语秘藏宝石般的魔力（宝石箱功能），基于此观点，他论证了传统"自然"和"nature"译词"自然"的差异引出的种种问题。柳父章在译词概念的辨明课题上功绩显著。在"第一章 围绕两个'自然'的争论"中，严本善治在其《文学与自然》（1889）中，用传统的"自然而然"语义解释"自然"；森鸥外在"《文学与自然》（同前）读解"中则持批判态度，认为在相对于精神界的自然界，译词"自然"的采用乃日本使用"自然"一词之嚆矢。为此两人的理论没有切点。就是说日语的"自然"涉及传统词义，关系到欧洲语言中的"nature"，还受限于接受自然科学语义时的误读问题。因此必然有叠加的三个谬误。第一，没有考虑英语的"nature"比之汉语，乃是一个多义性的词语；第二，罗存德的《英华辞典》与日本版的诸辞书并不一致，与英语"nature"翻译的实际情况亦不搭界；第三，关系到当代自然科学的理解。

在森鸥外的"《文学与自然》读解"大约前10年，1878年（明治十一年）3~4月发行的《学艺志林》（东京大学）上，刊出了美国约翰霍普金斯大学动物学家威廉·基斯·布鲁克斯的论文《动物的天性并智慧说》（法学家铃木唯一译），文中出现查尔斯·达尔文鼓吹的"natural selection"（物竞天择），铃木选用的译词是"自然淘汰"，旋即又翻译

为"自然选择",二者混用。达尔文的《物种起源》,正是采纳了自然中"natural selection"(自然选择)的构成,即便是品种改良时的"artificial selection"(人工选择)。英语的形容词"natural",在重视观察的自然科学中,不妨说可在"天地自然"的意义解读。

而柳父章《翻译的思想》认为,明治中期达尔文的生存斗争(struggle for existence)说作为"自然淘汰"说流行之时,作为"natural science"译词的"自然科学"尚未确立,因而达尔文的"natural selection"一词之语义,尚未获得"自然选择"的理解。❶换言之,至江户中后期,江户町人熟练掌握了金鱼、斑马叶牵牛等品种改良,才不难理解地称之"自然淘汰(动物的)弱肉强食",那正是自然天地里发生的、动物的"本能"。

在科学论文的翻译以外,1881年加藤弘之的演讲草稿中,作为"天则"之一的"自然淘汰"登场。"天则"可看作精神界的"天地自然"法则。翌年著《人权新说》(1882),将基督教信仰的天赋人权论视为妄想舍弃。另外,加藤弘之参照了德国恩斯特·海克尔❷翻译的《物种起源》一部分,整体依据的是斯宾塞的进化论理解。❸

有人杜撰了加藤弘之的理论,例如天则有好也有坏。马场辰猪提出反论,撰文"读加藤弘之君人权新说"(见《天赋人权论》,1883)。文中,出现了以"太阳力"为代表的"自然力"等用语。这个"力"是能量的译词。其说明援引"理学"的所谓"元素无尽"——元素没变化亦即独立永存,这是18世纪前主导性的化学观。马场辰猪在物理化学界基于思考"自然"的立场阐释了"天赋人权"论。

从科学志向上讲,在社会进化论这一点上,加藤弘之和马场辰猪立场相同。柳父章《翻译的思想》"第七章 天与'nature'"探究了加藤

---

❶ 柳父章:《翻译的思想——自然与NATURE》,筑摩学艺文库1995年版,第94页。
❷ 恩斯特·海克尔(Ernst Haeckel, 1834~1919),德国博物学家,达尔文进化论的捍卫者和传播者。生于德国波茨坦。早年在柏林、维尔茨堡和维也纳学医,著名学者缪勒(J. Müller)、克里克尔(R. A. vonKlliker)和微尔都曾是他的老师。
❸ 铃木贞美:《多重危机下的生命观探究》,作品社2007年版,参照第一章6。

弘之"天"的概念，但并没有将传统的"天地自然"置换为自然科学对象的"自然"。"第六章 丸山真男'自然作为'的'自然'"，同样没有考虑到前述问题，丸山真男的"自然"理解基于朱熹的"天理"即"天地自然"法则性。他也没考虑，《礼记》"中庸"有"与天地参"（天地和三），圣人乃至人类能扶天地之化育，即天地自然乃人类之作用对象，此般设定及英语形容词"naturral"，也包含了"天地自然"的含义。

柳父章《翻译的思想》第二章的另一问题，参照《不列颠百科全书》（*Encyclopedia Britanica*）（1969）的"Nature"项，文艺复兴时对自然界的关心高涨，在乔尔丹诺·布鲁诺和斯宾诺莎男爵的推动下，"nature"包含全宇宙意义，显示"naturalism"（自然主义）与"supernalism"（超自然主义）的对立，为此"nature"不仅具有了人为性，还成为基督教上帝的对立者。❶ 古希腊的柏拉图和亚里士多德，认为宇宙是同心球，是有限的，其中心是地球，上帝让地球旋转。在这里，上帝与宇宙是不同次元的存在。中世纪基督教神学的成立包摄了亚里士多德的学说，但16世纪后半叶，意大利多米尼科教会的修道士乔尔丹诺·布鲁诺否定了地球中心说，称宇宙是"纯粹气体"的无限扩展，因其直接与神学的宇宙观对立，被处以火刑。对他而言，基督教的上帝仍是精神性的存在或超越宇宙的普遍性存在。

17世纪中叶，荷兰哲学家斯宾诺莎男爵主张"神即自然"（deus sive natura）。这是泛神论，主张上帝无处不在。因此，以基督教上帝为超越者的教会就被视同"无神论"。斯宾诺莎这一理念，后由无心论者和唯物论者出面解释。正因如此，刚才的《不列颠百科全书》报道与基督教神学有着尖锐的对立，且将布鲁诺和斯宾诺莎相提并论，但两人皆未否定超越性绝对神的存在。其实伽利略·伽利雷也好，笛卡尔也好，牛顿也好，皆以绝对超越神的观念为讨论的前提。但柳父章似乎认为，那些皆是无神论或者唯物论的、扩大化的"自然"观。世界外部忽视了

---

❶ 柳父章：《翻译的思想——自然与NATURE》，筑摩学艺文库1995年版，第54页。

零起点创造世界的绝对超越神的观念。柳父章并不认为那是什么特别的事情。

18世纪，笛卡尔主张打破唯物论，融唯物主义与唯心主义于一体。法国医生朱利安·拉特里在《灵魂的自然史》（1745）中公开主张，神经的功能基于微粒物质，"世界的存在唯有物质"。荷兰出版了翻译自英语的译本，法国却对之强烈责难。他无奈逃亡到荷兰。荷兰由基督教神学获得了最高气派的自由度，主张将笛卡尔的动物等于机械说扩展至人类。笛卡尔派的医师十分活跃——认为人类的身体乃神赐机械。

在后来的《人间机械论》（1747）中，拉·梅特里大大戏弄了神学家，也愚弄了笛卡尔派的医生们，断言没有人脑便没有精神和上帝。这本书没有署名，却令教会震怒，他只好又亡命到普鲁士启蒙君主弗里德里希二世处。拉·梅特里认为"肉体死后残留有运动"，死后神经不死，以肢体运动为根据，"持有机组织的物质具有一种原动力"，物质拥有感觉能力则为动物，作为动物之一种，人也是积累了经验的机械。他充分利用自己的医学知识，举出许多论据。但是他又说，"我们并不知道——运动的本质和物质的本质是相等的"。因此"不管怎样，物质是由没有生命的单纯物体演化为有活力的生命体，继而变为器官生成的构造。我们却对此全然无知……这是令人灰心的问题"。我们只能信赖可观察的结果，谦逊的态度乃是承认认识的界限。但"物质自主移动"乃是一种潜在的性质，否则便无所谓运动。就是说，"物活论"认为磁铁中有神或灵魂，因此才有吸力。同样，具有神秘性质的"物质"也由"万能上帝"所造出。

柳父章《翻译的思想》具有实验主义的特征，"第四章'自然主义'的'自然'"溯及法国作家埃米尔·左拉的随笔《实验小说》（1879），述及小说中互相吸引的克劳德·伯纳德的《实验医学序说》（1865），以假说实证了"自然科学"。但是达尔文并不做生物实验。达尔文注重生态观察的、彻底的归纳主义态度备受称赞，被称合科学性。其方法与赫伯特·斯宾塞对立。斯宾塞表明的乃是一种实验主义（experimentalism）立场——结论须经实验证明，体现的是一种思辨性考察。毋宁说，柳父章的"自然科学"理解过度局限。

四、译词"自然"的确立

柳父章《翻译的思想》最初刊于《日本科学史体系15生物科学》（第一法规出版，1965），推测"自然科学"一语，最初出自1898年植物学家伊藤笃太郎在《博物学杂志》（动物标本社），创刊号上寄文《祝博物学杂志发刊》，其中使用了"自然科学"一语。但这里的"自然科学"一语，指称的是动物学、植物学、生理学、地质学、古生物学等，对义词则有"理学科学（身体科学）"（数学、物理学、化学），相对于此，则是博物学的兴隆。"理学"将博物学称作"自然科学"，这种用法只是偶然出现，日后并未普及。柳父章的所谓"自然科学"及相关态度的成立，毋宁说更像"理学"。

这种态度江户后期已出现。如三浦梅园独创性地劝导"玄一元气的研究"，"玄"即《道德经》中所说的"玄牝"之"玄"，乃宇宙根源之义。之后，三浦梅园在长崎进行了精密测定和显微镜观察，由译词获知"西洋之学毕竟穷理学也"，虽有异于朱子学，在考究"天地之理"的态度上是相同的（见《归山录》下，1778）。

"穷理"是《易经》（说卦传）中的一个词语，即"穷理尽性以至于命"。这个"命"，当然是天命、天定之义。北宋程颐（伊川）在《礼记》"大学"（后有四书《大学》）中说，"致知在格物，物格而知至"，物即现象，贯之穷理，"格物致知"乃为箴言。受此影响，朱熹强调气贯万象之"天理"，虽为"理、气"二元论，却将"理"当作第一原理和道德的根源。

三浦梅园是在自然界究明理法（法则）的意义上接受了前述理念。日后广为人知。青地林宗的汉译《气海观澜》（1827），在日本最初当作物理教科书，后又将约翰尼斯的《自然学教科书》（1797）译述为

《格物综凡》，抄出其中有关"气性"（气象）的部分数十章，看得到"理科乃义理大学"（追究普遍真理的学问之义）、"理科乃物则之学"的文句。后宇田川榕菴用假名文字译述日本第一部成体系的化学书《舍密开宗》（1837~1847），将舍密（chemistry 的音译）分作六门，第一门基础原理部分使用了"理科舍密"一语。

而幕末的先觉者佐久间象山学习兰学是为防御来访黑船，首先为了制造大炮。据说实验是成功的。给幕府的"文久二年九月上书"（1863）中如下记载。"《朱子格致补传》载，凡天下物即穷其理……当今世涉五世界，凡学艺物理可穷，朱子本意，当今出世者必兼修大学，未及有无之论。"《朱子格致补传》，因朱熹的《大学》中缺失了"格物致知"传，故《大学章句》新添"补传"。"五世界"与"五方"相同，原义指中国和四方未开地域，这里是全世界的意思。佐久间象山说朱熹的"穷理"是"学艺物理全般"[学问、艺术（技术全般）和物的理法]，因此洋学亦须精神取法。朱熹的"穷理"精神，可包摄洋学全般且以"穷理"扩张到西欧的物理学和技术。

佐久间象山属幕末，在小传马町狱中记《省警录》有"东洋道德、西洋艺术"之谓，文中比较朱子学的道德和西洋的科学等于技术，乃为"实学"示其坚定信念。德富苏峰率民友社论客山路爱山，在《佐久间象山》（1911）中引幕府象山上进书，称"老师认为，朱子的穷理之学与西洋的物理一致。此学术应统一世间学问。这是老师的想法"。山路爱山认为，新教徒也有重视日常行为、信奉一神论者，他们将科学等于技术和社会实践统统看作"事业"，保持了重视的态度。在《支那思想史》（1906）"宋学概论四"中，宋学和道家思想的"天"与佛教的"佛"也与基督教上帝一样拥有"绝对一理"。不妨说，山路爱山是以朱子学的天"理"解读基督教的理神论（不信《旧约圣经》神话，或在自然背后想定创造神的功能。在19世纪知识分子中颇具影响力）。据推测，日本知识分子中也有很多人表示理解，他们并没有正确把握犹太教等于基督教的绝对超越神，却以貌似唯物论理解那里展开的机械论系谱，并形成了理论的根据。

从幕末到明治初期，物理学被翻译成"穷理学"，明治初年曾一度出现科学启蒙图书出版热，其中大部分是穷理书即以物理学为中心的图书，所以也被称作"穷理热"。以理查德·格林·帕克《自然哲学第一教程》（1848）为主体改编的小学教科书和片山淳吉主编的《物理阶梯》（文部省，1872），3年销售了近10万部（之后增补修正）。在废藩置县（1871）之后，武士子弟的实学志向大多偏向物理学。同一时期各地开始雇用外国人技术人员从事矿山的开发，也开始使用机械。

此后，1882年2月创立理学协会，第二年《理学协会杂志》创刊。其创刊词将包括医学在内的当今科学技术统称为"理学"。为创办数学、物理、化学学院而奔走的菊池大麓著书《理学之说》（1884），这里的"理学"乃自然哲学或科学之义。

与此相对，明治初期的启蒙思想家们比如福泽谕吉，将前述自然科学系纳入"实学"，将科学（之后的"哲学"）翻译为"理学"。这种做法与中村正直和植村正久相通。众所周知，西周以"哲学"为"philosophy"译词，但在实际的文书中，他也在"philosophy"的翻译中使用"穷理学"或"理学"的译词。"哲学"一词，在发表的文章中，最初出现在《百一新论》（1874）中。这是1877年成立的东京大学文学部哲学科的名称。

但是此后，马场辰猪和中江兆民的《理学钩玄》（1886），却是在哲学的意义上使用"理学"。就是说无论是自然科学还是哲学，都有过一个时期使用了"穷理"之学或"理学"的译词。"理学"和"哲学"在知识分子中区别使用，可说是创立于1886年的帝国大学制度（设立法学、医科、工科、文科、理科五个分科大学）使然。一般来说比之东京大学的创办，帝国大学的设置更具冲击力。

在这里，着眼于儿童的教育内容，1872年的"学制·小学教则"中列举了"穷理学轮讲""博物""化学""生理"等。然而，文部省在1880年的"修正教育令"中，将小学的3年以上改为8年以下，初等3年，中等3年，高等2年。翌年的《小学教则纲领》有这样一句："物理到中等科开始教授物性、重力等，渐次教授初步的水、气、热、音、光、电、磁场等。"1886年，根据全国统一的"小学校令"，颁布了"小学校学科及其程度"，减少了修身课的课时，彼时的"理科"移到高等小学，课时剧减，变成博物、物理、化学、生理的统合科目。"理科最切近人生关系，水果、谷物、蔬菜、草木、人体、禽兽、虫鱼、金银、铜铁等。日月、星星、空气、温度、水蒸气……蒸汽器械、眼镜、颜色、彩虹、天秤、磁石和电信机等，则属日常儿童随处可见。"总之局限于儿童身边可见可触之物。

帝国宪法1890年颁布《小学校令》，翌年制定《小学校教则大纲》。第1条即强调"德性涵养"，"理科要旨"规定为"理科精密观察通常的天然物及现象，理解相互关系及对人生的根本关系兼培养热爱天然之心"。它决定了日后理科教育的方向，起草者江木千之。第1次山县友朋内阁、文部大臣延续了芳川显正的教育敕语发布（1890年10月）体制。关于此，从科学教育的角度看，儿童教育逐渐降低到更加低劣的状况中，而且，据称导入了新的道德——"培养热爱天然物之心"。直至与英美开战的1941年，《国民学校令施行规则》无有改变。❶

关于前者，乃是约翰·亨里希·裴斯泰洛齐❷等人教育观发生国际性渗透的时期，主要的考量是根据学龄改编教育程度。1885年，山县悌三郎出版"理科仙乡"这一面向儿童的翻译系列（普及社，全10卷），作为当时的儿童书销量突破2万部。该书原是英国女作家贝克丽（阿拉贝拉·伯顿·费希尔）的《科学仙境》（*The Fairy-land of Science*）(1879)，开宗明义向孩子传授身边自然奇妙而正确的知识。第一卷（第一讲）写道，"理科仙乡常在诸君身边"。山县悌三郎参与了第1次伊藤博文内阁组阁时的文部省改组，与西村茂树一起退休编辑局后，活

---

❶ 2002年度实施的"小学校新学习指导要领理科编"，目标也是"培育热爱自然的心情"。

❷ Johann Heinrich Pestalozzi, 1746年1月12日~1827年2月17日，瑞士教育家和教育改革家。

跃于儿童教育书籍的编集出版，结合学龄的、相称的教育方针也是他们退休后的努力方向。总之，《小学教则大纲·理科要旨》中也出现了"自然"一语。

进入20世纪，地方教员和儿童间对于博物学的关心空前高涨。1890年，28岁的牧野富太郎编集了私家版《植物图鉴》，他在东京小岩发现了世界上零星分布的木兰，在学术杂志上发表后获得了国际知名度。鸟羽源藏任职于岩手县陆前海岸高田町（今陆前高田市）寻常小学校，他在岩手山、早池峰山等处采集植物，将标本送交牧野富太郎等，请求确定生物分类。各地皆有中学教师制作植物标本。并且鸟羽源藏亲自编辑出版了《昆虫标本制作法》（有邻堂，1898）。20世纪初德国回来的留学生，已可在东京和京都的两所帝国大学开设生物学讲座。

此般博物学志向的扩大，也可看作文部省"培养热爱天然物之心"方针的逐渐渗透。就是说，对于博物学的关心高涨与"天然"一语的出现同期，"天地自然"的后半部分促成了"自然"一语的对象化。但那不过是知识基础的说明而已。

在"自然"一语确立过程中，20世纪初一个时期，国际上流行文艺上的"naturalism"（自然主义），虚伪的对极是"原样不变的现实"或此般意义上的"自然"。这个流行伴随着高涨的博物学关注。二者具有关联性。"自然"意味着"天地自然"和"本性"，词语的置换恍若风潮生成的一个理由。但是肯定、推动"自然主义"文艺的力量和非难、反对的力量旗鼓相当。

说明之前，先确认一下"自然主义"这个词语。在18世纪的欧洲，博物学（natural history）勃兴。尤其是伴随产业革命的发展，森林砍伐和环境破坏日趋严重，同时引发了对整个自然环境科学的关心，此般科学志向也被称为"自然主义"。此乃广义的"自然主义"。

文艺上的"自然主义"，想必埃米尔·左拉的随笔式《实验小说》（1880）为人熟知。这是乘着实证科学志向的势头，以克劳德·伯纳德的实验医学为范例。其"实验小说"的宣言则是以小说描写遗传和环境对人类生活方式的作用或功能。然而与弗里德里希·威廉·尼采交往甚密的比利时批评家勃兰兑斯著书《19世纪文学主潮》（1870~1890），以"浪漫主义"对"自然主义"的图式勾勒了19世纪欧洲文艺，论及易卜生的戏曲《玩偶之家》（1879）等，指出作品具有揭露资产阶级社会伪善的倾向性，扩展了左拉的"自然主义"概念。其图式在20世纪转换期获得国际性影响力。在日本，上田敏寄稿博文馆《太阳》杂志临时增刊《19世纪》（1900）的《文艺史》（后改为《19世纪文艺史》），基本框架也是借用了这个图式。

福楼拜和陀思妥耶夫斯基也被看作"自然主义"。福楼拜毋庸置疑是浪漫主义者，其《包法利夫人》以资产阶级通奸事件为题材，以现实主义的方法再现了登场人物的五官感觉［田山花袋的《生》（1908）则试验了从视点人物内侧描写的手法］。对于陀思妥耶夫斯基的评价则是运用了逼真的现实主义手法。然而，俄罗斯存在基督教信仰问题，因而将至善的耶稣形象假托为《白痴》（Идиот，1868）中的梅思金，让耶稣成为现实中行走的、有血有肉的人物，毋宁说运用了一种象征主义的方法。时至今日，已没有人还将福楼拜和陀思妥耶夫斯基称作"自然主义者"。

在欧洲19世纪末的文艺中，易卜生的《野鸭》（1884）象征性地描写了一只野鸭，由此创发了象征性主义的文学风格，而后法国作家左拉的弟子乔利斯深化了悲观主义，在《小聪明》（1884）中写出了人工乐园的世界。另外，德国的盖哈特·霍普特曼写了民间传说题材的童话《沉钟》（1897。泉镜花译，1908年出版）。此外，持神秘象征主义立场的比利时法语圈诗人、剧作家莫里斯·梅特林克的戏剧开始兴起。

德国的批评家约翰内斯·富尔凯特《美学上的时事问题》（1895）在"自然主义"章节中指出，象征主义者有颓废的特征，在他们眼中"自然主义趋于陈腐"。但旨在暴露自然"深秘内性的'后自然主义'（Nachnaturalismus）却与向往自然神秘的象征主义同质"。"自然主义"的概念由此扩展到"后自然主义"或象征主义。森鸥外翻译介绍了这部论著,译为《审美新说》(1898~1900年连载于《青草》,1900年出版)。

那种反响,如实体现在了岩野泡鸣的《神秘的半兽主义》(1906)和田山花袋的《象征主义》(1907)等文论中,他们也如实描述了"自然主义"、所谓"自然主义"变种的作家,说到他们对象征主义的普遍接受。总结19世纪的西欧文艺,"浪漫主义"对"自然主义"图式已是过去式。因此,日本作家纷纷各取所需地摸索"自然主义"文风,"自然主义"仿佛成了没有内容的符号。

在岛崎藤村诗人转向小说家的转变过程中,出现了若干习作,多数题材是人类奥秘"内性"亦即性欲。在中篇小说《旧主人》(1902)中,年轻的妻子成为地方地主的玩乐对象却不满于做"玩偶",终于走向了通奸。小说让侍奉年轻妻子的女佣暴露真相。想必是从《包法利夫人》和《玩偶之家》两部作品获得的启示。性欲中求取题材的倾向也体现在田山花袋的名作《棉被》(1907)中。这部作品实际上写的是自我,戏剧化地描写了一个中年作家,无论表现出怎样的外表,都受到内心隐秘的"内部自然(性欲)"之翻弄。

片上天弦《人生观上的自然主义》(《早稻田文学》1907年12月号),关注的正是田山花袋的《棉被》,他认为生存于性欲的苦闷中乃是人类之本性。这不是文艺上而是人生观上的"自然主义",是在人类"本性"的意义上使用了"自然"一语。这也是"nature"一语的语义之一。因此,关联于1908年的猎奇杀人(出齿龟事件),新闻报道称"自然主义"是性欲的代名词,由此"自然主义"快速衰退。在森鸥外的《性感爱丽丝》(1909)中,在永井荷风的随笔《小厕之窗》(1913)中,皆有明确的涉及。

后岛崎藤村撰文"卢梭《忏悔录》中发现的自己"(1909),称左拉的作品不是艺术,断言"自然主义"的精髓存在于雅克·卢梭的《告白录》(殁后1782年刊)中。此外年轻的批评家中泽临川基于生命原理主义立场,写出了包括尼采论在内的《自然主义泛论》(1910)。

德田秋声毋宁说是个异例，他致力于原样不变的现实再现，他让自己的近亲实名登场且执著于自己身边的琐事描写。石川啄木在"时代闭塞现状"（1912，生前未发表）一文的开头，指出日本的"自然主义"混乱至极。实乃真知灼见。❶

柳父章对混乱的、空洞的、单纯符号化的文艺上的"自然主义"不以为然，他参照中村光夫《语言的艺术》（讲谈社，1965），参照实验科学的方法，辨析了欧洲近代的"nature"（自然）。

实际上有人认为，"nature"的译词确定为"自然"，是得益于自然主义文艺的隆盛。三枝博音执笔的《世界大百科全书》（平凡社，1955）"自然"条目结尾处有如下一节。"自然与近代欧洲的 nature 同义，乃是明治末期到大正年间的事，倒不如说，从日本文学进入自然主义时代以后，自然概念就成了如今这样的一个通货（后略）。"

然而另一方面，三枝博音在《日本的思想文化》（修订版，1944）"第一章 日本文化的特质"中，质疑日本"艺术方面，为何没有产出自然主义呢？在法律思想方面，为何没有发达的自然法哲学呢？"他又说，"如若了解了自然科学不发达的缘由，想必前面的疑问就迎刃而解了。"简而言之，回答是日本人热爱自然，因此只有情感式的自然观。三枝博音在《西欧化日本研究》（1958）"第一章 四 西欧化以后的文学论"中，提出了一个问题即"好容易接受了自然主义却折向了宗教"，称夏目漱石和森鸥外等喜好"真"的观念，岛村抱月则在"自然主义的价值"（1908）中断言，"自然主义文艺将我等引导入宗教之门"。日本"自然主义"文艺的展开达到相当的程度。

然而，在岛村抱月的评论集《近代文艺之研究》（1909年）扉页上这样写道，"按照现实的原貌表现仿佛是所有存在的意义。观照的世界。彻底的人生也。此等心境即为艺术"。三枝博音认为在这种观照性象征主义态度底部，也有近似于生命主义的主张，它与日本俳句或南画的流行亦相辅相成。因为皆被看作民族的传统观念。

---

❶ 铃木贞美：《入门 日本近现代文艺史》，平凡社新书 2013 年版，参照第二章的二。

在前述"自然"用法确立的时期，被看作"天地自然"缩略语的"天然"一词流行。且看如下一例。田中穗积作曲、武岛羽衣作词的歌曲《美丽的天然》（1902），据说最初是与赞美歌一起流行于女学生中间。尤其在日俄战争后脍炙人口。

> 天空鸣啭的鸟声/峰峦降落的瀑音/大浪小浪滔滔/回响不绝的海涛/听啊，趣味津津的人们/这是天然的音乐/自在自如弹奏/神御女手尊贵/春天樱花绫罗衣服/秋天红叶唐朝锦缎/夏天凉爽月色丝绢/冬天无际雪白绒毯/看啊，美丽景色中的人们/这天然织物/手工织造美妙绝伦/唯神意尊贵

第三段的结句如下："这天然彩绘，妙笔不如，唯神力尊贵"；第四段结句则是："这天然建筑，广大雄浑，唯天神尊业"。一段乃天然音乐，二段以后是织物、绘画、建筑，实乃将神看作了工匠。武岛羽衣是和歌诗人、国文学者，其认为在日本的和歌、物语中，并没有特别强调"神"奏天然音乐。三拍曲调的华尔兹气息高雅。在19世纪的欧美，在"nature"背后想定创造神的自然神论（理神论），逐渐成为知识层的主流。想必这里的"天然"皆可置换为"nature"。可以认定，此般"国籍不明"的造化神观念在日本人中影响很大。

五、前近代日本人"情绪性自然观"论的陷阱

日本科学史自开拓期始，即如三枝博音《日本的思想文化》标题所示，不仅是科学等寸技术的含义，更采纳了一个观照日本文化整体的立场。这个姿势是不错的。但是同时存在很大的问题。指出这一点，乃为整体上重建日本文化史。其根本缺陷在于，文艺表现属于以人的情感行为和认识为基础的精神文化，是人类技艺（广义的艺术，art）之一，其制作乃以声音、文字等物质性活动为媒介，各自遵循样式的理念或样式

的规范。人们不了解在描绘、展开精神文化中相对独立的历史（文艺史）时，从根本上讲，每一部作品都是不可能还原于情感行为和认识的。

三枝博音《日本的思想文化》的修订版（1942，后中公文库，1967），第一章题为"日本文化的特质"，四节构成分别是第一节"自然亲近的民族"、第二节"一个例子｜俳句"、第三节"另一个例子｜南画"、第四节"日本文化的特质"，分别论证了芭蕉发句与南画的"自然深交"问题。其观点与如下论调互为表里——前近代日本没有对象性的自然概念，只有情绪性的自然观。这是应该指出的第一个陷阱。

其中论及"亲近自然的民族"，不妨说特别在日俄战争以后，"自然"志向和"自然"爱好广为人知，日本人才开始有了"热爱自然民族"的说法。在芳贺矢一的《国民性十论》（富山房，1907）中列出了十个项目："一、忠君爱国；二、尊祖先不重家名；三、重现世注重实际；四、爱草木喜自然；五、乐天潇洒；六、淡泊潇洒；七、细腻纤巧；八、清净洁白；九、礼节礼仪；十、温和宽恕"。十项中的"四、爱草木喜自然"前所未有。翌年1月再版，8月修订3版，重叠出版，随之又出了1927年版，相当畅销。列为十个项目之一。毋宁说，"亲近自然"成为国民性的长处或德行，3个月后，锐气十足的国文学者藤冈作太郎编撰《国文学史讲话》（东京开成馆，1908），"总论"的第二章题为"自然之爱"。《国文学史讲话》乃独自编著，在简洁明了的"日本文学"通史中一版再版，1946年又获得岩波书店再版，也是畅销书之一。

其总论由两章组成，第一章指出，"日本国民最大的特色是强固的团结"，在"万世不灭皇统"下组织起"日本社会的一个大家庭"。[1]日本与大国俄国为敌，勉为其难地取得了日俄战争的胜利，为此风气一变。帝国宪法公布时，就任帝国大学校长的加藤弘之忠实鼓吹家族国家论，称天皇是国民的父亲。藤冈作太郎出生于1870年，据推测，20岁

---

[1] 藤冈作太郎：《国文学史讲话》，岩波书店1946年版，第4~6页。

前后宪法公布、接触教育敕语，因而很早就接受了家族国家论。在第二章，首先提到"日本的风土乃国民慈母，质朴丰饶，河海鱼贝利多，生活自由，优美和稳的山川总是眼里充满爱意"；又说日本的民族性，原来也"自由""积极"，不乏热烈感情的表达——"悲愤时情如烈焰，却并不凛质猛烈，稳健无执念洒脱，也是外国风物渐次滋养所致"。藤冈探究的是，粗放的古代人感化受教于道儒佛的中国文化，渐次具有了稳健洒脱的性格。❶ 藤冈又说，"西洋人以人为本，东洋人重视自然"，东洋人一般屈从于自然的威力，相反日本文化的特长却是拥有"先天性自然之爱"，为此"吾等国民积极、乐天、生生不息，无限发展人生力量"。❷

这是法国伊波利特·丹纳《英国文学史》（第一卷）（1863）"序文"提出的实证主义或科学的文艺批评方法，即将不同的作家还原、解明为人种（民族）、环境（风土和社会）、时代三要素（race, milieu et moment），参照此般环境决定论，第一章从政治秩序的层面归结了"日本民族气质"（temperament），第二章则从环境方面进行了同样的归纳。"朴素丰饶"在明治时期的地理学中，理解为相对温暖、多湿，气候风土适宜，构成食物的动植物丰富，但藤冈没有始终坚持这个观点，他观察了形形色色接受中国文化的方法，认为存在两种情况，一种是日本"固有的积极主义"与中国的"消极主义"发生"冲突"，另一种是相互发生"融合"。

藤冈所谓日本人民族性特征二者之一乃"自然之爱"的观念，日后对和辻哲郎和土居光知均有影响。和辻哲郎受尼采哲学影响，礼赞原始艺术，有《日本古代文化》（1920）重要著书；土居光知熟知发源于托马斯·卡莱尔的英国生命主义文艺批评，日后有著书《文学序说》（1922）。和辻哲郎的《日本古代文化》主张环境决定论，准备在《风土》（1935）中展开，至第二次世界大战后的《新稿》，五度改稿。因

---

❶ 藤冈作太郎：《国文学史讲话》，岩波书店1946年版，第16页。
❷ 同上书，第23~26页。

篇幅问题，另稿讨论。❶

这些皆为日本古代语言表现艺术对象化问题，日本科学史亦参照、接受了这般倾向。吉田光邦的《日本科学史》特别论证了那般情绪化或装饰性的自然观，第一章即探究了日本古代短歌史上日本人的自然观，在其"第一章 笔记"中，参考书目的笔记上写着赠折口信夫的《古代研究》（全三卷，1928～1929），此外有柳田国男的民俗学、和辻哲郎的全3册《古代研究》、土居光知的《文学序说》等。

日本科学史并非单论科学等于技术，还兼论包括文艺和艺术的总体日本文化。但是，有人将日本文艺和艺术表现中的情绪性和象征性当作日本的特征，那么热爱自然的民族性一说能够成立吗？在追究日本特殊性之前，纵观古今东西的文艺和艺术表现，古今东西的文艺表现中其实充满了情绪性和象征性。人类超越历史，在没有感情的暴风雨中感知狂暴，眺望星空，又感知了崇高的感情，天地自然现象与自我的感情总是重叠融合进而表现在艺术中。通过逻辑整理形成艺术论和美学。当然，无论表现还是理论都会因时代和地域不同，发生倾向性的变化。

中国古来文豪众多，陆机写诗论诗，理念化的速度更快，南朝梁刘勰《文心雕龙》"神思"篇中，"神"居"胸臆"，"而辞令管其枢机"，作为心的统辖者，藉此将心之感受妥当整理，实现表现中的"制作"。"物色"篇，则是"近代以来"赞同的诗风——文贵形似、窥情风景之上，或体物为妙、功在密附。"风景"在这里是风和阳光的意思吧。"体物"是诗中描绘之物。这里的归结是（物色尽而情余者，晓会通也），谓余情飘拂，通晓作诗的秘诀。"余情"是言外之情渗出，称颂的乃是密切关联于景物的细密描写。"情"渗言外即"余情"，被称作最高技法。另外这里的言外之情，也常用来解说制作主体一方的意识或鉴赏诗歌一方的意识。当然以读者共享为前提。

据载，平安初期空海献上嵯峨天皇的抄录即《文心雕龙》。众所周

---

❶ 铃木贞美：《日本人的自然观》，作品社2018年版，参照第11章。本稿略述了《日本人的自然观》一书的部分要点。

知，平安前期编《古今和歌集》称之为重"余情"重"机智"。在《万叶集》的"相闻"部中，出现了相对于"正述直叙"的"寄物陈思"，而描绘对象渗透言外之情的表现技法，奈良时代以来广为人知。这样的和歌技法也用于歌物语和造物语的文体。因此据称，日本人的自然观乃对象与情感的相互重合。它无视了样式的规范，将表现还原于情感行为或认识。但必须说那是一个错误。

在绘画中，5世纪末，谢赫的画论《古画品录》中以"气韵生动"为最高位。"六法"之中，有"传移摹写"。然后有"临摹"，比如把鸟的死骸放在一旁精准描画。无论是理想还是空想，相对于描画思想"写意"的称为"写生"。后面两种都是绘画的基础练习。无论哪一种，背后都有"气"固而生万物的观念。远近使用阴影和俯观图法，观者若非一望画面，可将视点左右移动或从近及远，反之亦然。文章也一样，写眺望，读者就会自然地联想远近。视点的移动凡人皆会。当然，巧拙是另一回事。

在日本，在镰仓初期鸭长明的歌论书《无名抄》中，为让人联想风景，选用了很好的庭院建造技法。鸭长明《方丈记》（1212）确立和汉混交文体，且自如运用骈俪体的对句、对偶表现以及和歌的挂词和缘语，对日后的日本文章发生了很大影响。在那里，视线落在家屋遭遇火灾和暴风时，焦点现实性移描，构成现场报告式的文章基础。

镰仓时代兴起净土宗、净土真宗、日莲宗等日本独有宗派，在民间流传佛教的时期，佛像雕刻和写实性的人物画盛行。文章中也出现同样的倾向，但应探寻神佛观念和景物写实相互关联的方法。换言之，一种象征性的技法获得了发展——将无形的抽象观念托付于有形的景物上。但西欧的"symbol"语源上有分号，一一对应是基本，东亚的长寿观念是"千年鹤、万年龟"，对句表现随机应变，所以只是相当于寓言的"寓"（和语"ことよせ"）之概念而已。而将"symbol"一词译作"象征"的，是中江兆民的一个新造词语。他翻译了法国的美术评论，将维隆的 *L'Esthétique*（1878）翻译为《维氏美学》（1883~1884）。

《维氏美学》基于实证主义和个性尊重的立场,以模写名作习得技法替代训练,主张推进静物画之类真实描写(触摸和构图中展现出画者的个性),但并不推崇原始艺术中显现的象征主义。在那之前,费诺萨的演讲《美术真说》(1882),沿袭了解说作者观念与制作物关系的黑格尔的《美学讲义》(1835,殁后编集),基于观念主义(观念论、理想主义)或浪漫主义的立场,在制作者与制作物的关系中解说了美术(艺术一般)的存在方式,乃将原始美术的偶像看作原始宗教观念的"象征",在这一点上相同于"维氏美学"。

西欧的美学起步于康德的《判断力批判》(1790),康德的二分法,一边是基于神赐理性的"真"与"善"的判断,另一边则是基于个人感情的"美",将感情表现规范到结构上。社会分类上,受雇于贵族和教会的演奏家、画家、匠人(artisan)伴随着工业革命的进展,可分为工人和艺术家。

在康德的《判断力批判》中,自然美是自然和目的性的感受,但个人的感情恣意性无法整合。黑格尔《美学讲座》则超越了主观判断,持客观面对制作者和制作物关系的立场,在其第一篇第三节中,在讨论面对自然的艺术鉴赏态度时,撷取了有染感情的"情景"和自然酿出的"心情情调"(气氛),据说以德语"Sinnvoll"(一般翻译为含意)同时表示主客关系时是个特异的词语,黑格尔说要直观上统一两个形态——理念上的事物把握和感觉式的把握。黑格尔和歌德等人一样,对古希腊充满憧憬,观念和形态匀整的雕刻乃是"极致的艺术";另外,在吟诵希腊神话的叙事诗中出现的半神半人"英雄",乃是逃出所有秩序的精神自由的发现。

在英国,产业革命引发了人的手脚和社会组织的机械化,相反托马斯·卡莱尔强调在生命能量中寻求人的生命力恢复。发自于此般思想的流派,协同了文艺批评家马修·阿诺德等。阿诺德深切关心的是亚瑟王传说等多神教叙事诗。在 20 世纪转换期,爱尔兰等国发生了民族独立运动。借此机运,他们有意识地利用象征。备受赞赏的正是有意识运用象征的、颂扬多神教意识形态的象征主义艺术。

亚瑟·西蒙斯通过与巴黎的诗人们交流,归纳出《文艺的象征主义运动》(1899)。这部代表作倾向性地评价了最初的亚洲人诺贝尔文学奖获得者泰戈尔。泰戈尔与伦敦的诗人们交流,后回到故乡孟加拉,他基于生命原理主义的立场,鼓吹印度教的神秘主义,后以《吉檀迦利》(英译版,1909)一作于1913年获得诺贝尔文学奖。泰戈尔拥有很大的国际性影响力。特别在日本,将基于多神教信仰的文艺表现论之象征主义。

日本冈仓天心在《东方的理想——以日本美术为中心》(英文,1903)中论证说,雪舟等学习中国山水画,将那般画风具现为宇宙的精神原始能量;松原有明《春鸟集》(1905)"自序"则将芭蕉的俳谐具现为宇宙的生命原理,被礼赞为象征主义之范本。对于象征诗人芭蕉的礼赞更是不绝于耳,甚至纳入《万叶集》时代以来和歌源流。

另在法国人传教士诺埃尔·佩里的《特殊的原始戏曲》(《能乐》1913年7月)中,将神佛的宗教演艺能乐称作媲美于希腊戏剧的象征戏剧,发源自中国南宋画的日本南画等也被看作象征艺术。1935年前后一个时期,美学、艺术论的学院派,则将发自禅林生活文化的"闲寂·静寂""幽玄"看作中世美学,看作代表性的"日本特色"。

日本文艺论正是这样形成的,唱和天地自然之交感。说到底,乃受欧洲生命原理主义影响下的象征主义礼赞动向刺激,是不折不扣的日本"传统"之发明。这一潮流被引入第二次世界大战后的日本科学史,归结为日本人情绪式的自然观。三枝博音《日本的思想文化》以芭蕉俳谐和南画为对象,乃因参照了他年轻时代的流行,在转向东西文化相对比较后的日本科学史中,渡边正雄著书《日本人与近代科学——西洋的对应与课题》,书中作为日本文化特征关注的是作为宇宙象征表现的插花。而1935年前后达致顶点的学院派的理论化,在第二次世界大战后,正是参照了茶道和插花宗匠们的宣传。

最后匆匆附言,日本科学史上的另一个陷阱,是将江户后期"开物"思想的展开看作"实学",且倾向性地作为近代化的一个过程进行讨论。如今还有一个说法,江户后期中国明末宋应星的产业技术书《天工开物》(1637,中国散逸)流入,贝原益轩在《大和本草》(1708)中有过引用,1771年出版了带训点、假名的和刻本。八代将军德川吉宗则主张翻译兰学的博物学著述,为此博物学获得了影响力。

确实,参照了徐光启《农政全书》(1673)的宫崎安贞走访求教于诸国长老,归纳后刊行了木版书《农业全书》(1697)。但是,充其量不过是寺岛良庵篇《和汉三岁图会》式的民间知识普及或博物学兴趣的展示。发自《易经》的"开物"并未实现形态的分类和原理的解明,述及的只是人类开发环境的自然内藏物,利用思想的展开,诸藩专卖特产,奔走财政重建,忙于新田开发和矿山开发。兰学除了幕府的天文学和医学,也推广了测量术等。兰学的接受也始终保持在兴趣的领域,也就是说没有培育出科学的思考。运动以幕藩二重权力体制和石高制为前提,并不试图破坏体制,也没有实际动作。从开国到国民国家的形成,诸动向断然由黑船冲击所引起。也就是说,重要的是在连续与断绝的意义上,廓清江户中后期到明治维新时期的文化史的展开。

在日本,飞鸟、奈良时代颇多基于王权的土木工程,中世到近世各地权力跋扈,盛行筑城和新田开发。江户时代前期,德川幕府整备了全国交通网,随着和平的恢复,以农业为主的生产率也大大提高。江户中后期"开物"思想展开,荻生徂徕系统的学派又推动了有利于民生的政策,各藩的富国政策此起彼伏。在耕地面积增长停滞的时期,农耕作用牛马的使役也大大减少,生产率却持续增高。思想史上的原因是所谓的"勤勉革命"(速水融)现象。无序的新田开发和矿山开发,频繁引发了各地的公害。但幕藩二重权力体制和石高制推行的是农业保护政策,忽视了前述公害问题。黑船冲击动摇、瓦解了幕藩体制,日本的重心转移到国民国家建设和资本主义的发展上,不遗余力地引进西洋的机械并加速开发。中日甲午战争、日俄战争的爆发,使轻工业化推进到重工业化。在这个时期,近邻各县至渡良濑川流域,受害严重发生了足尾铜山矿毒事件。前述"热爱自然的民族"说和自然交感的象征文艺论,正是相对于前述物质文化展开的精神文化之反应。第二次世界大战后,日本仍旧未改技术偏重的国策,如今仍在高唱科学等于技术立国,但科学已迎来国际化挑战的新时代,毋宁说重点转移到了技术化程度的提高上。

论及日本人的自然观,首先要廓清物质文化、精神文化相互规定中的基本关系。应当指向日本文化史总体之重建。而作为其精神文化之一环,也应在那种相互深化的关系中,推进文艺史的研究。

【作者简介】

铃木贞美,日本当代著名作家,国际日本文化研究中心名誉教授,著作甚丰,现已退休,是该研究中心为数不多的名誉教授。

【译者简介】

魏大海,浙江越秀外国语学院外国语言文化研究院首席研究员,中国社会科学院外国文学研究所研究员。

波德莱尔城市诗歌中的"深层模仿"

■ 刘　波

【摘要】波德莱尔在他的《巴黎图画》等城市诗歌中实践的"深层模仿"实则不是用诗歌来模仿现实，而是用诗歌来置换现实。这种置换不是对现实的简单移植或再现，而是体现出艺术活动和精神活动对现实的提升或深化作用。与其说他的这些诗歌是对城市客观生活的造型，不如说是对这种生活在诗人身上所激起的主观感受和印象的造型；与其说这些诗歌转述着巴黎生活所讲述的故事，不如说转述着诗人对于巴黎生活的感知和见解。当波德莱尔通过诗歌创作活动把"巴黎"置换为"图画"之际，他其实是把物的价值置换为精神的价值，把属于城市生活的日常经验置换为具有普遍价值的美学经验。他通过"深层模仿"捕捉和表现大都市的灵魂，让自己的诗歌"图画"真正成为对现代生活的"迻译"、对现代世界的"诠释"。

【关键词】波德莱尔　诗歌　城市　现实　深层模仿

任何作品都不仅仅是一种经验的再现，它同时是这种经验赖以存在的独特形式，可以是一首诗，一幅画或一首奏鸣曲。在作品中，重要的不仅要看作品表现了作者在生活中经历过怎样的经验，也要看作者通过怎样的创作活动和艺术形式使这种经验得以传达。一首诗是现实经验的呈现，同时它本身也是一种语言经验，或者更准确地说，它是通过语言达成的经验。法国诗人波德莱尔（Charles Baudelaire）以《巴黎图画》(*Tableaux parisiens*)为代表的城市诗歌在这方面为我们提供了成功的范例。

波德莱尔虽然跟戈蒂耶（Théophile Gautier）一样，对诗歌和诗人的使命有一种高卓的看法，不赞成把浪漫主义式的对社会生活的干预当作诗人的主动追求，也不相信诗歌是一种群众事业或是对民众的说教，但他也与戈蒂耶不同，并不是某些评论家所认为的那种绝对的唯美主义者。他不满足于将诗人的使命局限于组织字词、安排诗句、设计韵脚。在他的诗歌经验中，外部世界始终处于他的视线之内，始终作为一种底色、背景或参照存在于他的作品中。根据他的"应合论"美学思想，"自然"被他看作一个意蕴生动的活物，它发出的"模糊隐约的话音"正是诗人需要加以索解的内容，这使得诗人的作品成为"自然"的"应合"。

作为巴黎诗人，波德莱尔懂得现代城市对于激励新型文学所具有的神奇力量。对他来说，艺术，乃至更广泛意义上的整个想象力，应当成为他所宣称的"对外部生活传奇般的迻译"。❶ 所谓艺术的"现代性"就是要通过独特的形式，将现代生活的方方面面，甚至包括其最了无诗意的散文化方面——庸常乏味的方面，一一加以传译。因而现代诗人的使命就是要倾听他所处环境发出的"话音"，并且"像炼金术士和高洁的圣人般"❷ 从每一件事物中提取"精萃"，让诗歌涌动与生活相同的节奏，以其独特的形式对现代生活加以诠释。

波德莱尔的诗歌经验跟他的人生经验一样，是特定历史条件下的产物，带有历史赋予的鲜明特征。虽然在他的诗歌中明确指称巴黎的词语并不多见，但他的《恶之花》（*Les Fleurs du mal*）却通篇洋溢着巴黎的气息，跃动着巴黎的光晕，其中很少有哪篇诗歌不或多或少带有诗人在这座城市四十多年人生经历的痕迹。在波德莱尔的诗歌世界中，我们到处都可以看到一种显现在经验层面的诗意的"现实主义"。这里所谓的

---

❶ 波德莱尔：《现代生活的画家》，见《波德莱尔全集》（以下简称《全集》）（Baudelaire, *Œuvres complètes*, éd. Claude Pichois, Bibliothèque de la Pléiade, t. I, 1975; t. II, 1976），第二卷，第698页。

❷ 《跋诗》草稿，见《全集》，第一卷，第192页。国内无《全集》译本。有《恶之花》或《波德莱尔诗歌》。

"现实主义"并非传统意义上那种要求对外部生活进行镜像式精确模仿的现实主义,而是指通过创造性想象,在诗歌经验与生活经验之间建立起一种等价的关系,在这种等价关系中,"现实主义"因素超越了两者外在形貌方面的相似,而达成它们在体验和精神上的一致。

一、艺术的功能:"对外部生活传奇般的迻译"

对当代事物矢志不渝的关注引导波德莱尔寻找现代生活中的英雄主义,探索巴黎史诗性的诗意,搜罗城市人群中各种变幻不定、千姿百态的生活图景。波德莱尔诗歌图画的价值在于其现代性:这些诗歌是现代巴黎的图画。但这并不意味着这些"巴黎图画"是通常意义上摹写现实的"现实主义"诗歌。诗人的唯一目的是对现实加以改造,甚至加以否定,以使之符合他自己的梦幻,并最终用自己的梦幻取而代之。不过,诗人的梦幻并不是凭空幻想的产物,而是现实中那些神奇和震撼的方面作用于诗人情感和心智的结果。可以说,体现诗人梦幻的诗歌作品实则是用艺术形式对现实中那些神奇和震撼的方面进行的置换。

波德莱尔在《现代生活的画家》(Le Peintre de la vie moderne)的字里行间表达了艺术创造受到生活驱使的看法:

> 在庸常的生活中,在外部事物的日常变化中,有一种快速的运动,这种运动驱使艺术家画得同样快速。[1]

描绘巴黎图画的诗人像现代城市一样,以他自己的方式,制造出形态各异的"杂乱堆陈的旧货"(《天鹅》,Le Cygne)。诗人既是城市的效仿者又是城市的竞争对手,他让自己的诗歌捕捉城市的节律,应和城市的运动,将城市的意图转化为诗歌图画。艺术活动的成功取决于艺术家

---

[1] 见《全集》,第二卷,第686页。

对生活意图的领悟。波德莱尔在《1846年沙龙》(*Salon de* 1846)中表达了这层意思:

> 素描是自然与艺术家之间的一场搏斗,在这场搏斗中,艺术家越是对自然的意图领会至深,就越容易取得胜利。对他来说,问题不在于模仿,而在于用一种更简单明了的语言来阐说。❶

从这段话可以看出,在波德莱尔的观念中,从生活经验到艺术经验的过渡主要不是指艺术作品对生活中那些外在细节的模仿,而更多是指现实经验中感受到的生活的意图与进行艺术创造的艺术家的精神之间的一气贯通。这两种经验之间存在着一个剪不断理还乱的复杂关系网络。我们可以认为,那些让波德莱尔的巴黎诗歌产生出"震惊"效果的种种"刺激"来自外部世界巨怪般的强大力量。波德莱尔城市诗歌的精妙就在于通过诗歌经验对城市经验进行创造性的置换,用诗歌将驱动现实的动能传达出来,用独特的艺术形式解说隐藏在生活深处的意图,达成艺术对于生活的迻译和诠释。从这样的角度看,与其说艺术经验和生活经验之间的关系是一种从事物到事物的模仿关系,不如说是一种从精神到精神的应和关系。如果非要说"模仿",那也可以把这种模仿解说成是一种从精神到精神的特殊模仿,这种特殊模仿接近于柏格森(Henri Bergson)提出的"直觉",即他在《思想和运动》(*La Pensée et le mouvant*)中谈到的"精神对精神的直观"❷。这种直观超越于外在物相层面的浅表模仿,而直达于内在精神层面的深层模仿。诗人通过"深层模仿",使作品传达的感受经验与人们在现实生活中的感受经验达成在质量和强度上(而不是在内容和外部形态上)的等值。

为了更好地捕捉生活的意图,以便让艺术经验获得成功,艺术家首先必须强烈而深刻地经历生活,获得丰富的生活体验。要创造艺术,

---

❶ 见《全集》,第二卷,第457页。
❷ Henri Bergson, *La Pensée et le mouvant*, Paris: P U F., 1938, p. 27.

"必须先要占有"[1],波德莱尔如是说。他的《论几位法国漫画家》中有一段论述杜米埃的文字,显示了艺术家的创作活动与艺术家所处环境之间的关系:

> ……
>
> 以上这些例子足以显示,杜米埃的思想常常是多么严肃,他处理题材是多么生动。翻翻他的作品吧,你会看到一座大城市包含着的那些丑怪的一切都栩栩如生,带着神奇而动人的现实性一一呈现在你眼前。作品中蕴藏着的一切骇人的、怪诞的、阴森的、滑稽的珍宝,杜米埃对之都了如指掌。活着的、饥饿的行尸,肥胖的、饱足的走肉,种种遗人笑柄的家丑,资产者的一切愚蠢、一切骄傲、一切热情、一切绝望,无一遗漏。没有谁像他那样(以艺术家的方式)了解和喜欢资产者,他们是中世纪最后的遗迹,是生活不易的哥特式的废墟,是既平庸又古怪的典型。杜米埃跟他们亲密地生活过,日夜观察过他们,听说过他们私底下的秘密,熟识他们的妻儿,了解他们鼻子的形状和脑袋的构造,知道是怎样的精神支配着一家子上上下下的生活。[2]

就像我们经常看到的那样,波德莱尔在此处借用杜米埃的事例来表现他自己的艺术观念。文中相邻出现的"神奇"和"丑怪"二语正是波德莱尔所认为的对大城市本质的体现。波德莱尔投向巴黎的目光与杜米埃投向资产者的目光属于同一类型。波德莱尔让自己混合进巴黎的人群,深入构成人群的那些陌生人的灵魂中,让自己的灵魂与众人的灵魂息息相通。他成为众人的一部分,众人也成为他的一部分。形形色色可资利用的材料以及多种多样的丰富感受让他察探自己就像观看一个万花筒。喜欢大城市的诗人从这个由无数碎片构成的镜子中看到像客观现实

---

[1] 《1846年沙龙》,见《全集》,第二卷,第457页。
[2] 见《全集》,第二卷,第554~555页。

一样流淌出来的巴黎的诗意，而诗人的使命就是要把这种诗意提取出来，凝结成诗歌作品。诗歌创作在于词语的巧妙配合，而成功的诗歌创作还应当超越简单的现实材料，通过象征的甚至超现实的形式，表现出神奇现实的精要，即"大都会深刻而复杂的诗意"❶。诗人创造出来的诗歌梦幻既是对生活经验的移植，也是对现实的精神观照。城市诗歌是一种辩证的经验：它既需要城市所提供的"污泥秽土"，也需要以探究城市为己任的诗人所具有的清醒意识。

　　对波德莱尔来说，一件艺术品主要是一种阐释性的创造，是对世界的一种清醒的解说，至于说现实主义的模仿或对现实的形象再现，那倒在其次。在波德莱尔的巴黎诗歌中，传统上那种像镜子一样反射世界的文学图像被一种由一面破碎的镜子折射出来的支离破碎的图像所取代，其中的各个片段之间有时候似乎可以吻合，有时候似乎又难以拼接，更多时候它们呈现出来的似乎只不过是正在分崩离析的世界散落的一个个碎片。这种效果由于诗中对组装技巧以及拼贴、嵌插等手法的运用而变得特别明显。波德莱尔惯常采用的这些手法营造出漂浮暧昧的话语氛围，打破意识和现实之间的固有联系。这些手法在诗歌中引入一套全新的互文关系，仿佛诗人漂浮不定的诗歌文本是同样能够制造文本的漂浮不定的城市不尽言说的结果。巴黎诗人懂得把他的人生经验和诗歌经验都融汇到这种文学策略中。波德莱尔的独到之处在于，他懂得利用现实的碎片创造出一种能够解说现实的艺术。本雅明（Walter Benjamin）在1923年翻译《巴黎图画》时，注意到波德莱尔的风格和《恶之花》的格律中存在的吊诡特点。次年一月，他又提到波德莱尔的创作中有一种"用巴洛克风格表现平凡对象"❷的倾向，认为他在最美的诗文中也不

---

　　❶ 波德莱尔：《画家和蚀刻师》（*Peintres et aquafortistes*），见《全集》，第二卷，第740页。
　　❷ Walter Benjamin, *Charles Baudelaire, un poète lyrique à l'apogée du capitalisme*, Paris: Payot, 1979, p. 6.

鄙弃最平庸、最被视为禁忌的字眼，并强调说他的这种技巧是"暴动的技巧"❶。本雅明还用"衣衫褴褛的大兵"来形容实践暴动技巧的诗人带给他的印象。❷

19世纪中期，社会主题在抒情诗中占有一个相当重要的位置。这其中的类型不一而足，有像写出《房客之歌》(*La Chanson des locataires*)和《印刷工之歌》(*La Chanson des imprimeurs*)的夏尔·科尔芒斯(Charles Colmance)那种抱有天真态度的，也有像写出《工人之歌》的皮埃尔·杜邦(Pierre Dupont)那种抱有革命态度的。许多人喜欢歌唱最新的发明创造，赞颂其具有的社会意义。但波德莱尔的巴黎诗歌全然不是这样。身为诗人，波德莱尔懂得与直接的社会介入保持距离。萨特(Jean-Paul Sartre)解释说，波德莱尔"之所以早早就对任何事业失去了兴趣，是因为他已经再三斟酌过自己所抱的彻底无用的态度"❸。他把生活经验也当作艺术经验或诗歌经验一样来体验。进行艺术创造，这是他唯一的存在理由。他毅然在一个完全不再给予诗人任何尊严的社会中坚持索求作为诗人的尊严。对他来说，艺术是一种宗教，而谋求一种能够超越于内容或主题之上的"纯诗"本身就是一项神圣的事业，这样的诗歌能够把"丑"变成"美"，甚至变成"崇高"。福楼拜(Gustave Flaubert)也持有与这相同的美学观，把艺术家看作艺术的基督，梦想写出一本"什么也不谈的无用的书"，也就是一本完全由一些回收而来的看似平凡的材料构成的"纯艺术"的书。在这种纯艺术的书中，平凡的材料摆脱了其实用的功能，被改造成为具有独立性的超越了一时一地局限的仪式化的符号。不过，所谓"纯艺术"，并不意味着把艺术简缩为封闭自足的自说自话。在有些历史背景下，对艺术形式的探索可以产生广泛的社会和文化反响，对福楼拜和波德莱尔提起的诉讼就充分证明了这

---

❶ Walter Benjamin, *Charles Baudelaire, un poète lyrique à l'apogée du capitalisme*, Paris: Payot, 1979, p. 143.

❷ Walter Benjamin, *Paris, capitale du XIXe siècle. Le Livre des passages*, Paris: Éditions du Cerf, 1997, p. 374.

❸ Jean-Paul Sartre, *Baudelaire* (1947), Paris: Gallimard, 1963, p. 35.

一点。在波德莱尔美学思想的构架中,"艺术"这一概念本身就包含着生活经验与艺术创造经验的关联。生活经验支配着诗歌形式,而诗歌形式也就应当把驱使世界运动的动能传达出来,把这种动能在生活的各个角落形成的神秘反映出来。

《巴黎图画》为我们提供了一个思考波德莱尔现代创作观念的良机。波德莱尔不仅认为艺术创造的经验与大街上的经验密不可分,甚至根本就认为两者具有同一性。《巴黎图画》白昼系列中的诗歌都与巴黎的街头景象有关。❶ 不过需要注意的是,大街并不简单只是这些诗歌的必要背景,也不简单只是一个可以遇见形形色色各种人等的场所。大街本身就是诗歌的写照,是诗歌活动的范型:

> 在各个角落嗅寻偶然的韵脚,
> 绊在字眼上,一如绊在路石上,
> 有时候撞上梦想已久的诗行。
> (《太阳》,第6~8行)

> 神秘到处渗透如同汁液一般,
> 顺着强壮巨人狭窄脉管纵横。
> (《七个老头》,第3~4行)

《巴黎图画》中的诗歌就是想要成为这种流动着如同汁液般的种种神秘的"狭窄脉管"。诗歌要成为这种"狭窄脉管",不是借助于对地形外貌的模仿,而是借助于对诗歌形式的创造,也就是借助于印刷出来

---

❶ 《太阳》:"沿着古旧的城郊"(第1行);《致一位红发女乞丐》:"在某家饭馆门口,/十字街头"(第47~48行);《天鹅》:"正当我穿越新卡鲁塞尔广场"(第6行);《七个老头》:"一天早上,在一条凄凉的街上"(第5行);《小老太婆》:"古老首都弯弯曲曲的皱褶里"(第1行);《盲人》:"从未见过他们对着地下/梦幻般地把沉重的脑袋垂下"(第7~8行);《致一位女路人》:"大街震耳欲聋,在我周围咆哮"(第1行);《耕作的骷髅》:"死人一般许多旧书/杂乱陈于河岸尘灰"(第1~2行)。

的文字外观，而且还借助于作为媒介的语言和格律的严格限制。诗歌像巴黎的大街一样，显示生活的种种神秘，而这些神秘像"幽灵"一样拉扯并魅惑着行走在大街上的诗人。

如果可以说《巴黎图画》中存在"现实主义"，那这种"现实主义"在于建立在生活经验与诗歌经验之间的等价关系。如果说诗歌模仿城市，那这种模仿首先是通过精神沟通的抽象形式进行的。《巴黎图画》的诗人实践的这种"现实主义"与他同时代人尚弗勒里（Chamfleury）和杜朗蒂（Edmond Duranty）等主张的精确再现现实外观的现实主义相去甚远。诗人相信，亦步亦趋地描摹现实会损害人所具有的创造性想象这一原始的、独一无二的才能。也正是出于这个理由，他在美学层面上对摄影术大不以为然。波德莱尔与那些歌唱现代声、光、化、电新发明的人不同，他在创作诗歌时往往是把城市加以消解，剥离其物质外观而直接抓取其精神实质。他在《既然存在现实主义》（*Puisque réalisme il y a*）一文草稿中坚定地宣示了自己的立场：

> 一切优秀的诗人总是现实主义的。……诗歌是最实在的，它是那种只有在另外一个世界才完全真实的东西。❶

这里所说的"另外一个世界"如果不是指那种被精神统摄的深层现实，那又会是什么呢？只有肉眼能够看见的"真实"并不是充分的真实，更不是全部的真实。精神层面的真实片刻也不应该脱离我们心眼的视野。波德莱尔的看法体现了一种具有现代意义的真实观。《1859 年沙龙》（*Salon de* 1859）中有一段文字可以帮助我们更好地理解波德莱尔心意中的"现实主义"究竟为何：

> 有这样一人自称是现实主义者，这个词有两种理解，其意不甚明确，而为了更好地指出他的错误的性质，我们姑且称他是实证主

---

❶ 见《全集》，第二卷，第 58~59 页。

义者,他说:"我假定自己并不存在,想要按照事物的本来面目或可能会有的面目来呈现事物。"此乃没有人的宇宙。另有一人,富有想象力的人,他说:"我想用自己的精神来照亮事物,并将其反光投射到其他那些精神上去。"❶

波德莱尔显然属于第二种人,他的"现实主义"可以说是一种超越了实证主义再现的"精神现实主义",其中总是蕴含着对现实的诗意观照。《巴黎图画》的诗人无论在他蜗居的阁楼上,还是在大街的人潮中,总是会在享受城市万化生活的同时,与具体的现实保持一定距离。他的巴黎就像是消解了物质外观后而变成为一个画廊,其中的每一幅图画都包含着针对现实巴黎的意味深远的寓托。波德莱尔实践的是一种"深层模仿",其诗歌的精妙就在于通过诗歌经验对城市经验进行创造性的置换,把生活转化为艺术作品,把自然的现实转化为诗的超现实,最终达成"对外部生活传奇般的迻译"。

二、诗歌对现实的再造:暮霭和晨曦中的城市

把现实置换为诗歌,就是通过诗歌把驱动现实的动能和现代生活的节奏传达出来。现实的本质在其能量,而不在其形貌。波德莱尔不是那种拒绝自己时代的人,相反,他对自己所处时代的生活体会至深。在他的巴黎诗歌中,虽然诗人直呼其名的巴黎景物并不太多,但我们却又无处不感到具有他那个时代鲜明特征的巴黎的存在。

只要读一下《暮霭》(*Le Crépuscule du soir*)一诗,马上就可以认出波德莱尔时代的巴黎。这是因为诗人把黄昏时刻表现成一种对人的内心平静构成的威胁,而这样的经验只有在现代大城市中才能够体会得到。夜幕降临之际,"急不可耐的人变成野兽一样"(第4行),"空气中那

---

❶ 见《全集》,第二卷,第627页。

些邪恶的魔鬼们／睡眼惺忪地醒来，活像生意人，／飞来飞去，敲叩着屋檐和门窗"（第11~13行），"卖淫业在大街小巷点亮灯火；／像蚂蚁四面八方钻出蚂蚁窝"（第15~16行）。这个时刻本应当让那些不幸的人们的精神在宁静和黑暗中得到舒解，然而城市的咆哮之声却让他们的痛苦呻吟变得更加尖厉，灯火通明的光线也让孤独者的忧郁变得更深。

在现代大城市出现以前，城市的形象基本上还是简单、平稳和自然的，跟四周的原野和平相处。如果要为那时候的城市找一个比喻的话，可以用蜂房来作比，到处看到的都是单纯而熟悉的事物，不像后来的城市那样掀起历史进程的狂涛巨浪，让人感到困惑难解、颇费思量。那时的许多诗人都喜欢把城市看作一个协调之物，体现着神造万物的真意。诗歌因而与现实中的城市处于一种融洽的关系之中，不需要为纷呈迭出的陌生事物和前路未卜的历史进程而焦虑不安。在传统的小城市中就像在大自然中一样，黄昏宣告夜的寂静悄然降临，仿佛是为它的来临打开了庄严的大门。直到1830年，当作家描写巴黎的夜生活时，主基调还是宁静和黑沉沉的夜色，而不是夜晚的喧嚣和让人头晕目眩的光亮。奥利维耶（Juste Olivier）在1830年对夜幕下的巴黎作了如下描写：

> 这是我一直喜欢并总是让我感动的时刻，一整天在古老的"新桥"上滚滚而过的车马之声一点一点地减弱了下来，渐渐消退。……那些在前半夜照亮塞纳河沿岸的灯火也一个接一个地熄灭了。宁静和黑暗相伴而行，在巴黎城中蔓延开来。它们就像是两个夜游神，一处不漏地跑遍这座大城市，跑遍它的街巷、河岸和冷清的广场，而宵小之徒则趁着夜色伺机而动。又过些时候，在这个原本嘈杂的世界，一切都安静下来，一切都变得舒缓平和，一切都酣然进入睡乡。❶

从奥利维耶的这段描写中可以看到，浪漫主义时期的巴黎还没有后来那

---

❶ Juste Olivier, *Paris en 1830*, Paris: Mercure de France, 1951, p.175.

种彻夜灯火通明的景象,不像后来的巴黎那样为夜游者提供一个纵情声色的天地。从最乐观的方面说,夜晚只不过是一个适合于表达内心感受的背景,或是有一些怪人怪事出没的舞台,就像奥利维耶描写中提到的"宵小之徒则趁着夜色伺机而动"。奥利维耶的描写还是以传统的感受方式传达出一种传统的诗情,在其中看不出夜晚的巴黎有什么与众不同的地方。真正与现代巴黎之夜的亲近仍有待时日。

到了波德莱尔这里,情况就完全发生了改变。在波德莱尔的诗中,夜晚非但不让白天的纷乱骚动得到平息,反而让其有加无已,变得更加肆无忌惮。城中的人开始激动起来,兴奋得不能自持,他们的欲望被闪烁的灯火点亮。每个人都在寻找要去的地方,不是为了得到休息,而是为了寻欢作乐。夜晚不再表示工作时间的完结,不再有它承诺的休息和温馨。通明的灯火照亮全城,让夜晚不再是夜晚。摇曳的灯光下呈现出来的景物变幻不定,全是从未见过的,以后也再见不到。形同白昼的夜晚让城市人变成"野兽"一般,急不可耐地尽情宣泄心中的欲望。在这样一个时候,密谋者聚在一起策划阴谋,小偷感到正可以趁着城市的乱象浑水摸鱼,男人们准备好了要大干一场,女人们准备好了要谈情说爱。当别人都迷失在夜晚城市的深渊中不能自拔之际,诗人不惧危险,孤独而勇敢地进行穿街越巷的考察,并且像炼金术士一样用文字对这个世界重新进行组合,创造出他诗歌中的世界。

《晨曦》(*Le Crépuscule du matin*)为我们呈现了城市在黎明到来之际的情状。如果说《暮霭》中写的是城市人苦于在夜晚不能够得到休息和安睡,那《晨曦》则刚好与之相反,写城市人难以在黎明到来时从困睡中苏醒过来。通过比较乡村的黎明和城市的黎明,我们可以更清楚地看到巴黎在黎明之际所具有的特点。

在乡下,黑夜散发着平和的气息,到了黎明时分,草木上结满晶莹清凉的露珠,兔子等小动物蹦蹦跳跳出没其间。日出的霞辉和声声鸡鸣伴着人们晨起。新的一天在祥和的氛围中开始。生火、取水、赶牲口、下地锄禾和种庄稼,看似繁忙的事情全都按部就班,一切都显得井井有条。经过夜晚的净化，原野变得清爽澄明，土地变得更加肥沃，美丽的景色让人全然不能够生出任何与邪恶沾边的想法。葱郁的景色和清新的空气让黎明的到来格外打动人心。

而在城市中却恰恰相反，夜晚并没有净化之功，它没有奉献出一个清朗的黎明，反而是黎明需要涤除夜晚的污秽，涤除那些未曾满足的心照不宣的梦想和欲望。经过一整夜在快活、罪恶和劳累中的折腾，迎接黎明到来时的城市已是筋疲力尽。晨起的人千方百计想要摆脱夜晚的胡闹和由此带来的隐隐的不安。来到街上，还可以看到夜晚生活的见证者——那些劳累了一夜的可笑之人。这主要是那些最放荡无行的人，夜晚的生活增添了他们脸上的皱纹，也增添了他们思想的苦涩。他们在黎明中拖着沉重的脚步，想要回到家里，在大白天忘掉夜晚的所作所为。他们是否是通过"蠢模蠢样的睡眠"来达到忘记的目的呢？《晨曦》的以下诗句似乎对这种阐释作了暗示：

> 欢场女子眼圈乌黑，张着大嘴，
> 蠢模蠢样，倒在床上呼呼大睡。（第13~14行）

> 荒淫之徒力竭精疲，打道回府。（第24行）

这些劳累了一夜的人顺着墙根悄无声息地走过，像是从另外一个世界逃离出来的幽灵。他们带着城市的记忆，而充满他们记忆的全是城市夜晚发生的一桩桩千奇百怪的事件。

巴黎的黎明伴着安扎在城中心的军营传出的晨号声拉开了序幕。雄鸡的啼鸣本来是田园牧歌必不可少的点缀，而在城市中，那划破雾蒙蒙天空的声声鸣叫却是与垂死者上气不接下气的嘶哑喘息相呼应，仿佛是在宣告黎明之际的城市正从远处、从难以承受的凶险、从日复一日的残杀中沉重归来。就在城东方向快要映出第一道朝霞时，又有几个绝望者寻了短见，又有几个病人离开了人世，他们没有能够跨过这样一个生死关头。晨曦中的人哆哆嗦嗦，一副站立不稳的样子，一夜的劳累让他们流了太多的汗水，让他们空乏的身体疲惫不堪："男人倦于写作，女人倦于情爱"（第11行）。夜晚向白天的过渡显得异常艰难，像是让"产妇"承受巨大痛苦的分娩，又像是"载着倔强而沉重的躯体"的灵魂所模仿的"灯光与日光的搏斗"（第6~7行）。在这个光影交接即将开始新一天生活的时刻，城市的机能却像是死了一般，城市的氛围却像是葬礼一般，没有人敢率先站出来将它重新启动。最初的脚步和最初的声响显得鬼鬼祟祟，像是在偷偷摸摸中进行。行人似乎不愿意挪动任何东西，甚至怕挪动自己的脚步；他感觉自己仿佛是在一个本不该出门的时刻却不合时宜地走到了街上。弥漫的雾气像裹尸布一样包裹着城市。星星点点的煤气灯在晨雾中印出一个个红色的晕斑，沿街发出的一闪一闪的光点让人联想到摇曳的守夜烛光。在诗歌中，光影效果、声音效果和整体氛围应和呼应，为"身披红衫绿衣"的晨曦的出场作了充分的铺垫。全诗最后一节的四行诗句用拟人手法塑造出巴黎的寓托形象——一位困不欲醒、揉擦着惺忪睡眼的辛勤老汉。我们可以在这个形象身上看到城市人的倔强和卑屈。这几句诗以近乎于外科手术般的犀利，透过巴黎生活的表皮而深入到其深层的血肉之中获取一个切片，将城市中这个"古怪而迷蒙"时刻的实质展现得淋漓尽致。

三、从现成事实到诗歌形象：卖淫猖獗的城市

卖淫的形象也是可以让我们走进城市诗歌的一条途径。这一形象不仅包含着城市景观的某些重要方面，而且也可以让我们看到从粗陋的现成事实到艺术的诗歌形象的演化过程。

"卖淫"（la prostitution）一词除了肉体出卖的字面意义外，也喻指社会中那些水性杨花、轻浮浅薄、唯利是图的现象，这表现在政治、社交和艺术活动等诸多领域，其表现形式便是不惜以欺诈手段投人所好，为博取欢心而极尽恭维谄媚之能事。巴尔扎克（Honoré de Balzac）在

《法拉格斯》（*Ferragus*）中把巴黎称作"这个伟大的交际花"。圣西门主义者米歇尔·舍瓦利耶（Michel Chevalier）也有类似的说法，他在一封私人信件中对巴黎的说辞显示了《圣经》对他的影响："这个巴别塔一样的乱七八糟之地，这个巴比伦，这个尼尼微，这个《启示录》中的巨大怪兽，这个涂脂抹粉、满身疮斑、破皮烂肉、行为不轨的娼妇，……这个婊子。"❶对诗人雷塞吉耶（Jules de Rességuier）来说，巴黎有一种让人看不明白、说不清楚的暧昧之美，它变来换去，可以是"王后，女奴，娼妇"❷。埃斯基洛（Alphonse Esquiros）在1833年4月创作的诗歌《索多玛》（*Sodome*）中描写了一位背弃贞操的荡妇，整天在"如同古代酒神巴克斯的女祭司般疯魔"的城市中东游西荡。这首诗的结尾部分呈现出来的城市像是发情一样，如同"下流的女王和女神"般"欲火中烧"❸。

《巴黎图画》体现了诗人的一个挥之不去的顽念，那就是把巴黎这座城市始终与情欲和交欢的意象联系在一起。在《太阳》（*Le Soleil*）中，城郊的房子拉下百叶窗，"遮掩着不可告人的淫行猥情"（第2行）。在《暮霭》中，日尽夜来之际也是追情逐爱的开始。城市变成了为寻欢作乐而准备的一张大床：

……天空
像一间大卧房把门慢慢关上，
急不可耐的人变成野兽一样。（第2~4行）

"卧室"的形象也见于诗人其他作品的字里行间，例如，在同样题为《暮霭》的散文诗中，诗人把暮霭说成是"一只看不见的手从东方深处

---

❶ 米歇尔·舍瓦利耶1833年1月3日致弗拉沙（Flachat）信，转引自 H. R. d'Allemagne, *Les Saint-simoniens 1827~1837*, Paris: Gründ, 1930, p. 336.

❷ Jules de Rességuier, *Paris*, in *Les Prismes poétiques*, Paris: Allardin, 1838, p. 12.

❸ Alphose Esquiros, *Sodome*, in *Les Hirondelles*, Paris: Renduel, 1834, p. 235.

拉起的沉重帷幕"❶。在《现代生活的画家》中,夜晚来临被说成是"古怪而可疑的时刻,天空拉起帷幕,城市亮起灯火"❷。《雾和雨》(*Brumes et pluies*) 给我们一个暗示,那就是对习惯了痛苦的诗人来说,没有什么东西比冬夜的苍苍幽暗更加温馨:

——除非趁无月的夜晚耳鬓厮磨,
在一夜风流的床上忘却痛苦。(第13~14行)

卖淫在波德莱尔诗中所占的位置并非无足轻重。蒂博岱在《内在》(*Intérieur*) 一书中特别强调了这点,指出波德莱尔的诗歌"围着某种情爱形式打转,这种情爱形式究其根本是属于大城市的大街的,说得干脆点,就是卖淫"❸。《小老太婆》(*Les Petites Vielles*) 中的那些小老太婆很可能就是过去名噪一时的交际花。《赌博》(*Le Jeu*) 中在赌场里为赌徒助兴的是一些"老娼妓"。就连天真无邪的女乞丐也被表现成情欲的对象。波德莱尔笔下那位街头小歌女与德尔沃(Alfred Delvau)在《巴黎的底细》(*Les Dessous de Paris*) 一书中描述的那些站街女有诸多相像之处:

看着她们在柏油路上转悠真乃赏心乐事:裙子在一边随随便便地撩在齐膝的地方,露出来的小腿在太阳下面显得溜光溜光的,像阿拉伯马的腿一样细巧而矫健,一抖一抖的急切动作实在可爱极了,脚上穿的半筒靴精美考究,无懈可击!没有人关心这双腿是不是道德……,想要做的,就是她去哪里便跟她去哪里。❹

除了充满情欲的笔调上的相似外,就连有些细节都是一致的,如"半筒

---

❶ 见《全集》,第一卷,第312页。
❷ 见《全集》,第二卷,第693页。
❸ Thibaudet, *Intérieur*, Paris: Plon, 1924, p. 30.
❹ Alfred Delvau, *Les Dessous de Paris*, Paris: Poulet-Malassis, 1860, pp. 143-144.

靴"（le brodequin）这个词就出现在《致一位红发女乞丐》（À une mendiante rousse）一诗最初的多个版本中。直到在1861年的《恶之花》第二版中才换成了"厚底靴"（le cothurne）。每当夜晚来临，"卖淫"便会四下出动，进袭全城：

> 透过被晚风吹打的昏晦微光，
> 卖淫业在大街小巷点亮灯火；
> 像蚂蚁四面八方钻出蚂蚁窝；
> 开辟出隐秘的道路四通八达，
> 就像敌军搞突然袭击的诡诈；
> 蠢动在污泥浊水的城市深处，
> 像虫子般从人身上窃取食物。
> （《暮霭》，第14~20行）

当夜尽天明，新的一天重返城市之际，黎明的气氛中仍然带着卖淫的痕迹："欢场女子"张着大嘴，蠢模蠢样地"倒在床上呼呼大睡"，而那些打道回府的"荒淫之徒"也被一夜的劳累搞得"力竭精疲"，而且：

> 这时，邪恶的梦像群蜂乱舞般
> 让棕发少年在枕上反侧辗转。
> （《晨曦》，第3~4行）

在《跋诗》（Épilogue）的一份草稿中，诗人列举了他在巴黎这座城市看到的景象，其中的"妓院""大婊子""交际花"等字眼甚至都采用了词语的本义，不是浪漫主义时代的作者习惯采用的那种《圣经》式的隐喻或转喻意义。❶

在波德莱尔的诗歌中，"卖淫"有时候并不只是局限于妓女。在这

---

❶ 《跋诗》，见《全集》，第一卷，第191页。

种情况，这个词既不是取浪漫主义式的意义，也不是取其本义，而是诗人赋予它的意义，可以说是一种波德莱尔式的特殊意义。如在"灵魂的神圣卖淫"这样的表述中，波德莱尔用"卖淫"这个词来表示自己与城市大众的关系。在他眼中，任何把自己的秘密呈献给路人的举动，无论是有意的还是无意的，都是"卖淫"。巴黎就是这样一个"幽灵在光天化日下勾引行人"的城市。散文诗《比斯杜利小姐》（*Mademoiselle Bistouri*）中那位缠着诗人喋喋不休的女主人公就是在巴黎的大街上天天都可以见到的那些"卖淫"的幽灵之一。波德莱尔对自己与人群的关系有着完全自觉的意识，他乐于"与人群结为一体"❶。这就意味着，光从外面看是不够的，还必须深入其中。波德莱尔的诗歌总是与种种生活方式密不可分，也就是说，无论在精神层面还是在生活层面，他所理解的"卖淫"既是一种自我的丧失，也是一种自我的拯救。

波德莱尔在诗歌中表现卖淫，不仅仅是为了展示社会中的一个病态问题，也不仅仅是为了在《圣经》式的意义上进行一种道德判断，而是把与资本主义时代城市生活相关的整个经验以诗歌手段呈现出来。在金钱和资本的作用下，巴黎无论在本义上还是在转义上都沦为卖淫的狂欢场。娼妓的卖淫不过是整个资本主义社会中"劳动堕落"而步入货币化和商品化后的"普遍性卖淫"的一个缩影，是资本主义城市生活的一个表征。卖淫的娼妓兼具商品与人的性质，通过出卖性行为而博取金钱上的成功。而"普遍性的卖淫"与此具有相同的逻辑，通过出卖人格、情感、才能和活动而在社会上站稳脚跟，仿佛这一切已经成了个人社会性格发展的必要一环。在这样的氛围和背景下，波德莱尔巴黎诗歌中的娼妓意象就有了意味深长的蕴涵。

本义上的卖淫活动的猖獗，是伴随着资本主义大城市的出现而出现的一个突出社会现象。卖淫在大城市里找到其最好的市场。卖淫女的大量出现，既是贫困的产物，又是城市中道德瓦解、群体性淫乱、对消费生活的向往等催生的结果。随着19世纪城市人口的"爆炸"，这一现象

---

❶《现代生活的画家》，见《全集》，第二卷，第691页。

更变得尤为惊人。城市的大街比以往任何时候都适宜于让卖淫女游来荡去，向路人卖弄风姿。19世纪初，卖淫女主要活动在巴黎中心的"王宫"（le Palais-Royal）一带，光那里就常住了近千名妓女。随着时间的推移，卖淫活动蔓延到首都的各个角落。到了19世纪中期，巴黎从事卖淫业的人数从18世纪末的3万人增加到5万人❶（这其中的绝大多数都是没有进行正式登记的"流莺"，而正式登记的数量还不到1/10）。到了晚上，城中凡有闲游者出现之处就必有妓女出现。在圣奥诺雷街（la rue Saint-Honoré）及其相邻街道，在蒙马特尔地区，在城郊一带，到处都可以看到她们成群结队出没的身影。有些在路边站成一排，像是出租马车在等待客人，有些则不知疲倦地东游西转，想凭运气碰到主顾。德尔沃就此写道："她们不是女人，——她们就是黑夜。"❷

卖淫女的大胆放肆让她们所从事的这个行当往往具有令人惊奇震愕的特点。她们主动上前勾搭，娇媚地说一些甜言蜜语，挑逗诱劝，以身相许，一缠上客人就黏住不放，直把客人弄得服服帖帖、百依百顺。她们敢做出暧昧下流的动作，直指要害而去，全然没有居家女人应该有的矜持审慎，也不像有些女子那样面对男人的勾搭采取半推半就的态度。埃斯基洛在《路灯下的巴黎》（*Paris aux réverbères*）一诗中带着几分厌恶的笔调，描写了一位妓女上前跟诗人搭讪的情景：

> 身后冲我传来娇滴滴的笑声，
> 一只裸臂在夜色中将我碰蹭，
> 一个女人过来，我哪里敢碰她，
> 她贱得还不如我脚下的泥巴，
> 乳房鼓胀饱满，脸上堆着淫笑，

---

❶ 参见：（1）维尔纳·桑巴特著，王燕平、侯小河译：《奢侈与资本主义》，上海人民出版社2000年版，第67页；（2）费力普·李·拉尔夫等著，赵丰等译：《世界文明通史》（下），商务印书馆1999年版，第277页。

❷ Alfred Delvau, *op. cit.*, p. 142.

对我说:"宝贝,来睡觉!"❶

为了对卖淫业加以规范和管理,巴黎警察局于1830年4月14日颁布了由警察局长克洛德·芒冉(Jean-Henri Claude Mangin)签署的一项法令,对卖淫女以何种方式出现在大街上作了规定。透过这项法令,我们可以看到当时卖淫业的普遍状况。现将该法令摘录如下:

> 第一条:……同时也禁止她们在任何时候以任何理由出现在拱廊街、公园和主干街道。第二条:妓女只能够在妓院内从事卖淫活动,只能够在点亮路灯后前往该场所,且务必直接前往,衣着要朴素而得体。……第四条:妓女不能够在一个晚上离开一家妓院再到另外一家妓院。第五条:不住在妓院的妓女务必在离开妓院后于夜里11点以前回到自己的住处。……第七条:妓院可以用一个灯笼作标志,并且在最初一段时间可以有一位年长的女性站在门口。……第十三条:任何已婚妇女或成年未婚女子只要有固定住处,居住环境良好且至少有两个房间,在征得房东和主要承租人同意(已婚妇女还需征得丈夫同意)的条件下……,可以成为妓院老板娘,并获得许可执照……。❷

该法令中甚至还有对未成年女子从事卖淫的相关规定。我们很容易通过这项法令的内容想象出当时卖淫活动的"盛况"。

大规模的城市整治在为巴黎开辟出大路新街的同时,也在城中遍设路灯,这让那些站街的女子有了一个更好的舞台。妓女的形象常常是与路灯联系在一起的:

---

❶ Alphonse Esquiros, *Paris aux réverbères*, in *Les Hirondelles*, op. cit., p. 105.
❷ 转引自 F. F. A. Béraud, *Les Filles publiques de Paris et la police qui les régit*, Paris-Leipzig: Desforges, 1839, II, pp. 133-135, 156.

> 路灯以姑娘的姿态翘首以待。❶

从战略意义上说,也就是对警察局和对公共安全来说,路灯的作用大有益处,其在消除大街黑暗的同时,也赶跑了犯罪,有助于大街上的良好风化。然而吊诡的是,这同时似乎又让卖淫活动得到加强。路灯为卖春女子提供的支持,一是身体上的,可以让她轻松地倚靠在灯杆上,不至于因为站得太久而过于劳累;一是商业上的,能够为她的活动提供方便,因为对她所从事的非法买卖来说,煤气灯发出的朦胧光晕可以模糊她的身影,好让她进行这种秘密交易,或者有时候她会突然出现在一束强烈的白光中,显出浓妆艳抹的脸,像是从半明半暗中冒出来的幽灵一样勾引路人,又或者在警察到来时,她又可以马上隐身在周围的黑暗之中。路灯增强了光阴对比的效果,也增强了显露和躲藏的作用。光线和黑暗的这种交替作用值得注意,可以帮助我们看到在城市空间中妓女从室内涌向大街的这种显身方式上的变化。

随着煤气灯被广泛引入到城市照明中,法语中表示"点火""点灯""照亮"等意思的动词"allumer"也产生出转义,表示"吸引""引起注意"的意思。例如,在商业和广告用语中,"allumer le client"字面意义是"照亮客人""为客人掌灯",其暗含的意思是"吸引客人""招徕顾客"。巴尔扎克的作品中已经出现了这种用法的例证。❷ 由于火和热量常常跟欲望联系在一起,因而这个词不久后又引申出跟情欲有关的"挑逗""撩拨""激起欲望"的意思。如果说乔治·桑(George Sand)在 1855 年使用 "allumeuse de réverbères"(点路灯的女人)时还只是取其字面意义,那有证据显示,到 1880 年时这一说法有了 "引诱男人的女

---

❶ Jules Romains, *Les Rues*, in *Puissances de Paris* (1911), NRF, 1919, p. 9.

❷ 巴尔扎克的《纽沁根银行》中出现有这样的话:"当店里面堆满货品,要紧的是把它们卖出去。要卖得好,就必须招徕顾客,这就有了中世纪时店门口的招牌和今天的广告单。"(H. de Balzac, *La Maison Nucingen*, Bruxelles, Meline, Cans et Compagnie, 1838, p. 138.) 这段文字中的"招徕顾客"一语在法语原文中是 "allumer le chaland"。法语著名辞书《法语宝典》(*Trésor de la Langue française*)在 "allumer" 词条中也援引了巴尔扎克的这个例子。

子""卖弄风骚的女人"的意思,是称呼"妓女"的黑话,而在日常用语中这种用法可能早就出现了。语义上的这种滑移渐变没有什么好让人吃惊之处,它只不过显示语言学和文学想象是如何体现19世纪城市景观的变化的。从粗糙的现成事实到文字形象或诗歌意象之间只有一步之遥。当波德莱尔以一种游走于现实主义和寓意之间的笔触描写巴黎的黄昏,写出"卖淫业在大街小巷点亮灯火"这样的诗句时,他已经完全参与到从现实过渡到富有寓意的诗歌寓托形象的运动过程中。

在发达资本主义时期,妓女成了一个让城市摆脱不掉的角色,可以与一切决定资本主义世界特点的因素等量齐观。她表征着资本主义社会的外在特点,也体现着资本主义社会的内在逻辑。在"群体淫乱"❶ 空前加剧的第二帝国时代,女性在公共生活中被商品化是一个特别显眼的主题。卖淫与资本主义生产条件下的工作方式有着性质相同的地方,而妓女本身也成了名副其实的商品。在这方面,我们尤其要强调视觉在性挑逗中的首要作用:女人成了一种景观,浓烈的化妆打扮再加上强烈的灯光效果,不仅吸引目光,更促成了卖淫关系中的戏剧化效果,把性的交换装扮成了商品的展览场一般。这与资本主义的生产方式和商品买卖形式有着惊人的相似。而在妓女们的行话中,"工作"(le travail)一词也确实是她们用来表示自己所从事活动的代名词。工人们也把他们妻女的卖淫叫做"额外的工作钟点"❷。今天的社会中也有"性工作者"的说法。本雅明注意到了卖淫与工作的相近之处,并就此写道:

> 工作越是接近于卖淫,那么把卖淫当成工作并且向卖淫看齐就越显得诱人……。在发生失业的情况下,工作和卖淫更是以巨人的步伐彼此走近;所谓"keep smiling"(英语:"保持微笑"——

---

❶ 语出爱德华·傅克斯所著《欧洲风化史》:"在第二帝国时代,群体淫乱的再度加剧是当时众所周知的事实。每一个现在即使是粗浅地从事过这一时代研究的人,都会在文学和艺术方面不断发现新的证据。这一事实因此是很少有争论的。"(赵永穆等译,辽宁人民出版社,2000年,第354页)

❷ 见 Karl Marx, *Der historische Materialismus*, Leipzig: Landshut et Mayer, 1932, p. 318.

译注），就是在职场中用了情色欢场中妓女用微笑取悦客人的那种行事态度。❶

从下层阶级的窑子到上层阶级的歌舞厅，"群体淫乱"让卖淫与其他活动的界限变得越来越模糊，并逐渐与"情妇"这个职业混同起来。大部分资产阶级评论者认为，卖淫或与男人私通是女人可用以补充收入的两个基本选择。卖淫就跟造成这种现象的贫困一样，既普遍又令人不悦。对家庭处于困境的妇女来说，出于绝望与纯粹的饥饿，卖淫通常是她们唯一的选择。同样是为了"维持生活"，但相较于卖淫，与有资力之人维持稳定的私通关系似乎更能够带来经济上的解放。有一位歌剧名伶就因为与豪斯曼男爵（le baron Haussmann）保持有公开而长期的婚外情，而在后者的保护下事业蒸蒸日上。在当时的社会风尚下，男人们也往往乐于公开夸耀自己拥有情妇，仿佛这是显示他的能力和富有的必不可少的标志。在咖啡馆与饭店、剧院与歌舞厅中，资产阶级与情妇多的是碰头的机会。就连来自外省的大学生拥有自己的情妇也是司空见惯的现象，由此还产生出了被称作"格里塞特"（grisette，本义"小织女""小裁缝""年轻缝纫女工"）和"罗瑞特"（lorette，本义"住在罗瑞特圣母院街区的女子"）的这样一些既非良女又非妓女的类型，她们靠照顾男子为生，以为他们提供愉悦而换取一些好处（如食物、礼品、钱财和娱乐等）。

到了19世纪末，卖淫的形式发生了改变。妓院的数量大为减少，从第二帝国时期注册的300多家减少到47家。但这丝毫改变不了妓女作为商品的社会身份。在"美好时代"（la Belle Époque），卖淫越来越不再是主要属于下层阶级性质的事情，不再像以前那样是由于大量移民进入城市而导致的对女性的需要。卖淫活动的形式不再像以往那样简单直接，而是变得高雅考究，完美地与时代风气相顺应。妓女主要不是要满足普通百姓的发泄，而更多是为了满足资产阶级在家庭外拈花弄柳、窃玉偷香的癖好。伶俐的姑娘成了一件奢侈品，可以与巴黎的高档时装

---

❶ Walter Benjamin, *Le Livre des passages*, op. cit., p. 376.

或香水相提并论。高档的卖淫在每个时代都存在，但从未像此时这样昭彰无忌、蔚为壮观。在一个具有严重阶层区隔的等级社会中，出卖色相在某种意义上是许多女性快速实现社会进阶的唯一有效的途径，其作用就像中世纪时的教会之于男人。被买或者被卖，这就是妓女融入资本主义社会并实现自己价值的方式。

妓女就像城市中的其他商品一样可以买卖，像那些放在橱窗中等待买主的产品一样等待客人。她们的眼睛像通明的店铺一样发出诱惑。波德莱尔在《你要把全宇宙纳入你的闺房》（*Tu mettrais l'univers entier dans ta ruelle*）一诗中做了这种类比：

你的双眼通明似当街的店铺。❶

据普拉隆回忆，这首诗是诗人在19世纪40年代写给一位叫做"斜眼妹子萨拉"（Sarah la Louchette）的卖春女子的。诗中把妓女与店铺联系起来所做的这种类比，显示诗人凭着直觉对资产阶级社会逐渐商品化并成为卖淫欢场的事实已经有所预见。前面说的是妓女像商品，而如果把比喻关系颠倒过来，也可以说店铺的橱窗和橱窗中的商品也像妓女一样打扮得花枝招展，尽情施展魅力，期望把别家店的顾客统统勾引过来。不仅仅是妓女，也不仅仅是橱窗和商品，就连现代资本主义的整个城市都在向金钱和炫耀的力量行臣服礼，像资产阶级的游戏空间一样弥漫着卖淫的气息，表现出欢场女子身上所具有的诸如神秘诡异、见利忘义、纵情声色、异想天开等一系列特点。

在19世纪的城市文学中，作为欲望的符号和化身的妓女在众多作家的作品中都有表现，但在不同作家笔下，这一形象所体现的内涵又有所不同。欧仁·苏（Eugène Sue）笔下的玛丽花（Fleur-de-Marie）和雨果（Victor Hugo）笔下的芳汀（Fantine）被描写成贫困的产物，是男性欲望的受害者和城市罪恶的牺牲品；小仲马（Alexandre Dumas fils）笔

---

❶ 见《全集》，第一卷，第27页。

下的"茶花女"玛格丽特（Marguerite）则是一个被浪漫化和理想化了的出入于上流社会的交际花形象；而出现在左拉笔下的妓女则往往是充满兽性的诱惑者和来自下层的可怕毁灭者，她们作为罪恶的化身，承载和体现着道德的堕落和社会的淫乱。波德莱尔与上述作家有所不同，他对待妓女和卖淫的态度既不是完全的同情和美化，也不是完全的憎恶和恐惧，虽然他在天性上完全可以同时对之既同情和美化，又憎恶和恐惧。他在这方面的态度也体现了他看待现代城市和现代世界的一般态度。也就是说，他从诗人和艺术创作者的角度出发，对他眼前的对象采取一种超越善恶判断的态度，在对象身上寻找比对象本身所能给予他的更多的东西，努力发掘其中包含着的隐秘的美、暧昧的美、矛盾的美。他对自己诗歌的职能有着自觉的意识，因而他为了追求他所理解的美而绝不会停留于对象表面上的别致画面。他的巴黎诗歌中的"卖淫"意象不简单只是现代城市的一个景观，而是用诗歌对城市生活的深层现实进行置换的结果，包含着城市生活最基本的构造、运行机制及其对于人的存在所具有的新的神秘影响力。

四、内在相似性：经验的等值

波德莱尔的艺术评论，尤其是他在发表头两版《恶之花》之间的那段时期——这也是他创作巴黎诗歌的重要时期——撰写的艺术评论，体现了他对艺术作品中的形象的形成过程所进行的重要思考。诚然，他的分析是针对造型艺术而发的，但也可以对广义上的美学和狭义上的诗歌美学富有教益。波德莱尔从未明确指出过在现代的"美"中，永恒的和不变的那"一半"究竟占多大的份额。总之对他来说，"现代性"并不仅仅局限于选取当代题材，在这之外，尤其还要求有一种新的表现世界的方式。居伊（Constantin Guys）之所以现代，除了因为他所表现的当代场景外，还因为他所喜欢采用的速写和素描等绘画形式，以及他在创作过程中运用的那些手段，如善于在闲逛中进行观察，凭着记忆作画，运笔飞快一气呵成等。这些艺术评论之所以重要，不只是因为它们向艺术家提出了主题上的变化，即让艺术家们从表现大自然的"太过草食性"的风景画家变为表现城市的"现代生活的画家"，更因为它们创立了一套基于"深层模仿"的新的表现理论，其要旨就是艺术家面对呈现在他面前的新空间，不仅要学会接纳它，更要懂得"驾驭"它和"改造"它。我们可以认为，波德莱尔的这些艺术评论开启了对城市空间的形象表现问题的理论性和实践性所进行的思考。

我们同意博纳富瓦（Yves Bonnefoy）的看法，他认为波德莱尔的伟大之处在于他虽然晚于雨果和巴尔扎克，却是第一个以完全自觉的方式理解到巴黎为诗歌直觉提供了怎样的机缘。[1] 就像《巴黎图画》为我们显示的那样，正是借助城市提供的机缘，波德莱尔让巴黎诗歌达到了完全自觉的状态。

波德莱尔属于为数不多的几个对巴黎有着最全面、最敏锐经验的人之一。他用每一个细胞和每一根神经去感受巴黎，无论是对这座城市的爱还是恨，都让他激动不已、刻骨铭心。但同时，作为诗人，他在诗歌中赋予巴黎的形象完全不属于那种模山范水的类型，不是外在形貌上的临摹毕肖。如果以摄影师的镜头为标准，那他作品中所摄取画面的数量远不及他同时代的许多人。波德莱尔无意于恪守肉眼所见的现象的真实，他并不太热衷于描写现实中的真实场所。波德莱尔也是有叙事的才能的，他的《小散文诗》中有好几篇都是十分出色的故事。只不过他在散文诗中讲故事的时候并不是很多，而他在格律诗中则从来不讲故事。他从艺术的角度最关心的，是通过"构建"或"创造"出自己的"风景"，把现实置换为图画。他不以表现"客观材料"为意，而是注重于传达个人对于世界的感知、印象或反应，体现出自己沉浸于城市经验中的那种感受能力。他意欲表现的印象或反应是属于灵魂层面的，既是个人的灵魂，也是都市的灵魂。我们可以把他论述德拉克罗瓦（Eugène

---

[1] 博纳富瓦为《波德莱尔—巴黎》（*Baudelaire-Paris*）一书所撰序言，见 Claude Pichois et Jean-Paul Avice, *Baudelaire-Paris*, Paris: Éditions Paris-Musées, 1993, p.14.

Delacroix）的话用在他自己身上，因为他与这位画家一样以极富启发性的方式传达出来的，"是看不见摸不着之物，是梦幻，是神经，是灵魂"❶，而这些近乎于神秘的内容实则是最难以用写实的图画来传达的。如果非要说图画，那波德莱尔以巴黎现实为主题的"诗歌图画"也不是真正意义上的现实主义图画，而更像是一种具有印象主义风格的图画，这种图画为我们呈现出一位城市抒情诗人对他所生活环境的反应，把我们从一个客观领域带入到一个主观领域，从一种共享的现实带入到一种个人的现实。当他在感受到强烈印象之际，无论这印象是让他喜欢的还是让他感到厌恶的，作为诗人，他首先要做的就是准确地传达出这种印象，用诗句把这种印象展现出来。能够展现这种印象的诗句不是一种简单的描写，而是情感的一种等价物，也就是艾略特在《传统与个人才能》（Tradition and the Individual Talent）一文中所说的"新的组合"（new combinations）。这种"新的组合"既关乎情感，也关乎能够完美传达情感的"媒介物"（medium）。此处所谓"媒介物"指"手段""工具"，也就是指诗句。作为诗句的媒介物以传达"情感"和"灵魂"为要旨，而不必然以模物仿态为归依。这正是我们在波德莱尔创造的诗歌"图画"中所见到的情况。在组合他的诗歌媒介时，诗人虽然有时候也借用了一些取自当代生活的现成事实，但同时从其他人的艺术作品和书籍中借用了繁多的题材为他所用。这些借用并不损害他的诗歌的巴黎性，因为他诗歌中的情感、精神和灵魂是"巴黎性"的，而借用只是为了便于让他组合出更为完美的"媒介物"，让他的诗歌"图画"真正成为能够"诠释"现代世界的图画，而不只是对现代世界做简单的"再现"。波德莱尔用"图画"一词来代称自己的巴黎诗歌，这意味着他有意识地要赋予这些诗歌以一种绘画般的静态造型。与其说这些诗歌是对城市客观生活的造型，不如说是对这种生活在诗人身上所激起的主观感受和印象的造型；与其说这些诗歌转述着巴黎生活所讲述的故事，不如

---

❶ 波德莱尔：《德拉克罗瓦的作品和生平》（L'Œuvre et la vie de Delacroix），见《全集》，第二卷，第 744 页。

说转述着诗人对于巴黎生活的感知和见解。当诗人通过诗歌形式创造出在一切方面都能够与城市的坚实格局等量齐观的静态造型之际，他也就成功地把自己的巴黎"图画"创造成了富有深意的巴黎"寓言"。

强调波德莱尔巴黎"图画"的主观方面，并无意味着说诗人是与世隔绝的凭空臆想者。相反，他正是在与世界相遇而带来的强烈感受中去"提取"让他魂牵梦萦的"永恒"和"来生"。凡是城市中可以见到的种种具有冲击性和攻击性的现象，如凶猛的人潮及其运动、与陌生人的偶遇、众人目光的逼视、闻所未闻的奇事、令人恐惧的秘密、路上行人在城市生活压迫下如同机器人般的滑稽可笑的外表等，他的诗中不仅都有所表现，而且还为我们展示了这些现象中包含着的暴虐的力量。波德莱尔的巴黎诗歌有许多独特之处，其中之一就是意识到城市对于人的暴虐和威胁。巴黎这座城市是他的强烈印象的来源，也是他诗歌灵感的来源。对诗人来说，城市不仅仅是一种景观，也不仅仅是一种背景，而是他要从中攫取出灵魂的一个对象，而这个灵魂就是城市的灵魂，是城市独有的精神气质和文化特质。他在诗歌中所要表现的，就是大城市的这个深刻的方面，是他通过感觉从资本主义社会纷乱复杂的"无数关系的交织"[1]中捕捉到的深意。他在巴黎这座城市中采集的，是那些有助于传达出包含在城市世界的每一事物中的诗意的东西。对他来说，眼前的事物与其说是事物，不如说是词语、隐喻或象征，就像他在《天鹅》中说的："一切对我都成为寓托。"在这位巴黎诗人看来，城市是辅助他获取诗歌的必由之路。他徜徉在大城市的"象征的森林"中，一如徜徉在现代诗歌的词语和韵脚中，悉心体会城市的美幻和凶蛮、神奇和不堪、纯净和卑污、适意和背弃。作为"寓托"的现实材料与最内在的感情交相应和，以自己的资源丰富对方并最终融合为一体，实现感觉和精神领域的"化学反应"。

艺术上的应和理论及其实践自然意味着"模仿"和"置换"这两层意思。不过，正如前面已经说过的，波德莱尔在其巴黎诗歌中对城市的

---

[1] 《巴黎的忧郁》，见《全集》，第一卷，第276页。

模仿不囿于城市的现实外观，他在模仿中打乱了现实材料，甚至对它们加以改造、变形，然后再重新进行组装，以自己构拟出来的图画和景观传达出城市的内在能量，体现出现代生活节奏的深层逻辑。如果说他的这些诗歌中存在现实主义，那这是一种能够传达现实城市内在能量的内在现实主义；如果说他的这些诗歌中存在模仿，那这是一种能够体现现代生活节奏深层逻辑的深层模仿。支撑这种特殊的现实主义和这种特殊的模仿的基础，是城市空间和诗歌空间的内在相似性，即它们在人的内在感受经验层面的等值。城市空间和诗歌空间，城市经验和诗歌经验，这是两个不同的但又有着相互应和关系的世界。这两个世界各自呈现出不同的外观形态，但它们又有着经验价值的相通：它们具有相同的强烈感官震撼，相同的复杂性和矛盾性；它们令人振奋，也令人迷惘，让人欣悦，也让人沉郁，向人们发出启示，也向人们发出追问；它们的灵魂中跃动着相同的节奏。从一个更准确的意义上说，波德莱尔在他的巴黎诗歌中实践的"深层模仿"实则不是用诗歌来模仿现实，而是用诗歌来置换现实。而且这种置换不是对现实的简单移植，而是体现出艺术活动和精神活动对现实的提升或深化作用，换句话说，当波德莱尔通过诗歌创作活动把城市置换为图画之际，他其实是把物的价值置换为精神的价值，把属于城市生活的日常经验置换为具有普遍价值的美学经验。

波德莱尔是维尔哈伦所说的那种在心灵上"随着城市的节奏颤动"的诗人：

> 他的心年轻、热情，又柔顺、驯服，
> 在深处随着城市的节奏颤动。
> 新节奏，气喘吁吁的热烈节奏，
> 侵入灵魂并统摄一切的节奏，
> 疯狂暴躁，驱动着时代的步伐！[1]

---

[1] Émile Verhaeren, *Les Attirances*, *Les Rythmes souverains* (1910), Paris, Mercure de France, 1929, pp. 1124–1125.

这样一位诗人在其血肉和灵魂深处涌动着"城市的节奏"和他对于现代城市爱恨交织的情愫。他不会错失城市经验给他带来的改造诗歌意象、丰富诗歌灵感的良机。

波德莱尔是一位伟大的巴黎诗人,不仅在《巴黎图画》中如此,而且在他的全部诗作中也是如此。他的诗歌捕捉到了这座城市的灵魂和命脉。就其内在动力和心理强度来说,很难设想波德莱尔的诗歌创作活动能够在现代大城市的环境之外完成。他的全部创作都体现出极为现代的感受性:神经质的敏感气质,对于现代性的热衷,对于人工美的崇拜,纨绔主义,对于人群的激情,把情欲用作包裹人的光晕,对于神秘的痴迷,等等。城市始终纠缠着诗人的精神,就像一个情妇纠缠着她的情人死不放手一样。

波德莱尔在他自己的"自我"和巴黎外在现实之间建立起具有应和关系的网络,从而将巴黎内化为自己身体的一部分,同时将自己外化为巴黎的一部分。当诗人与巴黎相遇,他便让巴黎成为抒情诗的巴黎,成为诗人的巴黎,同时让自己成为巴黎之诗的诗人,成为咏唱巴黎的抒情诗人。

波德莱尔时代的那个19世纪的巴黎已经不复存在,或者说只有在记忆中还存在着。但幸亏有了波德莱尔创造的抒情诗中的巴黎,今天的读者在阅读他的诗作时能够清楚地感觉到,波德莱尔对他那个时代的巴黎进行的观照一直没有过时,至今仍然具有现实性。他的诗歌中反映出来的巴黎的忧郁、迷狂、神秘等经验具有历久不灭的价值。

【作者简介】

刘波,广东外语外贸大学外国文学文化研究中心教授、法语语言文学方向博士生导师,主要从事法国文学和文学理论研究。电子邮箱:liubogw@163.com

迈向"行吟诗"
——评萨拉扎克的现当代戏剧诗学

■赵英晖

【摘要】萨拉扎克戏剧思想的核心是一个富含差异又不乏统一的概念——"行吟诗"。萨拉扎克用这个以"缝合"为本意的词来命名纷繁芜杂、奇观异象迭出的现当代戏剧,旨在突出其综合、自由和异质同一的特质。他把现当代戏剧看作19世纪末"戏剧危机"的延续和出路探寻,认为在这场由内容变化引发的形式变革中,"戏剧性"与原本在亚里士多德戏剧理论中被排斥的"叙事性"和"抒情性"发生了多重交织与碰撞,传统戏剧在向"外"和"内"两个方向的延展中成为一个不断自我"开放"的事物。这个概念因其对现当代戏剧特征的凝练概括,及对"叙事性"和"抒情性"的重新阐释而在今天的西方戏剧理论界产生巨大影响。但这个概念中存在一处矛盾,即在反对斯丛狄"叙事的主体"概念同时又不自觉地依赖它。

【关键词】行吟诗 戏剧性 叙事性 抒情性

一、引言

法国现当代具影响力的戏剧理论家,较早如萨特、巴特、多尔(Bernard Dort),他们的研究注重戏剧的内容和形式中体现出的历史、社会与个人的关系问题,在他们对剧作、演出、剧场等的批评中,戏剧作为人类的一种知识形态,不仅是对历史问题、时代问题、人的普遍境遇的反映、影射和反省，而且"能够并应当干预历史"❶，为解决社会、历史问题提供济世之方。他们指出法国当时流行的"市民戏剧"（théâtre bourgeois，这种戏剧形式由狄德罗、博马舍提出后，发展至萨特、巴特的时代已不同当初）的缺陷以及使之得以产生并流行的"市民阶层"（la bourgeoisie）在对自己和世界的认知方式和认知结果中存在的种种顽症。❷ 较近的如于贝斯菲尔德（Anne Ubersfeld）、帕维（Patrice Pavis）、兰格埃尔（Jean-Pierre Ryngaert），他们的戏剧批评中明显不再有萨特等人的"介入性"和社会历史担当，戏剧也不再是反映市民阶层和以市民阶层为代表的现代文明问题的镜子，他们较大地受到符号学、叙事学的影响，把戏剧看作一件自美其美的艺术品，将讨论集中在文本和演出本身，分析戏剧文本的内在结构、戏剧流派的发展理路演变、某位剧作家的创作主题、文体等方面的特色、戏剧舞台的符号意指形成机制等问题。

与他们相比，萨拉扎克（Jean-Pierre Sarrazac）有一种整体性、发展性的戏剧观，面对纷繁芜杂、奇观异象迭出的现当代戏剧，他力求找到它们的共同特征和共同起源。他历史地看待今天的戏剧，认为柏拉图融合理性与非理性、打通逻各斯和秘索思界限的思想是今日戏剧的精神源头。如同尼采在对艺术本质的探讨中指出了"酒神精神"和"日神精神"的区分一样，萨拉扎克把从中世纪戏剧到莎士比亚，从皮斯卡托（Erwin Piscator）、布莱希特到克洛岱尔（Paul Claudel），从贝克特到科尔代斯（Bernard-Marie Koltès）的"不规则"戏剧，与主张秩序、整饬的亚里士多德—黑格尔式理性主义戏剧区别开来，后者在戏剧史上长期占据准绳和范例地位，而前者一直为后者所不屑，即使是惊世骇俗的离经叛道者，也一直被视为附属、边缘或异类的存在，但这一脉源流始终不曾间断，直至今日壮大为一片恣肆汪洋。

萨拉扎克的现代戏剧思想体系由若干概念组成，其中有对戏剧史上

---

❶ Roland Barthes, *Écrits sur le théâtre*, Seuil, 2002, p. 135.
❷ 例如 Jean-Paul Sartre, *Un théâtre de situations*, Gallimard, 1973, p. 106, 120-121.

已有概念的沿用；有他提出的新概念，如"生活的戏剧"（drame-de-la-vie）、"寓言"（parabole）、"迂回"（détour）、"亚戏剧的"（infradramatique）等；也有对已有概念的新阐释，如"歌队""元戏剧""复调"等。所有这番承继和创造，无一不由一个词统摄，由之生发、最终又促成其发育，这个词就是"行吟诗"（rhapsodie）。萨拉扎克借用这个脱胎于荷马史诗、饱含中世纪诗歌创作特征、带有民族主义和英雄主义音乐色彩、至今仍在日常法语中发挥功效的词，突出其词义中包含的综合、自由、异质同一的意义，他认为这个富含差异又不乏统一的概念，是现当代戏剧与传统戏剧（drame）❶相比最突出的特色，也代表着"戏剧的未来"。

　　萨拉扎克的理论与斯丛狄（Peter Szondi）的思想渊源颇深。萨拉扎克称自己的研究与斯丛狄思想的关系是"批判的忠实"❷。他认为在所有对现当代戏剧的讨论中，唯有斯丛狄揭示出了现代戏剧之所以是其所是的内源性因素，❸而他的工作也是同斯丛狄一样，通过戏剧形式研究（而不是主题研究），❹在戏剧自身发现其实现自身边界迁移的可能性。虽然有研究方法和研究目的上的一致性，萨拉扎克与斯丛狄思想的差异也很明显，本文将在比较萨拉扎克所谓"行吟诗"与斯丛狄所谓"叙事剧"的不同中，对"行吟诗"概念进行解读，并指出这个概念中存在的一处矛盾，即在反对"叙事剧"核心理念的同时又不自觉地依赖它。

---

　　❶ drame 是一种特殊的戏剧形态，在西方戏剧中长期占据至高的规范位置，它通过扮演而不是叙事来摹仿，由一系列事件构成情节，这些事件由情境、人物性格和目的引发，不同人物因性格和目的的不同而必然形成冲突，事件之间因果相继，冲突不断升级，但最终必须化解，秩序重新建立。具体解释可参阅拙文《也论"戏剧性"——兼与董健先生、谭霈生先生商榷》（载《戏剧艺术》2019年第5期）。本文为行文方便，称 drame 为"传统戏剧"，而以"戏剧"作为 drame、叙事剧、"行吟诗"等所有戏剧形式的统称。
　　❷ Jean-Pierre Sarrazac, (dir.) *Lexique du Drame Moderne et Contemporain*, CIRCE, 2010, p. 8.
　　❸ *Ibid.*, p. 7.
　　❹ Jean-Pierre Sarrazac, *L'Avenir du drame*, Éditions de L'Aire, 1981, p. 18.

二、"行吟诗"即"缝合"

"行吟诗"一词起源悠久,最早指吟游诗人演绎的史诗,尤指他们对《伊利亚特》和《奥德赛》的演绎,他们通常从中截取片段,在演绎过程中盛装出场,既讲又演、且歌且乐。❶ 但萨拉扎克在用"行吟诗"一词命名现当代戏剧的时候,并未将我们的注意力过多引向词源学考察,而是更重视这个词今天的日常、字面含义,或者说,在他看来,这个词今天的日常、字面含义已道出了它从古希腊至今在文学、音乐、日常生活领域一直被沿用的原因,当然也是他自己青睐于它的原因。他根据两部常用法语词典《利氏》(Littré)和《小罗伯特》(Petit Robert)给出 rhapsodie 及与之同词根的数个单词的含义:"名词 rhapsodage 指缝补的动作;动词 rhapsoder 指缝补、整理;形容词 rhapsodique 指由碎片、片段组成的;名词 rhapsodie 指行吟诗人讲述的一系列史诗片段或非常自由的乐曲创作。"❷ 萨拉扎克先给出 rhapsodie 的动词、动名词、形容词,旨在突破人们在看到 rhapsodie 一词时难免会陷入的由古希腊"行吟诗"和 18 世纪诞生的音乐体裁"狂想曲"所营造的意指空间,而是要让人们从先于这个意指空间处开始认识这个词,利用同根单词间的意义关联突出它们共同的本意:"缝合",或者说"一系列""片段""自由"的"缝合",这其实也是人们最初以之命名"行吟诗"、"行吟诗人"和"狂想曲"的原因。在现当代戏剧,也即萨拉扎克所谓的"行吟诗"中,被"缝合"起来的是什么成分呢?最初,萨拉扎克认为是"戏剧(dramatique)片段和英雄叙事(épique)片段",❸ 后来,"行吟诗"的"缝合"内容有了进一步扩展:除原有的戏剧和英雄叙事外,又加入了抒情(lyrique),"行吟诗"是"英雄叙事、抒情和戏剧三种主要文学表

---

❶ *Universalis* 2017 电子词典。
❷ Jean-Pierre Sarrazac, *L'Avenir du drame*, Éditions de l'Aire, 1981, p. 21.
❸ *Ibid.*, p. 36.

达形式的不断混合"。❶ 在萨拉扎克之前,黑格尔虽然将戏剧体诗置于抒情诗和史诗之上,认为戏剧体诗是史诗与抒情诗的综合,兼有抒情因素(主体)和与之相对立的史诗因素(客观存在)❷,但他并不认为三者的界限应当打破,他如亚里士多德一样强调戏剧与史诗在摹仿方式、摹仿内容和由此引发的接受效果上的差异。而萨拉扎克的"行吟诗"作为一种艺术形式,首先意味着体裁间界限的消弭。

"行吟诗"概念的提出,对于解决戏剧研究界在命名今天的戏剧时陷入的语汇困境而言,无疑是一个有效的尝试。常见的命名方式,如"当代戏剧创作"❸"当代戏剧"❹等,更多的是借助"当代"一词给这批戏剧一个时间定位,并不求彰显其共同的本质特征。雷曼(Hans-Thies Lehmann)的"后戏剧剧场"(Postdramatisches Theater)的出现是一个突破,将当代戏剧的某些特征——比如文本主导型戏剧被剧场主导型的"后戏剧"取代——彰显在对它的命名中,在"后"学昌盛的时代,这个词很快被广泛接受,而使人忽略了它力所不及之处,即那些并不曾在文本与舞台之间的竞赛中败阵的文本主导型戏剧。萨拉扎克发现了这种偏颇,他提醒说:"必须警惕那种宣称传统戏剧(drame)已死的现代主义主张,也要警惕当下的时髦说法,称它已消亡于舞台创作。"❺在法国,虽然凯恩特(Tadeusz Kantor)和威尔森(Bob Wilson)的戏剧在20世纪70年代引发了对剧场性的追求,但仍有大批戏剧创作者始终不渝地以文本立足,如科尔代斯(Bernard-Marie Koltès)、维纳维尔(Michel Vinaver)、施米特(Eric-Emmanuel Schmitt)、曼亚纳(Philippe Minyana)等。

诚然,在对现当代文艺作品的描述中,"拼贴""碎片化""片段"

---

❶ Jean-Pierre Sarrazac, *Théâtres du moi, théâtres du monde*, Médianes, 1995, p. 17.
❷ 黑格尔著,朱光潜译:《美学》(第三卷下),商务印书馆1981年版,第99页。
❸ Ryngaert 的著作题目 "Écritures dramatiques contemporaines" (Jean-Pierre Ryngaert, *Écritures dramatiques contemporaines*, Armand Colin, 2011.)
❹ Pavis 的著作题目 "Le Théâtre contemporain" (Patrice Pavis, *Le Théâtre contemporain: Analyse des textes, de Sarraute à Vinaver*, Armand Collin, 2004.)
❺ Jean-Pierre Sarrazac, *L'Avenir du drame*, Éditions de l'Aire, 1981, p. 189.

等词绝无新意、已属常谈，现当代戏剧情节破碎、人物模糊、对白脱节、因果关联瓦解……与传统戏剧（drame）对照鲜明，这是理论家的共识，也是戏剧艺术对以消解整一性和绝对性为主要特征的西方现代文明的把握。萨拉扎克承认现当代戏剧的异质化表现，但并不停留于共识，他的工作特殊处在于以下几点。

（1）在尊重"创作的多样性、复调性"的基础上，❶ 找到多样表现的"共同关键点"❷。他没有像大多数学者那样将研究止步于"多样性"等外在的、笼统的、并不触及每一部现当代戏剧本质特征的描述，而是努力寻找只属于现当代（而不属于其他时代）戏剧且为现当代戏剧共有的特质。他从研究戏剧文本和演出的基本美学范畴（情节、人物、时空、话语、动作等）出发，最终目的是在"多样与共同之间实现永恒的、有成效的交流"，非其如此，无法认识"自我重生中的戏剧创作"❸。

（2）"行吟诗"是一个异质统一的事物，也因其异质统一，而成为一个"不断发展"❹ 的事物。萨拉扎克一方面指出"行吟诗"是"戏剧、叙事、抒情的万花筒"，❺ 是"充满活力的马赛克拼贴画"，❻ 以突出其异质包容、斑斓错杂的特色；另一方面他着重指出多文学体裁在"行吟诗"中的"缝合"是重新形成一个整体，他用希腊神话中的牛头怪米诺陶洛斯❼、马驴所生的"骡子"❽、卡夫卡笔下半猫半羊的怪物❾来比喻"行吟诗"，意在指出这头"怪兽"与亚里士多德在描述戏剧情节时用以做比的那只体态优雅、结构单纯、比例恰当、动作协调的"美

---

❶❷ Jean-Pierre Sarrazac, *L'Avenir du drame*, Éditions de l'Aire, 1981, p. 16.
❸ Jean-Pierre Sarrazac, *Théâtres du moi, théâtres du monde*, Médianes, 1995, pp. 11–12.
❹ Jean-Pierre Sarrazac, *Poétique du drame moderne*, Seuil, 2012, p. 394.
❺❻ Jean-Pierre Sarrazac (dir.), *Lexique du Drame Moderne et Contemporain*, CIRCE, 2010, p. 189.
❼ *Ibid.*, p. 19.
❽❾ Jean-Pierre Sarrazac, *L'Avenir du drame*, Éditions de l'Aire, 1981, p. 40.

丽的动物"❶形成鲜明对照。并且,"通过交叉与杂交"❷而成的这个具有内在差异的统一体不是静态的,而是一个活动的过程,是无中心、无边界、总在伸展变化中的"逃逸线"❸,或者如卡夫卡的怪物般具有无限形变的能力。❹

(3)围绕"行吟诗"概念建立起一个解释现当代繁多戏剧现象的思想体系。"行吟诗"在《戏剧的未来》（*L'Avenir du drame*,1985）中问世之后,便在萨拉扎克后来陆续刊行的著作中一直或隐或显地存在着:有时作为被全面剖析的主要阐释对象（*Poétique du drame moderne*,2012）,有时作为所探讨问题的最终指向（*Théâtres du moi, théâtres du monde*,1995）,有时作为论述基调潜藏在萨拉扎克对戏剧问题的看法中（*Théâtres intimes*,1989;*La Parabole ou l'enfance du théâtre*,2002;*Strindberg, L'Impersonnel*,2018）,也即萨拉扎克戏剧诗学中的所有概念和问题无一不与"行吟诗"相关,或者说是"行吟诗"的组成部分。

那么叙事与抒情是怎样与传统戏剧（drame）"缝合"在"行吟诗"中,形成这样一个独特整体的呢?

三、"小说化":传统戏剧与叙事的"缝合"

萨拉扎克所谓传统戏剧与叙事"缝合",是指传统戏剧通过叙事"流溢"❺出自身之外。

萨拉扎克"行吟诗"中的"叙事",并不是经斯丛狄阐释的"叙事",而是更接近巴赫金的"小说化"概念。斯丛狄的《现代戏剧理论（1880~1950）》论述"戏剧的"的对立概念如何在戏剧中萌生、确立

---

❶ 亚里士多德著,陈中梅译:《诗学》,商务印书馆1996年版,第74页。
❷❸ Jean-Pierre Sarrazac, *Poétique du drame moderne*, Seuil, 2012, p. 393.
❹ Jean-Pierre Sarrazac, *L'Avenir du drame*, Éditions de l'Aire, 1981, p. 40.
❺ Jean-Pierre Sarrazac, *Poétique du drame moderne*, Seuil, 2012, p. 302 "débordement"; p. 393 "forme extravasée".

并将戏剧带往"远离戏剧"[1]的方向。斯丛狄的主要观点是：产生于文艺复兴的近代戏剧再现的是人际互动关系，剧中人物以对白方式存在，人物间的关系是主体间际关系，无主客之分。但19世纪末的戏剧中出现了"叙事的自我"[2]，也即出现了一个"知道所有人的情况"[3]的超级人物，人物间关系变成了这个超级人物与其他人物之间的关系，也即"单个的自我与对象化的世界之间的对立"[4]关系。这样一来，"人自身的社会存在对人来说成为对象性的东西"，[5]戏剧中发生了主客分离，"叙事剧"由此诞生，并引领着19世纪末以后的戏剧发展方向。

这种对"叙事"的理解统治着戏剧叙事性研究，但萨拉扎克对此并不同意，他认为：斯丛狄阐发这种主客体关系的出发点是布莱希特的戏剧理论和创作，而布莱希特本人在戏剧理论和实践中并未能解决主客体关系问题，他"因意识形态而忽视了某些东西：主要是戏剧性，以及与之相关联的主体性"，[6]主客分离在戏剧中根本不可能真正实现。萨拉扎克对戏剧中的主客体关系问题的思考，其实是沿着萨特的路走的：萨特在《叙事性戏剧与戏剧性戏剧》中认为，当观众发现这件艺术作品表象的内容与自己相关时（萨特称这个时候观众"参与"（participation）了艺术作品），这件艺术作品就不再是观众的"客体"（objet），而是因观众的"参与"而成为观众的"映像"（image），如同观众在镜中照见了自己。[7]也就是说，一旦观众对艺术作品发生了某种程度的（不必是完全的）理解，"客体"就成了"映像"。我们与我们的"映像"的关系是我们理解或在一定程度上理解它；我们与我们的"客体"的关系是我

---

[1] 斯丛狄著，王建译：《现代戏剧理论（1880~1950）》，北京大学出版社2006年版，第5页。
[2] 同上书，第6页。
[3] 同上书，第68页。
[4] 同上书，第43页。
[5] 同上书，第111页。
[6] Jean-Pierre Sarrazac (dir.), *Lexique du Drame Moderne et Contemporain*, CIRCE, 2010, p. 17.
[7] Jean-Paul Sartre, *Un théâtre de situations*, Gallimard, 1973, p. 118.

们完全不理解它，而需要有人来给我们解释。叙事性与戏剧性的区别就在于"戏剧性是让我们理解，叙事性是有人给我们解释我们不理解的东西"❶。布莱希特的"陌生化"就是要"呈现、解释、让观众评判，而不是让观众参与"❷，即让被呈现之物对于观众而言完全客体化，达到观众完全的不理解，从而实现引导观众理解的目的。但是萨特认为布莱希特并不能真正实现他的目的，因为"参与是戏剧深刻的本质"❸，一方面，因为理解必然随着解释而发生，一旦理解发生，则完全的"客体"便不复存在；另一方面，布莱希特赋予自己的戏剧一个重要的社会历史使命，即"既要展现个体行动也要展现构成这个个体行动的条件的社会行动，他要展现一切行为中的矛盾，同时也要展现产生这些矛盾的社会制度，所有这一切包含在一部戏剧中……"❹既然是社会共同的条件，那么必定既是戏中人物的生存条件，也是观众的条件，在这样的情况下，共情的发生、"参与"的发生、"映像"的发生便是不可避免的。因而，即便是布莱希特也无法做到不引起观众的任何共情、让观众完全置身于被看事物之外、使得被看事物完全"客体"化。因而，萨特在这篇文章的结尾处总结说："叙事性中有一个很明显的不足：即布莱希特从没有能够在马克思主义的框架中解决主体与客体的问题，因而，他从不知道如何在自己的戏剧中给主体它应有的位置。"❺斯丛狄所谓的"叙事剧"在萨拉扎克看来，同样也忽略了萨特所说的戏剧中不可避免的"参与"的必然性，即观看者对被观看事物产生共情的必然性，"世界"不可能被完全"对象"化，斯丛狄-布莱希特意义上的"叙事性"根本不成立。

萨拉扎克倾向于借助法国戏剧实例和巴赫金的"小说化"（romanisation）概念来解释，强调叙事成分的加入给传统戏剧（drame）带来的"开放"❻性。他认为法国戏剧中早就具备不属于传统戏剧（drame），

---

❶❺ Jean-Paul Sartre, *Un théâtre de situations*, Gallimard, 1973, p. 149.
❷❹ Ibid., p. 105.
❸ Ibid., p. 144.
❻ Jean-Pierre Sarrazac, *L'Avenir du drame*, Éditions de l'Aire, 1981, p. 27, 49.

而属于"叙事"的成分，❶且这样的例子层出不穷：博马舍称自己的"费加罗三部曲"（La Trilogie de Figaro）为"阿尔玛维亚家族小说"（roman de la famille Almavia）；本就以小说创作与理论著称于世的左拉，在写戏时更是把对小说的主张付诸戏剧实践；维泰兹（Antoine Vitez）呼应阿拉贡（Louis Aragon）的"戏剧—小说"（Théâtre-Roman）《巴尔的钟声》（Les Cloches de Bâle，1934）创作"戏剧—叙事"（Théâtre-Récit）《卡特琳娜》（Cathrine，1975）；杜拉斯（Marguerite Duras）叙与戏结合的《夏雨》（La Pluie d'été，1990）被视为"可读之戏"（un théâtre de lecture）……巴赫金认为小说相对于其他文学体裁而言的特殊性在于它的复调性和"流动发展"，❷在于它没有固定的程式和规范，❸在小说成为主导文学体裁的时代，其他文学体裁都发生了"小说化"现象，❹也即题材具有了现实性，展现人物的空间和时间不再受限。❺萨拉扎克反复使用"小说化"一词，尤其强调"行吟诗"是传统戏剧"流溢"出原来有限的时空维度，或者说，他尤其强调，"叙事"就是导致传统戏剧"流溢"出它原有时空维度的因素："由于叙事剧，我们进入了空间和时间的另一个维度，遥远的维度。"❻萨拉扎克称"戏剧封闭，叙事剧开放"❼，这种"开放"性可归纳为如下两方面：（1）戏剧时空被无限扩大，传统戏剧包含的"舞台内空间（微宇宙）和包围它的舞台外空间（大宇宙）的二元对立"遭到质疑，❽萨拉扎克意义上的叙事剧空间"是自足的，外与内相互联系起来"❾，如布莱希特、克洛岱尔的戏剧都"志在扩展至整个宇宙"❿，人物可以自由地穿行于时

---

❶ Jean-Pierre Sarrazac, *L'Avenir du drame*, Éditions de l'Aire, 1981, p. 36.
❷ 巴赫金著，白春仁、晓河译：《巴赫金全集》第三卷，河北教育出版社1998年版，第511页。
❸ 同上书，第513页。
❹ 同上书，第508页。
❺ 同上书，第509页。
❻ Jean-Pierre Sarrazac, *L'Avenir du drame*, Éditions de l'Aire, 1981, pp. 25-26.
❼ *Ibid.*, p. 27.
❽❾❿ *Ibid.*, p. 26.

空中的任何地方；（2）"使遥远者相逢"即是"把相异的事实并置"❶，叙事剧因而成为"无止境的片段集合"❷，瓦解了传统戏剧中对于情节跨度、连贯性、完整性、集中性的要求，例如阿瑟·米勒的《推销员之死》、贝克特的《最后一盘录音带》、拉噶尔斯（Jean-Luc Lagarce）的《我们是英雄》（*Nous, les héros*, 2002）等。

但是，可以看出萨拉扎克对戏剧"小说化"原因的认识与巴赫金有很大不同：巴赫金的"小说化"思想具有小说本位的倾向，这样一场变动，对小说以外的其他文学体裁而言是弱势在强势裹挟下的随波逐流，它们"被"小说化了。萨拉扎克的分析更强调戏剧作为一种文艺形式其自身的坚守和内源性发展动力，萨拉扎克认为法国历史上出现的戏剧"小说化"现象，可以从戏剧的源头找到依据，从亚里士多德开始已被理解为戏剧的原动力和发展脉络的情节，本身就是叙事性的而不是戏剧性的，因而，戏剧从诞生之日起，自身便包含了异己的力量。这样，"缝合""戏剧"与"叙事"的"行吟诗"，不是"对一个知名范例（布莱希特）亦步亦趋的仿效"❸，也不是在小说强大影响力的左右下不自觉的屈从，而是诞生自本身具备自我解构以及在解构之后重生的能力的戏剧本身。

四、"内心戏剧"：传统戏剧与抒情的"缝合"

如果说通过"流溢"而实现的传统戏剧（drame）与"叙事"的缝合是传统戏剧的向外扩展，那么，传统戏剧与抒情的缝合则是它的内化。"行吟诗"是传统戏剧同时向两个相反的方向改变自己。

在对"行吟诗"抒情性的研究中，萨拉扎克仍在试图解决斯丛狄的疏漏，他认为：斯丛狄戏剧思想诞生于布莱希特戏剧理论如日中天之

---

❶ Jean-Pierre Sarrazac, *L'Avenir du drame*, Éditions de l'Aire, 1981, pp. 25-26.
❷ *Ibid.*, p. 26.
❸ *Ibid.*, p. 38.

时，因而，斯丛狄"热衷"[1]于把戏剧中发生的各种变化都贴上"叙事性"的标签。[2]"唯叙事论的倾向"[3]将叙事剧作为形式变革的唯一结果，但实际上，并不能概括现当代戏剧全貌，这是对戏剧现实的"目的论歪曲"[4]，"违反了自然主义、象征主义、表现主义戏剧的现实"[5]。萨拉扎克此处所谓"违反"在很大程度上指斯丛狄理论对现代戏剧抒情性的忽视，例如，萨拉扎克指出，斯丛狄特别关注《鬼魂奏鸣曲》中的人物亨梅尔在第一、第二幕中的表现，亨梅尔在这两幕中对其他人物和事件进行解说，因而斯丛狄称他是"叙事的主体"，但斯丛狄却将第三幕视作"败笔"，因为亨梅尔已死，戏剧恢复为少女和学生的传统对白。可是在萨拉扎克看来，第三幕正是这部戏的"独特性"和"现代性"所在，这段穿插着沉默、独白、祈祷的对白是戏剧抒情性的体现。[6]

抒情"是独特主体的表达，用优美动听、富有节奏感、以音乐为模范的语言，使主体情感生活经验的内容变形甚至升华"[7]，它的源泉是"主体的内心生活"[8]，因而"精神活动的主体"[9]在抒情中起主导作用。"行吟诗"的"抒情性"主要指各种形式的内心表达，因为萨拉扎克也使用"主体内戏剧"（théâtre infrasubjectif）[10]或"内心戏剧"（théâtres intimes）[11]来指称"行吟诗"。与之相反，他用"主体间戏剧"（théâtre

---

[1] Jean-Pierre Sarrazac (dir.), *Lexique du Drame Moderne et Contemporain*, CIRCE, 2010, p. 10.

[2] Jean-Pierre Sarrazac, *Poétique du drame moderne*, Seuil, 2012, p. 296.

[3][5] Jean-Pierre Sarrazac (dir.), *Lexique du Drame Moderne et Contemporain*, CIRCE, 2010, p. 8.

[4] *Ibid.*, p. 11.

[6] *Ibid.*, pp. 12–14.

[7] Jean-Michel Maulpoix, « Le lyrisme, histoire, formes et thématique…» (https://www.maulpoix.net/lelyrisme.htm)

[8] 黑格尔著，朱光潜译：《美学》（第三卷下），商务印书馆1981年版，第199页。

[9] 同上书，第187页。

[10] Jean-Pierre Sarrazac, *Théâtres intimes*, Actes Sud, 1989, p. 19.

[11] Jean-Pierre Sarrazac, *Théâtres du moi, théâtres du monde*, Médianes, 1995, p. 127.

intersubjectif)[1] 来指称传统戏剧（drame），传统戏剧（drame）以人际互动关系为创作基础和展现内容，这就意味着将所有与人际互动无关的内心表达边缘化。

"行吟诗"的"抒情性"，指它在对待内心的问题上与传统戏剧（drame）的不同可归纳为如下两点。

（1）人物抒情的变化。萨拉扎克指出，在"行吟诗"中，"人际（interpersonnel）或主体间际（intersubjectif）关系常常让位于主体内心（intrasubjectif）或者我与世界的关系"[2]，改变人物命运的事件不是如在传统戏剧（drame）中那样在人际互动中按照开端、发展、高潮的层递被呈现出来，而是在大幕拉开前就已发生，戏剧要展现的不是人与人的冲突本身，而是冲突之后的人的状态，即"行吟诗""描绘的不是事件，而是事件对主体的影响"[3]，"行吟诗"是"对被世界和自身冲动所影响的主体自身的再现，这个主体力图从内心进行自我表达和思考自我。"[4] 易卜生、斯特林堡、奥尼尔、皮蓝德娄、贝克特、杜拉斯等人的作品中都有这样的"主观化"[5]现象，"把整部戏剧集中在人物心里"[6]。

传统戏剧（drame）并非不呈现"事件对主体的影响"，例如，雨果在《克伦威尔序》中甚至将对内心世界的展示提升到与对外部世界即行动的展示同样重要的地位："诗人充分地达成艺术的多样化目标，给观众打开双重视野，同时照亮人类的外部和内心；通过他们的话语和行动来照亮外部，通过旁白和独白来照亮内心；总的来说，就是把生活的戏剧和内心的戏剧交织在同一幅画面中。"[7] 在《克伦威尔》（Cromwell，

---

[1] Jean-Pierre Sarrazac, *Théâtres du moi, théâtres du monde*, Médianes, 1995, p. 81.
[2] Jean-Pierre Sarrazac, *Poétique du drame moderne*, Seuil, 2012, pp. 66-67.
[3] *Ibid.*, p. 304.
[4] Jean-Pierre Sarrazac (dir.), *Lexique du Drame Moderne et Contemporain*, CIRCE, 2010, p. 99.
[5] Jean-Pierre Sarrazac, *Théâtres du moi, théâtres du monde*, Médianes, 1995, p. 10.
[6] Jean-Pierre Sarrazac (dir.), *Lexique du Drame Moderne et Contemporain*, CIRCE, 2010, p. 13.
[7] Victor Hugo, «Préface de *Cromwell*» (https://fr.wikisource.org/wiki/Cromwell_-_Pr%C3%A9face).

1827）和《欧那尼》（*Hernani*，1830）中，几个重要人物均有大段独白吐露内心的真情实感。浪漫主义剧作家已认识到人际冲突无法展现主体的全部思虑。

但是，传统戏剧（drame）中的抒情段落是与行动紧密相关的，例如罗德里戈（*Le Cid*，1636）面临家族荣誉和儿女私情冲突时的内心矛盾、费加罗（*Le Mariage de Figaro*，1784）对自己漂泊生涯的回顾和对自我身份的焦虑与求索……谢拉尔（Jacques Sherer）对此有精辟总结：很多时候，作者安排展现人物内心世界的独白，其目的并不是单纯为了抒情，还为了让人物在抒情的同时，在思考中做出决断，从而推动剧情发展。❶ 也即是说，在传统戏剧（drame）中，抒情的出现必须能在"主体间戏剧"情节发展中找到原因，它的结束也必须能够推动"主体间戏剧"情节发展，它并非自足、独立，它需要一个来自外部的原因发动，并指向一个自身之外的目的，所以罗德里戈的大段抒情之所以被允许镶嵌在"主体间戏剧"中，是因为两下权衡的情感挣扎最终导向了一个决断，这个决断引发的行动推动了情节进展。

而在"行吟诗"中，存在大量不具备决断功能的内心表达，人际关系不是抒情产生的原因，也不是抒情要推动的对象，有的戏剧中甚至没有人际关系，例如，在梅特林克的《闯入者》《盲人》《室内》中，人物在惶惶不安中等待一个已发生的灾难被揭示出来，人对事件的感受，或者说事件对人内心的冲击是戏剧要展现的全部内容。萨拉扎克指出马拉美、叶芝、佩索阿（Fernando Pessoa）、巴列-因克兰（Ramon Maria del Valle-Inclan）以及《地狱》（*Inferno*，1898）之后的斯特林堡的作品都可在这个意义上被称作"戏剧诗"❷。

（2）"行吟诗"也是作者个体体验的抒发。摹仿论美学观念统治下的传统戏剧（drame）强调隔绝虚幻与真实的"第四堵墙"，作者这个

---

❶ Jacques Sherer, *La Dramaturgie classique en France*, Nizet, 2001, pp. 245–248.
❷ Jean-Pierre Sarrazac, *Poétique du drame moderne*, Seuil, 2012, p. 304.

属于现实世界的存在不应当出现在虚构的作品中,而是必须隐身❶,在整部戏剧中保持不可见和沉默,不能作为抒情主体进行直接的情感表达。而且,这也是由戏剧的"群体性"决定的,戏剧本就诞生于祭祀祝祷的宗教集体仪式,"戏剧的宗旨是群体效应"❷,"群体绝不会对完全个体性的事件,或是对只从个体角度对事件进行观察而得出的结果产生自发或强烈的感受"❸。违反这一原则的做法会遭到质疑,斯坦纳(George Steiner)就曾称斯特林堡"令人发指地"(scandaleusement)将戏剧这个"标准的公共空间"挪为"私"用。❹

萨拉扎克认为"行吟诗"的重要特征就是戏剧创作者如同诗歌创作者一样将自我展现在作品中。他称斯特林堡是开"第一人称戏剧"❺或称"自传式戏剧"❻之先河者,因为斯特林堡"总在人物中强加他自己的在场,人物是他的投射和影子。"❼继斯特林堡之后,阿达莫夫(Arthur Adamov)、杜拉斯、拉噶尔斯(Jean-Luc Lagarce)等剧作家都在探索在戏剧中进行主观表达的可能性:他们会塑造与自己身心经历高度吻合的人物,把自己的生活经验直接展现在舞台上,戏剧的台词、情境、布景、情节、人物形象都成了作者内心的直抒胸臆,而斯特林堡晚年在斯得哥尔摩创建"内心剧院"(Intima Teatern)❽的目的也在于此,即向观众呈现"一个存在或一个事物的最内心、最本质的东西"❾。

但是,萨拉扎克反复强调:注重内心表达的"行吟诗"并非"戏剧

---

❶ 黑格尔著,朱光潜译:《美学》(第三卷下),商务印书馆1981年版,第266~267页。

❷ 卢卡奇著,罗璇译:《卢卡奇论戏剧》,北京师范大学出版社2016年版,第2页。

❸ 同上书,第3页。

❹ George Steiner, *Mort de la tragédie*, Gallimard, 1993, p. 89.

❺ Jean-Pierre Sarrazac, *Théâtres intimes*, Actes Sud, 1989, p. 28.

❻ *Ibid.*, p. 31.

❼ Jean-Pierre Sarrazac, *Strindberg, L'Impersonnel*, L'Arche, 2018, p. 17.

❽ 国内学者常将之译作"亲密",我们认为"内心"一词更符合斯特林堡之意。

❾ Jean-Pierre Sarrazac, *Théâtres intimes*, Actes Sud, 1989, p. 67.

的私有化"❶,"行吟诗"虽然不再在主体间关系的基础上展开,却并没有完全回缩进私人生活,而是表现出我与世界间的张力:"所谓'内心的'(intime),不是'私密的'(intimiste),'私密的'(intimiste)意思是戏剧行动紧缩、封闭、隔绝在私人生活或主观想象范围内,而'内心的'(intime)蕴含着由内心和内部空间生发的对外部世界(社会、宇宙……)的向往。"❷ "行吟诗"是超个人的,不是唯我论式的自我无限膨胀,而是在我与世界的关系这个维度中展开。从萨拉扎克的解说中,可以区分出我与世界的两种联系方式:一种是人物在世上做真实或梦幻的旅行,站在自身的角度看世界,例如《一出梦的戏剧》(*Le Songe*, 1901)、《缎子鞋》(*Le Soulier de satin*, 1929)、《祖科》(*Roberto Zucco*, 1988);另一种是站在世界的角度看待自身,人物活动的物理空间蔽塞,但他的当下存在通过他的内心与他的过去未来、与世界的时局动荡、与天地间不为人认知和掌控的神秘力量紧密联系,例如,斯特林堡戏剧中的人物带着焦虑的心情不断倾听他周围环境中的声响,梅特林克戏剧中人物的内心在宇宙神秘力量的压迫下展现出来,这个力量是基督教上帝、古代的命运观念与神秘自然的交融。

五、一处矛盾:"行吟诗人"

无论是"小说化""内心戏剧"的说法,还是对异质并生和杂糅的强调,萨拉扎克的"行吟诗"理论志在实现对斯丛狄戏剧理论的修正和拓展。然而,萨拉扎克虽然对斯丛狄戏剧思想的关键概念"叙事性"和"主客分离"持反对态度,提出以"小说化"取代之并以"抒情性"补充之,但他在提出"行吟诗"的关联概念"行吟诗人"时,却不自觉地接受了斯丛狄在叙事剧中发现的主客分离现象,也即主体对客体的反

---

❶ Jean-Pierre Sarrazac, *Théâtres du moi, théâtres du monde*, Médianes, 1995, p. 130.
❷ Jean-Pierre Sarrazac, *Théâtres intimes*, Actes Sud, 1989, p. 68.

思维度。

如本文第二部分所述，斯丛狄在阐释叙事剧中主客体分离现象时指出，"叙事性"即出现一个对其他人物行动进行叙述和评价的超级人物，人物关系由主客不分变为主客分离。也就是说，叙事性戏剧和非叙事性戏剧的区别在于前者的虚构世界发生了叙述分层，分化为普菲斯特（Manfred Pfister）所说的"内交际系统（人物与人物之间）"和"中间交际系统（虚构的叙述者和虚构的接受者之间）"❶，"叙事的自我"和被它"对象化的世界"分属不同的"交际系统"，也即不同的叙述层次，一个叙述层次对另一个叙述层次的观察、评说构成了戏剧中的反思维度，而在非叙事性戏剧中则不存在这样的叙述分层。对叙事性戏剧中这个反思维度的发现，并不止斯丛狄、普菲斯特二人：萨特对"客体化"的解释中也突出了叙事剧中这样一种反思维度，并希望市民戏剧的风貌、市民阶层的生存状态和行为方式能够在这样的一种反思中发生改观；阿贝尔（Lionel Abel）等学者将那些具有自我意识、检视自身的剧作称为"元戏剧"，"元戏剧"其实就是发生了叙述分层的戏剧。"叙事的自我""中间交际系统""元戏剧"是斯丛狄、普菲斯特和阿贝尔对同一现象从不同角度的阐述和命名。

萨拉扎克称斯丛狄的"叙事的主体"概念"值得关注但尚有不足"❷，不足在于斯丛狄没有认识到"这个叙事的主体同时也是戏剧的主体和抒情的主体"❸。他主张用"行吟诗人"取代"叙事的主体"。他在解释"行吟诗人"，或称"行吟诗作家"时也强调其中包含的"缝合"之意，并称"行吟诗人"是"一个半隐半显的操作者或称意识"❹，"把被撕裂的东西连接起来并把被他连接起来的东西撕裂"❺。即是说，

---

❶ 普菲斯特著，周靖波、李安定译：《戏剧理论与戏剧分析》，北京广播学院出版社2004年版，第4~6页。除"内交际系统""中间交际系统"外，普菲斯特还提到"外交际系统"，指作者与观众之间的交流，不属于虚构世界。

❷❸ Jean-Pierre Sarrazac, *Poétique du drame moderne*, Seuil, 2012, p. 312.

❹ Jean-Pierre Sarrazac (dir.), *Lexique du Drame Moderne et Contemporain*, CIRCE, 2010, p. 82.

❺ Jean-Pierre Sarrazac, *L'Avenir du drame*, Éditions de L'Aire, 1981, p. 25.

"行吟诗人"一方面把戏剧极大地不规则化（叙事化、抒情化），造成了各种传统戏剧要素（人物、对白、情节、场次衔接）的稀释、瓦解，例如斯特林堡、皮蓝德娄、科茨（Kroetz）、热内（Jean Genet）、萨拉·凯恩等作家；另一方面，他们又通过将这些碎片并置而使其互相冲撞出意义，他们的工作是"将'材料'布置、安装，使之成为'主题'"[1]（这里所谓"材料"，指一切可用来构成戏剧的东西，可以是文本，也可以是属于剧场的动作、声音、声响[2]；"主题"指"经构建、编排而彰显出的事件和动作"[3]）。与之类似，亚里士多德也称戏剧诗人是"工匠"[4]，他要制作的是"情节"，所谓"情节"（fable）既指材料也指对材料的加工：指戏剧选取的神话或帝王将相的故事，也指戏剧动作的连接，这个连接工作必须把这些事件组织成单一、完整（有"结"有"解"）、统一（各个部分比例恰当、联系紧密、运作协调，构成有机体系，拥有统一的秩序、统一的目的）、自足（每一个事件的发生都不依赖于外部原因）的整体。与情节的"工匠"相比，"行吟诗人"的"材料"广泛得多，对"材料"的组织方式不拘一格。与斯丛狄的"叙事的主体"概念相比，萨拉扎克的"行吟诗人"将现当代戏剧更多的共有特征囊括了进来。

然而，问题在于：

（1）在对"行吟诗人"的描述中，萨拉扎克使用了如下说法："作者—行吟诗人"[5]"使作者成为'叙事主体'的声音处于戏剧与现实的边界"[6]"作者的参与或显或隐"[7]，这些说法明显混淆了两个叙述层

---

[1] Jean-Pierre Sarrazac (dir.), *Lexique du Drame Moderne et Contemporain*, CIRCE, 2010, p. 82.
[2] *Ibid.*, p. 110.
[3] *Ibid.*, p. 81.
[4] 见陈中梅为《诗学》所做"注释"2（［古希腊］亚里士多德著，陈中梅译：《诗学》，商务印书馆1996年版，第28页。）
[5] Jean-Pierre Sarrazac, *Poétique du drame moderne*, Seuil, 2012, p. 330.
[6] Jean-Pierre Sarrazac, *L'Avenir du drame*, Éditions de L'Aire, 1981, p. 45.
[7] *Ibid.*, p. 52.

次——"外交际系统"与"中间交际系统"。当然，鉴于萨拉扎克的"行吟诗人"是抒情主体，而作者与抒情主体一致正是抒情作品的特征，所以"外"与"中间"交际系统的混合在对"行吟诗"的解释中并无可厚非。应当注意的是：无论"行吟诗人"属于"外"还是"中间"交际系统，他都已不在"内交际系统"中了，与剧中人物处于两个叙述层次，对剧中人物和事件起支配作用，也即萨拉扎克在提出"行吟诗人"概念时与斯丛狄等人一样注意到了叙述分层问题。然而，如笔者在本文第二部分所述，萨拉扎克在对"叙事性"的解释中，却坚持所谓"叙事性"只是同一层面的空间距离变化及其导致的异质融汇，否定斯丛狄指出的主客分离现象。萨拉扎克的"行吟诗"理论在对待"叙事性"所包含的这个叙述分层、反思维度的问题上表现出明显的矛盾。

（2）萨拉扎克的"行吟诗人"概念体现出一种作者意图决定论思想。萨拉扎克说"行吟诗人"是"在行吟诗冲动的激发下""在行吟诗计划驱策下"行动的[1]，他甚至使用了"démon"[2]这个源于苏格拉底，后被文艺理论家解释为艺术家的创作灵感并加以阐发的词汇，以及"作者意愿"[3]这样更直白的表述来解释行吟诗及其意义的形成，也即将新戏剧形式的出现归因于一个由"行吟诗人—作者"设定的、主观的规划、企图。"行吟诗"理论背后隐藏着海德格尔在《艺术作品的本源》中批评的那种主体美学——把艺术作品的本源归结为艺术家[4]，在艺术家内心为艺术作品寻找根据。并且，萨拉扎克忽略了观众接受的作用，也即阐释学告诉我们的，作品的意义决定于接受者的预期视阈或经验视阈，而非作者意愿。

---

[1] Jean-Pierre Sarrazac, *Poétique du drame moderne*, Seuil, 2012, p.338.
[2][3] *Ibid.*, p.331.
[4] 海德格尔著，孙周兴译：《林中路》，上海译文出版社2008年版，第1页。

六、结论

萨拉扎克认为，19世纪末至今发生的戏剧变革原因有二：一是人"把握现实的典范方式发生了危机"，二是"主体间际关系及其艺术表现发生了危机"。❶"行吟诗"就是这个双重危机下的产物：一方面，它或依然摹仿现实，但从对客观现实的摹仿更多地转入对主观现实的摹仿，或否认摹仿再现，不以相似性、符合论为依托，戏剧中的一切都完全可与现实比肩，而不是屈居其次的复制品；❷另一方面，戏剧由展现间际氛围内的人转入表现"分离"的人，即与上帝或超于世界之上的绝对者分离、与他者隔阂、与自我分裂❸的人。在"行吟诗"中，具有与传统戏剧（drame）不同的表现内容、比它更善于呈现个体生命体验的叙事和抒情，与它发生了多重的交织与碰撞。"行吟诗"是戏剧在元规则、普遍性的合法地位遭到质疑的现代文明中，在面对异质性因素，并反思自己的传统规定性中表现出的新姿态，新的戏剧形式在对现代性经验的审视和对统一可能性的探求中发生了。

【作者简介】

赵英晖，文学博士，复旦大学外文学院法语系讲师，主要研究戏剧理论、法国当代戏剧。曾获第二届"依视路"杯全国法语文学翻译比赛一等奖。近译有《克里斯蒂娃自选集》（克里斯蒂娃著，复旦大学出版

---

❶ Jean-Pierre Sarrazac (dir.), *Lexique du Drame Moderne et Contemporain*, CIRCE, 2010, p.139.

❷ 否定摹仿再现的剧作，以阿尔托的戏剧或者雷曼在《后戏剧剧场》中提到的德国当代剧作为代表，萨拉扎克对之涉及不多。盖因雷曼已有著述，认为传统戏剧（drame）已死，现当代戏剧以全面的剧场性为特征；而萨拉扎克认为传统戏剧（drame）未死，现当代戏剧是传统戏剧（drame）的开放和与其他体裁的融合。

❸ Jean-Pierre Sarrazac (dir.), *Lexique du Drame Moderne et Contemporain*, CIRCE, 2010, pp.8-9.

社，2015 年），近期发表论文《也论"戏剧性"——与董健先生、谭霈生先生商榷》（《戏剧艺术》2019 年第 5 期）。

通信地址：复旦大学外文学院法语系，电子邮箱：zhaoyinghui@ fu-dan. edu. cn。

玛格丽特·安德森小说《女性回忆》中的自传诗学研究

■ 冯　琦

【摘要】玛格丽特·安德森因娴熟的书写回忆屡获殊荣。在其第一部作品《女性回忆》中，无论是违反"自传契约"引起的自传性缺失，还是叙事视角的改变，都左右着读者对于作品内容可信度和体裁的判断。安德森采用第一人称这一貌似真实的叙述视角，有意建立作者—叙述者—人物三者同一，拉近读者与作者的距离，实则通过对回忆内容的编排和对叙事进程的操控，用碎片化且多变化的叙事技巧打破作者—叙述者—人物的同一性，通过虚实叙事相间，揭开作者刻意隐藏在作品中有关其种族出身、一生漂泊及客居异乡的秘密，治愈因性别、种族、战争而造成的心灵创伤。同时，在安德森与人物女性作家身份得以建构的同时，展现出女性形象的变化与女性意识的崛起，所讲述的自我回忆更是女性群体的记忆。

【关键词】玛格丽特·安德森　叙事视角　自我虚构

玛格丽特·安德森（Margeurite Andersen，1924~）是一位德裔加拿大法语女作家，斩获了众多文学奖项，凭作品《坏母亲》（*La mauvaise mère*，2013）和《屋顶上的无花果树》（*Le Figuier sur le toit*，2008）曾两度荣获由加拿大安大略省政府赞助的年度图书奖——延龄草图书奖（Prix Trillium），因作品《汤》（*La Soupe*，1995）荣获旨在宣传渥太华法语文化并扩大其影响力的多伦多书展大奖（Grand prix du Salon du livre de Toronto），其作品《平行线》（*Parallèles*，2004）入围加拿大总督奖

(Prix du Gouverneur Général du Canada)决选等，因此她被誉为安大略法语文学的先驱之一。与此同时，因其丰富的生活经历，她被看作是一位不知疲倦的旅行家，她足迹遍及欧洲、非洲和美洲，现居多伦多。近年来，国外针对安德森及其作品的研究逐渐升温，除对其作品的介绍外，主要针对作品中多样的主题及写作技巧展开分析，如女性主义表现、叙事手法运用、自传写作变化与发展等方面，这些研究对安德森批评提供了许多新的视角与方法，做出了重要贡献。但在国内其作品的译介相对滞后，研究也存在很大空白，基本没有相关介绍与分析。

《女性回忆》(De mémoire de femme, 2002)讲述了女作家安妮意图通过写作记录并讲述自己人生经历的故事。作品与其说是小说，更像是一部安德森自身经历的回忆录，具有极强的自传性：安妮的创作正好折射出安德森生命中重要的组成部分——女性形象、旅行家形象及作家形象。如何看待作品中人物及叙述者与作家的关系及作品叙述中的真实与虚构问题，成为本文探讨的核心。本文拟根据"自传契约"所限定的自传特征以邀请读者对《女性回忆》体裁进行判定，同时从叙事视角着手，探索文本中打破时空的多样性叙事结构，力图挖掘作品有别于传统自传的虚实叙事特征，体现用虚幻建构真实的自我虚构，使个人叙事富有普遍意义，个人传记成为女性群体的传记。

一、从"自传契约"到"自我虚构"

（一）关于"自传契约"

从20世纪70年代起，国外传记文学的研究盛况空前，但研究中对于自传、回忆录或者自传体小说的界定至今仍存在争议，研究一直如火如荼地进行。法国学者菲力浦·勒热纳坚守自传文类不与小说混同的底线，在其研究著作《自传的契约》(1975)中首先提出"自传契约"这一概念，并从形式上指出了自传、回忆录、自传体小说、日记等邻近体裁的区别。要确定这种区别，"须知晓文本之外的因素。在自传中，作者一方和叙述者兼主人公的一方同为一体,意指'我'指向作者。文本之内则找不到可资证明的任何东西。自传是一种建立在信任基础之上的文类,称得上'信用'文类。因此,自传家在文本开头便不忘订立一种'自传契约',用以辩白、解释、提出先决条件、宣告写作意图等,它堪称一套程式,目的即在于建立一种直接的交流"。❶ 自传者与读者和出版者间有一个无形的"契约",自传者受此约束,应承担义务,诚实、准确地叙述自己的生平,保证自传的真实性。可见,出版者在出版表明作品类别时,也应承担义务,尽可能对文本可信性进行审查,由此读者才能将自传看作是自传者在真实地叙述自己。更确切地说,勒热纳对于自传与小说之间区别,"不在于一种无法企及的历史精确性,而仅仅在于是否有重新领会和理解自己一生的真诚的设想。关键在于是否存在这一设想,而不是追求一种无法达到的真诚性"❷。显然,没有自传者能保证其记忆力的完美及回忆的毫无遗漏,重要的则是这一"真诚设想"的有无。同时,在这一涉及了读者的契约关系中,仅由作者向读者建议的隐性或显性的契约来界定写作类型,是不具有普遍性的。事实上,契约同时决定读者的态度,读者态度的改变也应成为判定体裁的规则之一,因而,这一规则在不同时期会发生改变。随着时间的推移,当写作习惯发生了很大变化时,作者也给读者提供了全新的阅读习惯与阅读体验,如"某些写作看上去并非自传,但读者却乐此不疲地猜测着作者(其无意识)的存在"❸,努力寻找作者和人物的相似以证明其同一。相反,面对一部貌似自传的叙事,读者又把自己当成侦探,去搜寻违约之处。因此,自传不仅是一种写作类型,也是一种阅读方式,同时是一种"可随

---

❶ Marguerite Andersen, *De mémoire de femme*, Montréal: Les Quinze, 1982, 2è éd., Ottawa: Editions L'interligne, 2002, 355p. (作品暂无中文版,译文参照 L'interligne 出版社 2002 年第二版)。

❷ 菲利普·勒热纳著,杨国政译:《自传契约》,北京大学出版社 2013 年版,第 14 页。

❸ 同上书,第 18 页。

时间而变化的契约效果"❶。

(二)《女性回忆》对"自传契约"的背离

在使安德森荣获《蒙特利尔日报》大奖的作品《女性回忆》中，其便让读者拥有了一次充满猜测体验的阅读经历，并在碎片化叙事中构建起一个自传的空间。在书的第一封面中，字里行间（L'Interligne）出版社承担了其义务，将作品类别定义为"roman"（小说），即是说读者将进入一部完全虚构的叙事作品中。然而，在第二封面中，文本类别被更改，标注为"récit en partie autobiographique"（部分自传叙事）。无疑，这一注解使《女性回忆》在虚构叙事与自传叙事间出现游离。作者在尊重"自传契约"所体现的诚信精神表现的同时，也使自传具有了文学性。更确切地说，在相信真实与兼顾文学创作中，作者撇开各种卑劣、鲁莽的虚伪、谎言，在到达一定年纪后站在某一角度来看待其人生的流逝与意义，意在把这一角度下的一个自我通过叙事呈现出来，但为达到真与美的结合，不可避免地出现了背离。无疑，这成为了自传类作品令读者感兴趣的重要原因之一。

同时，《女性回忆》中主人公名为安妮·格林，按照勒热纳的观点，当"人物名≠作者名（时），仅此一点就排除了自传的可能性"❷。《女性回忆》再次走向了自传的对立面，似乎作者、叙述者和主人公之间已不存在同一性。但若对比勒热纳对自传的定义："一个实有之人以自己的生活为素材用散文体写成的后视性叙事，它强调作者的个人生活，尤其是人格的历史。"❸ 我们发现，当安妮通过日记的方式记录并回顾自己的一生时，她的一生和作者本人有太多的相似点。可以说，安德森的意图与创作更符合法国小说家、文学批评家塞尔日·杜布洛夫斯基在其小说《儿子》（1977）中提出的全新概念"自我虚构"（autofiction）❹："对完全真实事件的想象……在一次语言的奇遇中，这种想象打破小说

---

❶❷ 菲利普·勒热纳著，杨国政译：《自传契约》，北京大学出版社2013年版，第143页。
❸ 同上书，第120页。
❹ 同上书，第101页。

的规范和逻辑关系，让记住的、想象的和观察到的事件在想象中所可能地构成平衡。"❶ 概念提出后引起广泛争论，让读者意识到在自传与小说泾渭分明的内部有一种颠覆这种区分的可能。

因此，安德森在《女性回忆》中对她的人生进行了一次再创造，重塑了一个自我。2011 年，在出版其最新作品《她们所面对的生活》(*La vie devant elles*) 之际，安德森接受了渥太华大学的独立报纸 La Rodonte 的采访。当记者问及其创作主要使用自我虚构作为体裁，是否有一个主要目的或是要传达什么内容时，安德森肯定了在作品中重塑自我的意义，她说到："使用自我虚构这种体裁是为了说明应该要设法脱离现实生活中的困境。某种程度上，这种文体创作充当了在面对生活中困境时应经历的学习过程。我们可以创作一个我们所需要的生活。"❷ 读者可将《女性回忆》看作是从"自传"跨越到了"自撰"。既非作者、叙述者及主人公三者同一的自传，也非诗化的小说，安德森在《女性回忆》中运用了多样的方法尽力去弥补对自传契约的叛离，拉近作者、叙述者与主人公间的关系，同时将真实的"人"与虚构的性格、命运融合在一起，完成对自我的虚构。

二、人物设置中的虚与实

（一）作者与主人公间的巧合设计

首先，主人公安妮·格林既是作家也是大学教授。安妮的职业、作家身份都与作者保持绝对的一致。其次，在安妮一篇标记时间为 1978 年 9 月 26 日的日记中，读者知道她当时 54 岁。而《女性回忆》首次出

---

❶ Serge Doubrovsky, *Fils*, Paris: Gallimard, 2001, p. 10. conclusion d'un résumé liminaire signé «S. D.». 翻译自 "l'autofiction est une ［(f) iction, d'événements et de faits strictement réels; si l'on veut, autofiction, d'avoir confié le langage d'une aventure à l'aventure d'un langage, hors sagesse et hors syntaxe du roman, traditionnel ou nouveau］".

❷ http://www.larotonde.ca/la-question-culturelle-et-feminine-chez-marguerite-andersen/

版是在1982年，1924年出生的安德森时年也是近60岁。主人公与作者都是在年近花甲之时积极投身于文学创作中，这一相似点无疑也是刻意为之。再者，当安妮回忆起她的过往岁月，透露出她生于德国，有三次婚姻，三个小孩，说三种语言，在第二次世界大战期间旅居了三大洲。可以说，她的人生大事件都和作者的经历密切相关，读者不会怀疑人物整体的真实性，这符合了传记文学真实性中的一个方面，即"事实的真实"。同时，这些细节上的巧合设计无疑都是安德森以自己为临摹对象，在试图刻画另一个自己。这正如法国自我虚构理论研究者文森·科洛纳在对自我虚构这一被看作是违规自传（L'autobiographie transgressive）进行定义时，将其看作是一种"使作者虚拟化"❶的实践，原因自然是使这一实践变得绝不仅仅是自传化。显然，在作者与主人公无法完全割舍的联系中，还存在着对事实加以选择、整理和裁剪的文学性虚构。

（二）人物姓名的选用

虽然舍弃真名，但安德森在对主人公进行命名时另寻巧思以实现作者与主人公的相似性关联，达到自我虚构所言说的"给自己创造了一种并不完全属于我（自己）的生活和性格"❷。那么，提供这些经历的人正是作者，只是这些经历在现实当中或许并非是以这种方式而发生。

在《女性回忆》中，当安妮在沉入回忆时，经历了四个不同阶段，而这四个阶段安妮有着不同的名字：安妮·博纳，安妮·威格斯德，安妮·卢雷和安妮·格林。"你认为是我荒唐地创造了这些名字，这些名字，不，我只是轻微地隐藏了我所使用过的这几个名字"❸。可以推测在这个第一人称"我"之后，是作家本人在说话，因为这些含有特殊意义的名字正显示出作家的经历，漂泊的一生：从祖籍德国（博纳、威格斯德是典型的德语名字）到加拿大，从母语的疏离到法语（卢雷 Louvée

---

❶ Vincent Colonna, *L'autofiction, essai sur la fictionalisation de soi en littérature*, Thèse de doctorat sous la dir. de G. Genette, Paris：EHESS, 1989, p. 260.

❷ Gérard Genette, *Palimpsestes*, Paris：Seuil, 1982, p. 293.

❸ Marguerite Andersen, *De mémoire de femme*, Montréal：Les Quinze, 1982, 2è éd., Ottawa：Editions L'interligne, 2002, p. 34.

这一名字有着鲜明的法语特色）的选择，直到成为作家，不论是格林还是安德森，都是享誉世界的童话叙事高手的名字，其完成"自我虚构"的意图越发明显。这些名字并非是一个个孤立的存在，更像是通过这些文字符号揭开安妮一生的秘密，为何要舍弃自己的名字，换用一个法语名字，直到如何成为一名女性作家。在这样一种看似巧合的精心安排下，因人物名字能"通过其谐音所表现的文化与种族的"❶寓意，使得作者与人物在种族、文化与经历上具有某种相互对照的关系。

在杜布洛夫斯基对自我虚构进行定义时，也提及需要一个人物以作者之名为名。在《女性回忆》中出现了一位身份比较特殊的女性，玛格丽特——安妮希望去巴黎见面的亲密朋友。她的出现似乎与作者本人带有更暧昧的关系，也使得作者与安妮之间的身份同一问题变得更加复杂。玛格丽特出现在安妮的日记中，安妮写道："作为女性，我有与玛格丽特发生性关系的欲望吗？……这完全是不可能的。事实上，我更渴望她是我的姐妹，我温柔的姐妹，不，也不，我不接受她作为我的（所属），母亲，我的姐妹。绝不。"❷在安妮讲述与玛格丽特关系时，有着一种不同寻常的亲近，她不仅要去寻找探望她，与她分享自己的喜怒哀乐，还希望玛格丽特成为与她血脉相连的姐妹。然而，"不，也不……绝不"的强烈否定能使读者感受到安妮态度的巨大变化，似乎是通过极激烈的内心冲突后才得出一个绝对相反的答案——绝不接受玛格丽特成为她的一部分，不管是最了解她的母亲还是最亲密的姐妹。值得注意的是，整段的内心独白都是第一人称"我"在进行叙述，不仅话语前后充满矛盾，且更像是前问后答的对话形式，因而这些话语很有可能是作者创作之时的内心之音——玛格丽特和安妮可以很亲密，但绝不是同一的。

更多地，安妮解释她与玛格丽特之间不会相互控制、不会相互占有

---

❶ Philippe Gasparini, *Est-il je？Roman autobiographique et autofiction*, Paris：Editions du Seuil, 2004, p. 43.

❷ Marguerite Andersen, *De mémoire de femme*, Montréal：Les Quinze, 1982, 2è éd., Ottawa：Editions L'interligne, 2002, p. 246.

却仍旧亲密的关系:"我可以爱她,因为她不会激起我控制她、掌握她的欲望,在她身边,我感到被剥夺了所有占有、支配、询问、控制和一切抵抗的渴望。远远的,我和她很亲密,远远的,她和我很亲近"。❶ 显然,这是一种"距离"产生的美妙亲密关系,它自由且坚实。她们可以很疏远,就像作者要创造一个全新的自己,因而安妮不是被占有被控制的,这符合了自我虚构中提及的"作者虚拟化";但她们越远越亲密,就像作者创造的全新自己中,总能找到其自身在作品中的化身——她的第二自我。因此,读者可以相信,作者并非随意安排了一个走进主人公安妮内心的角色,而是渴望用这一与其同名的人物向读者解释安妮与她本人之间的关系。并且随着写作的深入,在那些可能出现故事时间与写作时间相碰撞的时刻,安妮与作者会更加亲近,这便要展开关于写作主题拉近了作者与人物间关系这一问题的讨论,由于写作主题将涉及不同的叙事空间,这便将叙述者引入讨论中才得以判断作者—叙述者—人物三者间的关系。

三、作者—叙述者—人物的关系

(一) 用写作主题传递自传意图

勒热纳在《自传契约》中指出作者可以通过多种的方式传递自传意图:"如书名,'请予刊登'语,献词,最常见的则是已成为惯例的开场白,但有时也可能是一个总结性的说明(纪德),甚至是出版时的采访(萨特)。但是不论以何种方式,这一声明是必有的"。❷ 诚然,《女性回忆》还需要一个这样的声明来弥补对于契约精神的叛离。首先透过作者与人物间相似的经历来完成作者身份的自认,不论是人物安妮还是

---

❶ Marguerite Andersen, *De mémoire de femme*, Montréal: Les Quinze, 1982, 2è éd., Ottawa: Editions L'interligne, 2002, p. 246.

❷ 菲利普·勒热纳著,杨国政译:《自传契约》,北京大学出版社 2013 年版,第 339 页。

作者安德森，她们都是母亲、移民者、女性作家；接着，安德森通过人物安妮的写作计划再一次凸显作者与人物的同一，完成了"过去的我"与"现在的我"之间的对话。

　　显然，在由日记、信件及自我独白构成的文本中，大量使用第一人称的叙事视角使得作家安妮在回顾并记录自己往昔生活的同时占据了叙述者的位置。她成为菲利普·加斯帕里尼所定义的"作家叙述者"，"掌握了控制文本的一切手段，并在有机会的时候显示其凌驾于其他人物之上直接与读者沟通的能力"[1]。由此，作家安妮与作者本人间存在了同一的可能。如安妮解释她进行创作的原因，她说到："写作。我需要它，我愿意写作，我想写作以知道原因，花在别处的时间是否浪费了。任务、事业、生计、幻想，这一切构成了这个我。注意，这里就有了四个部分！"[2] 事实上，安妮在给她的写作拟定一个提纲，而刚好《女性回忆》就由四个部分构成。读者可以认为安妮所说的"任务"即是指第一部分《二十二个元素构成的预文本》，安妮在碎片化地讲述她的过往，确切地说，是围绕她的年少时光展开，从"我的出生"到假期中的"流亡"再到回到故乡海岸"阿伦硕普"等，这二十二个主题串联起来组成了安妮的童年、青年和少年的经历。"事业"即对等于《围绕三十三个人物的三篇副文本》，这一部分围绕战争和婚姻的主题展开，是战争驱使安妮离开她的故土开始新的生活，但无论战争还是婚姻，给安妮带来的都是不幸与痛苦。"生计"则对应章节《在 A 或二十八个问题之前》。整个部分围绕女性身体，讲述为了生存，安妮不停写作和工作，就像安妮说到"单调的工作，报酬微薄的工作。我需要钱，我需要娱乐"。[3] 最后一个部分《A》讲述了安妮的爱情故事，她能感受"激情"也拥有"幸福的生活"，但最终她的爱情都以婚姻失败而结束，就如同

---

[1] Philippe Gasparini, *Est-il je ? Roman autobiographique et autofiction*, Paris: Editions du Seuil, 2004, p. 57.

[2] Marguerite Andersen, *De mémoire de femme*, Montréal: Les Quinze, 1982, 2è éd., Ottawa: Editions L'interligne, 2002, p. 34.

[3] *Ibid.*, p. 261.

安妮所说一切都是"幻想"。事实上,整个写作计划都在凸显安妮对其出身及女性命运的思考,这与作者安德森的一生探索不尽相同。从这个意义上来说,作为人物—作家的安妮与作者保持了一种对应关系。

更重要的是,人物的写作可以被看作是作者作品的反射性文本,这可以参照"深渊镜像"(mise en abyme)式叙事,亦是一种特殊互文体。由此,安妮的写作就成为作者写作的自反表现,并在两者间建立起了一种对话模式,"我想我会有耐心去填满这些盒子,去创建一个迷你文件,这将形成某一本书的基础,一个记忆文件,一个关于女人的文件,或者女性回忆的文件,看,这就是标题"。❶ 在写作计划与文本结构的一一对应中,当安妮的写作计划得以实现,也就意味着作者与安妮共同命名的《女性回忆》事实上亦完成。换句话说,安妮的写作更是为了完成作者的写作。此时,是安妮"作家叙述者"与作者本人身份的融合,而文本既是安妮的回忆,也成为与作者相似的一位女性的回忆。在安妮的写作计划一步步铺陈展现的过程中,作者实际上向读者传递了其作品自传的可能。同时,作者运用写作主题对话语层次设置了疑问,安妮的写作是否能如"元话语"一样,成为"确保作品的接收与作者意图一致的沟通工具"❷ 呢?作为读者,我们跟随着安妮计划的实施,逐渐发现一些阻碍或促进其计划发展的因素,这构成阅读活动,并根据"可访问的信息,重建一个秩序"❸,践行着阅读契约。

(二)叙事多样性

《女性回忆》的绝大部分都是由安妮的日记构成的,这决定了安妮以第一人称"我"进行叙述时,她只能讲述自己的经历、表达自己的情感,这实际上模仿了自传的语气,即是自我叙事的模式,这是对自传叙

---

❶ Marguerite Andersen, *De mémoire de femme*, Montréal: Les Quinze, 1982, 2è éd., Ottawa: Editions L'interligne, 2002, p. 26

❷ Philippe Gasparini, *Est-il je ? Roman autobiographique et autofiction*, Paris: Editions du Seuil, 2004, p. 126.

❸ Bertrand Gervais, *Récit et actions Pour une théorie de la lecture*, Québec: Le Préambule, 1990, p. 75.

事的沿袭与发展，❶ 也是作品遵循自传契约的表现。另外，对于作者渴望向读者展现的回忆中，只选择了出身、流放、生计、婚姻等具有代表意义的主题在安妮的日记中进行叙述，因此打破了一般小说叙述中的时间连贯性，出现了叙事的碎片化；在表现人物经历时，会将其设定在某个虚构的时间及场景中，出现一种对自己的虚构，使人物穿梭在现在与过去间，叙述者徘徊在叙事时间与故事时间中，甚至叙述者并非唯一，《女性回忆》中的"作家叙述者"就将叙事的权力交给其他人物，使作品的叙事多样化。显然，读者在践行阅读契约过程中，更乐于去找寻这些虚构化的表现。

在作品的第二部分《围绕三十三个人物的三篇副文本》中，出现了新的叙事层级，即异质叙事（la narration hétérodiégétique），表现为不同故事内容的嵌入叙事：新的叙述者以旁观者的身份叙述了安妮的三次婚姻，分别构成了题为《我 柏林：1943》、《施瓦岑贝格，奥地利：1945》和《蒙特利尔：1959》的三篇副文本。前两篇由一个匿名的叙述者，分别从安妮母亲玛莉亚和安妮的姐姐艾玛的视角展开第三人称的叙述，通过女性声音反映男女关系的同时展现出不同于安妮的传统女性形象，第三篇则以日记的形式，从安妮儿子多米尼克的视角，即是男性视角来批评安妮的爱情故事。如果我们借用音乐领域的"对位"这个词，那么可以说，作为"作家叙述者"的安妮和另一个叙述者在以两个不同的观点讲述同一事件的两个版本，安妮的故事与相关人物的故事出现了重叠。由此，书写是复调的，这三篇副文本刚好对位了安妮的回忆及日记，在以不同叙述视角出发的叙事间建立起对话关系，显示出男女之间的对话及女性间对于女性身份的不同观点与认识。在安妮出让了她的叙事话语权后，再次打破了"作家叙述者"的叙事连贯性，同时叙事出现了不同的叙述视角，使本文之前竭力论述的作者与人物间的同一也被打破，叙事的虚构性自然超越了文本自传性的特征。

---

❶ Philippe Gasparini, *Autofiction：une aventure du langage*, Paris：Le Seuil, coll. «Poétique», 2008, pp. 298-308.

当叙事中的感知中心依靠玛莉亚与艾玛的视角时，我们只能透过她们的眼去观察安妮，透过她们的思绪去评价安妮。如同副文本中叙述了玛莉亚，一位传统的女性，"她有家务，有整个家庭的运转要照顾"❶，并且当安妮结婚后，"玛莉亚决定只给安妮六块抹布，因为她独自一人住在沙丘后面的小房子里，没有那么多的盘子要擦"❷。除此以外，她还要交给她的女儿床单、布料和毛巾。在这简单的家庭交接背后，隐藏了极深的内涵。玛莉亚不仅仅在试着给她新婚的女儿教授家庭生活的技能，更是在把一种她内心根深蒂固的认知传递给安妮：女儿应该结婚并"扮演家中女主人的角色"❸，婚姻是女儿长大成人的必经之路："失去她的姓氏，她的父母，她的童年，她的童贞，因为一种形式而非生活经历，她变得成熟，这当中有太多让人害怕的事。但大部分的女性都是经历了这些并得以生存下来。安妮应该会适应，她也会。她曾很快冷静了下来"。❹

在玛莉亚旁观者的视角下，她相信安妮会和她一般，很快适应新的角色，经过她必经的"形式"，成为一位好妻子。然而，文本中通过自由间接引语的方式，凸显出安妮结婚的真实目的："但是安妮不是为了逃避家庭义务而不结婚，她是为了生活在阿伦硕普而结婚"。❺ 虽然不像直接引语一般，让读者直接听到人物的声音，但自由间接引语不仅清楚表达了安妮的心理意识，同时呈现出叙述者本人的感情色彩。叙述者巧妙而不动声色地对玛莉亚关于女性婚姻的话题进行回应，对其传统思想进行否定。显然，自由间接引语使整个表达具有了语义的双重压力，使文本获得了无限的丰富性，读者可以猜测，作为一名女性作家，安德森将自己隐藏在语言背后，用自由间接引语间接地执行了一些叙事行为，

---

❶ Marguerite Andersen, *De mémoire de femme*, Montréal: Les Quinze, 1982, 2è éd., Ottawa: Editions L'interligne, 2002, p. 95

❷ *Ibid.*, p. 96.

❸ *Ibid.*, p. 103.

❹ *Ibid.*, p. 104.

❺ *Ibid.*, p. 100.

间接表达了自己的声音,建构了女性的话语权威,女性是为自己而活而非其他。从而,这不仅仅是关于安妮的婚姻和她的女性地位,这是作家"用这种策略来包容作者权威和女性气质、坚持己见与礼貌得体、激忿郁怒与彬彬有礼之间的矛盾"❶。这不仅仅是安妮的回忆,还成为关于女性的回忆,从安妮与母亲的"对话"中,我们看到女性形象的改变,从传统女性一步步走向女性的自我认知及女性身份的重新建构。从第一人称到第三人称叙事,从不同叙事视角的运用,作品中都在不断打破叙事层次,突破自我叙述,让读者在不同版本的叙事中探索虚与实,达成作者自我虚构的目的。

从人物设置、作品结构到叙事技巧,安德森不断推翻又不断搭建作者—叙述者—人物三者的同一性,不断解决书中作者如何表现自我及创造另一个自我的问题,同时让读者有机会去质疑整个阅读实践,在虚与实中穿梭探索。无疑,《女性回忆》将成为我们研究自我虚构的范本,而玛格丽特·安德森也必不负其安大略法语文学先驱的美誉。

【作者简介】

冯琦,文学博士,贵州师范大学讲师。电子邮箱:florafeng77@163.com。

---

❶ 苏珊·兰瑟著,黄必康译:《虚构的权威:女性作家与叙述声音》,北京大学出版社2002年版,第70~81页。

文学通化论专栏

通化性比较研究管窥*

■ 雷晓敏

《文学通化论》作为一种宏大却又不失精微的文学文化话语，对比较研究也有其不同于常见相关理论的判识和阐述。可以说，通化论本身就包含着比较，提升着比较，并且超越着比较。本文尝试解析《文学通化论》的比较观，或者说从比较研究的角度对通化性理论做一点释读。

探讨这个问题，首先自然会涉及《文学通化论》第十八章《文学·比较·熔铸》。聆听过栾栋先生"论比较"课程的人都知道，这是其比较研究思想的第一篇，核心观念是熔铸。另外两篇，《论创制》和《谈变体》没有收入本书，因为创制和变体都属于熔铸的不同侧面，作为一位喜欢精炼的学者，他从熔铸三论中只选录一篇，其目的或许在于点到为止。从《文学通化论》整体来看，其中阐发的"归念"说与"他化"观，也包含有超越熔铸的学术思想。

熔铸作为一种方法，在比较研究中占有重要地位。在栾栋先生看来，比较只是做学问的准备过程，充其量只能算研究工作的初步。挑肥拣瘦属于动物本能，"朝三暮四"的故事讲的就是这个现象。《文学通化论》当然没有把比较研究归入动物性活动，但对比较研究在根源处就具有的占有欲望和工具理性倾向，有着高度的人文警觉。"熔铸"意味着自律，因为比较研究中包含的强烈欲望需要节制，其中唯工具的工具理性主义倾向也有待矫正。《文学通化论》之所以将倒数第二篇即第十八章的位置给予熔铸理论，其审慎的学术用意不言而喻。这在国内外比

---

* 本文属于其所主持国家社科基金项目"本居宣长'物哀'论综合研究"（课题编号：15BWW018）阶段性成果。

较研究的理论界面，可说是独具慧眼的洞识。

栾栋先生指出："熔铸指称熔化、铸造和创新的过程，旨在说明比较研究所期待的一个非常重要的方法，即学人把各种比较对象冶为一炉，将自己研究的内容铸造成一个完整的创新作品。这既是比较研究的难题，也是比较研究突破自身的一条出路。"❶ 具体讲，熔铸研究是对比较研究基础的改造。中外的比较研究大都以实证经验为铺垫，以类推比较为起点，以条理板块为规范。此类比较的长处在于参同参异，弱点在于缺乏改造制作方面的提升。熔铸研究是对经验实证的突破，是对类比成果的回炉，是对条块比较的化解。"深一层"讲，熔铸研究是对比较研究核心的转移。因为熔而铸之的研究，本质上是把聚焦点投入擘肌入理的概括，其提挈点大都是在彼此之外"多一环"的把握，而其复合点往往是"借一步"的措置。上述关于"深一层""多一环""借一步"的方略，实际上是对主客、物我、人己、彼此、影响、平行之类的关系设定和方法择取的深度整合，是促使研究者自己与所研究对象由此结缘、禀命和入道的过程。这样的方法变革，是把方法看作研究对象的灵魂（黑格尔语），将熔铸过程凝聚为个案与相关事物缔结或检索出普遍联系的共同点。此时的熔铸，已经不是仅属于方法的变通，而是超出了比较研究套路，创辟出新理念、新思路和新成果的新格局。

新格局首先表现在学科建设方面。"倡导熔铸性治学，是对比较研究的深层改造，或者说是对比较研究学科的创新。比较研究的'在路上'，有待熔铸性的治学而获致家园性的安顿；比较学科的'婚介所'，有待熔铸性的和合才能促使佳偶天成；比较切磋的'两股道'，有待熔铸性的锻造方可自成新器。熔铸，是对比较研究学科的内在性改造。"❷ 栾栋先生这段生动而切中肯綮的解析，道出了熔铸研究所揭示各类比较学科之"先天不足"和"后天失调"，也指出了克服此类缺憾的方略。

---

❶ 栾栋：《文学通化论》，商务印书馆 2017 年版，第 341 页。
❷ 同上书，第 347 页。

熔铸的过程，就是克服比较学科前提预设之内在距离的运动。各方比对的"原始残障"或曰"先天不足"，终因熔铸而获致创辟性的补救。比较套路的"急功近利"或曰"后天失调"，也经熔铸以进入突破性提升。古今中外著名思想家们的熔铸性作品表明，熔而铸之的创制，大都使文化鸿沟有了津渡，把学科藩篱夷为平地，将思想隔阂融会贯通。"轴心"时代的思想家自不待言，就以近三百年论，淹通的大家屡屡突破学科的界限。栾栋先生列举了章学诚的《文史通义》、马克思的《政治经济学批判序言导言》、叔本华的《论死亡》、尼采的《权力意志》、巴赫金的《陀思妥耶夫斯基诗学诸问题》、福柯的《词与物》，他称这些著作都是熔铸性治学的代表作，也是把诸多学科浑然沟通的大手笔。

学科是专业化的别名。比较研究，不论是哪个学科，本身的定位就是奔着交叉学科而去的。然而这个原本属于方法的范畴，却成了一个个不同大门类的分系比较学科，甚至有人倡导将比较研究的二级或三级学科提升为一级学科。比较研究列为二级或三级学科，已经是一个"奇葩"。再加晋升，实在匪夷所思。一些非常重要的大型方法如辩证法，尚且不能成为一个学科，而比较研究竟然后来居上。究其原因，无疑是各国和各民族文化交流日益广泛的现实需要所致，而要论最大的驱动力，应说是全球化市场的催化作用使然。对世界有用即合理。从这个意义上说，比较研究作为一个普通学科存在无可厚非。但是从事比较研究的人务必明白，凡是因实用而合理的学科，一定不可被实用性和直接的功利性蒙蔽眼睛和束缚思想。突破实用性和直接功利性的辖制是不可须臾忘却的事情。

有不少比较研究者大力强调跨语言、跨文化和跨学科等跨接性举措。这自然有其道理。研究者除母语和本国文化外，再有两三门异国或异族的语言与文化，当然是非常好的基础，跨出去或跨进来都很有必要。可是跨字号研究毕竟需要深度熔铸。作为一般翻译工作者和调查人员，跨语言、跨文化和跨学科活动是很实惠，而对于深一层的比较研究而言，跨应入熔，熔须入铸。熔铸功夫弥足珍贵，而且十分重要。熔铸不一定以比较的口号弄出动静，因为深沉的多种文化交响，完全可以通过颇具穿透力的见解而显出分量。本尼迪克特的《菊与刀》对日本民族及文化的洞识，可谓不言跨而深乎跨且超乎跨的熔铸性例证。这本书至今都是日本学的重要文献，也是反观美国学、参酌中国学和折射欧洲学的宝贵资料。作为东西方思想文化比较研究之必读书，《菊与刀》的影响远非比较二字可以牢笼。突破跨文化是《文学·比较·熔铸》中的一个发人深思的向度。

这里有必要指出，熔铸性的比较观只是《文学通化论》的一个节点。这个解析涉及通化论"经典说"的根本性思想方法。熔铸之重要全在经典生成方面。《连山》《归藏》《周易》是这样的经典。《道德经》《论语》《孟子》《庄子》《荀子》《史记》《文心雕龙》是这样的经典。《圣经》《共产党宣言》《资本论》是这样的经典。这些著述是旷世圣哲熔化多种历史精华而铸成。大典煌煌并不因铸成而就此不化或失化。恰恰相反，经典最具化性。上述大典的化性，既表现在可被人们反复以至无限释读，也表现在可化身为众多新学术经典之种芽。这就是熔铸性比较的化性价值。《文学通化论》阐发的正是这个思想。这个特点既见诸他化化他的运动，也体现于辟文辟思之辟解。限于篇幅，此处不予展开论述。

称熔铸比较为通化论的节点，还有一层意思，那就是世界观、价值观和宇宙观方面的涵养。就世界观方面讲，熔铸是主体与客体去己以同和。从价值观角度论，熔铸是本体与实体无为且有为。在宇宙观大端看，熔铸是造化与机缘偶发而时中。换言之，熔铸过程就是在类似命运摆弄的过程中捕捉参赞造化的化性节点。熔铸的归化和他化运动，有如天地人互动中的一个个异质同构的和谐点。总体与无限的差别在其中化解，自律和他律的难题在其中消弭，瞬间与永恒的悖谬在其中释然。在这个意义上，可以说熔铸是天地造化的功能，是人世砧板的锻打，经典所体现的正是那样一个节点。

【作者简介】

雷晓敏，比较文化博士，广东外语外贸大学外国文学文化研究中心教授，主要从事中日文学和中外文化比较研究。

文学通化思想的天文维度[*]

■冯晓莉

在人类文学思想史上,涉猎天象的文学理论凤毛麟角。间或有言及天文者也是语焉不详或一语带过。《文学通化论》是一个例外,作者将天象与文学通化问题紧密结合,是这部著作的一个特色。

通化论贯穿天文维度,源于作者关于文学宇宙的一种自觉意识。在前言中,他就将这个维度与著述大旨清楚地提了出来:"文学介入亘古仅见的人文总枢纽,太空入怀似六合洞开。"❶ 全书六个部分,《文学天地》《文学经纬》,从篇目就可见出天象的投射。在《文学辟思》《文学他动》《文学归解》和《文学启蔽》乃至《文学之化》中,天文思绪随处可见。就以《文学辟思》部分为例。作者为文学下了如下定义:"文学是多面神,必辟而解其神秘。文学是九头怪,必辟而化其怪诞。文学是互根草,必辟而通其相养。文学是忧愤气,必辟而宣其郁结。文学是星云曲,必辟而纳其天籁。"❷ 这些判识从神、怪、草、气、曲诸方面把握文学,思想格局和深层理念始终则驰骋于天地舞台,因为无论是从社会现象分析,抑或从精神现象上研讨,其大背景之所跟踪,无不是宇宙荧屏和时空坐标。通过这样一种云卷云舒的瞻瞩和思前思后的推求过程,作者阐发了其贯通天地精神的辟文学思想,也把读者带进了与天地精神往来的大人文境界。

通化论的天文维度,植根于作者对古今相关诗学的改造制作。诸如

---

[*] 本文为其所主持省社科基金项目(2016J010)"'前四史'中的《诗经》气脉"阶段性成果。

❶ 栾栋:《文学通化论》,商务印书馆2017年版,第1页。

❷ 同上书,第98页。

《归藏》易通和积善的大臧精神,"天气归,地气藏"的思想蔚然其中。钻仰乾坤时空的相养相护理念,既是对古希腊以来"天地争执"论的排解,也是对司马迁"究天人之际"命题更深一层地发挥。发掘"神其气,情其场"的文学蕴蓄,实际上也是对现当代西方哲学"诗学缘域"说的开放。天地归藏话语揭示了人类文学不同于常见观念的根性品格。神情场合思想导引出诗化哲学超越缘域的另类视野。可以说,海德格尔的缘域论文学观在文学通化思想中被大幅度改造。文学之解疆化域,化出了场合。换言之,《周易》关于阴阳不测之"几神",在这里场合化;两汉以来的谶纬诗学在这里人文化;东西方文学交流中狭隘的种族和地域观念,在这里得到大气场的拓展。值得留意的是这部书关于文学星云说的看点,其中第十六章《文学·中国·世界》,是以纵横时空、伸缩天地的笔触,激扬人文兴象,挥洒宇宙情怀。令人震撼的是其超前的学术眼光,这些个写于20世纪的相关部分,已经把"文学星云"的变数预设其间。而近来关于云计算、云储存等新科技及其术语,《文学通化论》已经有所涵摄。这些观点让人读而神往、思而心动,原来文学思想理论,真可以思接千载、视通万里、解疆化域,以至于俯仰六合阶除,熔铸古往今来。

通化论注重天文维度,体现了作者对人类宇宙探索的关切和理解。通读全书,便可发现他对现当代关于天体物理探究的发展,投以极大地关注。在广视深究宇宙探索新成果的基础上,他对天文学有了如下见解:"笔者不赞同把宇宙视作圆一的统合体系,不赞成宇宙有边际的说法,不认为宇宙在总体上一次性的爆炸生成,但是对局部性总体如太阳系的爆炸生成说,则持以有保留的赞同。"[1] 他对相对论、量子力学、引力波、暗物质、宇宙黑洞、银河外星系等天文研究的人文跟踪,与其对华夏古老思想智慧的深度钻仰,几近锲而不舍。在其文学归藏论、文学橾栝说、文学归化论和辟文辟学辟思等学术视角和诗性文眼中,处处可见他对新宇宙观和新文学观的熔铸创新。他把天文学新成果与中外文学

---

[1] 栾栋:《文学通化论》,商务印书馆2017年版,第141页。

思想有机地结合到一起。古老而有生机的词汇与天文物理的新发现跨越时空不期而遇，鬼使神差如约相会，读者或为这部著作中那些天象诗学的新命题、新观点、新术语而惊奇，像"文学天地""文学经纬""宇林宙丛""宇桑天蚕""允漏允斗""星云乐章""无主音锤""旋通旋变""载成载化"等超越常见文学理论术语的表达，宛如从通化论天文台搭造的"微波天线"，吞吐异乎寻常的宇宙文学信息，舒卷别出心裁的宇宙诗学景观。

通化论体悟天文维度，执着地打造天文诗学的哲学场合。作者不是局限于常见宇宙理念或传统本体论哲学的套路中运思，而是将创新的触角伸向世界哲学最前沿的难题。诸如，从人文化成的思路，烛照海德格尔从天主教微光中把握存在的隐情；从化解后现代思潮的诗化哲学，吸纳德勒兹超神学放胆的心物畅想；从解疆去域的变数，突破勒维纳斯在犹太教传统中提取破解"总体性"束缚的局限。作为哲理性深邃的文学思想著述，作者没有在"总体"与"无限"、"时间"与"空间"、"元一"与"多端"等剪不断理还乱的框架中墨守成规，❶也没有仅仅以"对立统一"的方法去处理上述悖谬，而是以"场合"观开放视野，❷以"辟思"论启闭头绪，❸以星云曲演绎诗性，❹以变数说解析无垠，❺简言之，是在已知天文成就的复杂信息中检索"元一"论的成败，把握"圆通"说的利钝，权衡"总体"说的可否，拿捏"无限"性的精粗，由此提炼出通化性的诗化哲学之思。❻

通化论的天文维度，在通化当口最为精心。通观全书，通化思想不仅见诸人文自然的诗学范围，见诸星云河汉的天地和合，而且见诸宇宙自身超真超善超美之本色状态。这里仅就宇宙兴象的非人文和超人文角度，领悟文学通化思想的化性底蕴。"天文是大化造化在无何有之乡的

---

❶ 栾栋：《文学通化论》，商务印书馆2017年版，第123页。
❷ 同上书，第357~361页。
❸ 同上书，第147~150页。
❹ 同上书，第96页。
❺❻ 同上书，第362~365页。

自辟自动,是宇桑天蚕在生灭成住间的默声默语,是宇林宙丛风声交响的无主音锤",是"量子震荡处时空琴弦的天籁之音",是"微波氤氲下引力互动的开放舞台"。❶ 天文兴象,就是从大化造化的运动,揭示无垠宇宙的辟成辟变。天文明灭,是无无之非人文之象。微波氤氲,可谓自然之文为后发文学之前奏。天文在宇树宙花的自在中是自然,在人类未临盆前的生态伏笔下是隐喻,当然,在后来所谓地球人理解的大道之前世前生,那是一种无无化,即无无待有的无为无情。唯其无无化,宇宙因而无边无际,自然因而无始无终,造化因而无主无人。换一个表达,如果在道之前提出追溯,那么通化就是天文自化,或曰天文之化。就此论之,西方现当代哲学惧怕"Il y a"(法语指陈的无人称之有)大可不必。宇宙有无外星智慧如人类的先前和现今存在,这里无法逆料和揣测,但是无限性的宇宙兴象,比人类那点可怜的小时空概念不知要宏阔出亿万倍,甚至无穷倍。人类文明,包括文学,只是宇宙无限中的一丁点毫秒温热。文明人"文学"了,自认为真可以"观古今于须臾,抚四海于一瞬",其实被美化强化和扩大化了的文学变化,充其量只是通化中之一化,虽然此一化仍然值得人类永生永世地化死化生,有情有义地化解化成。

这样一种通化理论,实际上是摆脱了宗教神学和本体哲学"总体"观的"无限"思想,是呵护每一个尊重他者之他性理论的宇宙论基础。无无化的宇宙变数,道有无的前世今生,都在天文兴象的通化前提做了铺垫。从 20 世纪末叶以来,西方哲学界苦苦寻觅破解总体本体辖制的途径而不得其门,通化论不失为一种颇有意味的尝试。其中化解了勒维纳斯等人在"总体—无限"辩证套路中艰难的钟摆式困境,❷ 开端之无端与多端本身就在通化中。天文之无为无待,与后起人文之无为有为,都处于通化所化之场合聚散之间。简言之,通化论阐发了"太空写意"的通化大旨,把天文诗学写进字里行间,也写上

---

❶ 见栾栋《人文学讲义》(2013 年 3 月未发表稿本,第 203 页)。
❷ 同上稿,第 363 页。

了宇林宙丛。

【作者简介】

冯晓莉，西安外国语大学副教授。

《文学通化论》之辟思

■马利红

《文学通化论》是栾栋先生发表的一部文学理论新作。"通化"包含一系列新的思理,诸如"文学非文学""化感通变""通和致化"等命题。如果说"通化"充满着柔性的力量,那么,其中关于"辟文辟学"的"辟思"则是柔中有刚的创制。这里不仅能见得会通中西方根本思维方法的艰苦劳动,而且给学界提供了一种变革文学原理的尝试。本文主要从其"辟思性易辩法"切入,解析法国"纯文学"与"副文学"的纠葛。

19世纪以降,西方现代意义上的文学逐渐以"纯"自居且单立门户。20世纪又收复部分失去的领土:继小说、戏剧、抒情诗之后,散文诗登堂入室,自传、游记也被相继正名,如此等等,不一而足。在"亚文学"标签下,儿童读物、侦探小说、连环画、广告招贴和街头脱口也被纳入文学范畴。在理论方面,也可以看出端倪,20世纪20年代的学界就热议"文学性"规范和形式主义的捆绑(雅各布森等人),60年代思想界则看重挣脱"知识型构"的束缚(福柯等人),"文学性"的围墙终被撼动。文学与非文学越是争议风起,"什么是文学"的疑问越是问题成堆。文学现象不断嬗变,文学归类也难乎为继。

文学需要通化性涵养,需要辟思性的化感通变。这是《文学通化论》解析上述复杂关系的重要理念。"文学非文学"的命题揭开了一个悖谬式悖论:文学既是文学,也是非文学。也就是说文学性与非文学性的关系在"文学非文学"命题中得以统筹兼顾。如何将二者融为一体,"辟思性易辩法"提供了通和致化的锁钥。易理根阴而抱阳,辩证法亢阳以利器，辟思则是中西方两大思维方法的熔铸。辟思性易辩法之所以可以解决文学与非文学的难题，关键就在于其辟而解的化感通变功能。换言之，辟思是"文学非文学"命题的理论诉求，是"文学归化且他化"的方法要点。辟思的文本实乃"辟文学"（la paralittérature）。"辟文学"是栾栋教授对法国副文学概念的创新性改造和变革性提挈。其法文词形仍取 la paralittérature，但对法国和我国学界归于该词的杂、泛、亚、反等"另类文学"样态，即所谓副文学，做了通和致化的变易。反过来看，常见的将 la paralittérature 作为"副文学"指称，等于把"另类文学"置于"文学性"之外，将文学锁闭到不透明的玻璃瓶中。最受伤害的当然是所谓"副"类们，它们不仅"妾身未分明"，而且全部被矮化乃至被驱逐。

　　栾栋先生对这个词的"辟思"性改造有根有据。他保留了该词的前缀 para- 和词根"文学"，使前缀的丰富内涵透彻地凸现出来。用"辟文学"译制 la paralittérature 实属旨深意远，不仅保留了"前缀 para 所具有的接近、围绕、反对、悖谬等含义，而且提挈了导引、避开、经过、兼顾等一语通关的统筹义项。如 paratonnerre（避雷针）既有避雷击、又有导雷电的双兼含义。parapluie（雨伞）也有遮挡雨水和导引雨水的双关义项。"❶汉法学界习见的"副文学"理解和译名只着眼 para 的环绕、接近、对抗、抵御等义项，实际上囿于西方二中选一的逻各斯思维，偏取"对立"含义，把文学主观地分为主流/边缘、精纯/芜杂、高雅/粗俗，传统/前卫，经典/普本，良好/劣质等类型，忽略了 paralittérature 应有的兼容且通化的品质。"辟文学"与"副文学"一字之别，二者的定位却有了根本之变，一个"辟"字，顿使许多非"纯性"的文学进入可提升和能净化的境界，同时使"纯文学"所掩藏的杂然性真内质得到合情合理的解释。

　　为了深入理解"辟文学"关于"辟思"的精妙。引述一下栾栋先生对"辟思"的辟解很有必要。《文学通化论》的《文学辟思》章详细阐

---

❶ 栾栋：《文学通化论》，商务印书馆 2017 年版，第 116 页。

发了辟思的理据。古汉语的辟（pì）字非常有趣。许慎的《说文解字》指出："辟，法也。从卩从辛，节制其辠也。从口，用法者也。"这一解释尚嫌拘谨。其实辟字的含义非常丰富，兼有创制—效法，典章—用度，打开—偏离，开拓—躲闪，治理—偏蔽，怪诞—大方，邪恶—清除等对折融会的意思。辟（pì）通辟（bì），有君侯—官吏，法度—罪行，征召—斥退，畏缩—勇为，破解—撮合等悖谬通化的内涵。质言之，以辟字定义para这个法文前缀，不仅便于厘清文学遮蔽自身九头精怪的复杂组合，也有利于揭开文学作为多面女神的诸多变态，当然也适合于品味文学作为星云乐曲的无穷意趣。栾栋先生指出："往深处讲，一个辟字，不仅吸收了辩证方法对立统一与一分为二之思想精华，而且提取了易学思想通和致化与交感臻变的华夏智慧。就文学亘古以来的起承转合而论，辟思是天地奇葩根苗华实的情理一体。在文学向死而生的成熟时代，辟思则是为诗学思想通关把脉的人文智慧。"❶

回顾一下法国20世纪60年代中后期副文学及其理论的状况，则更能明了"辟文学"思想的创新价值。那个时代，在西方尤其在法国爆发了新一轮传统与现代之争，其中不乏后现代价值观的牵动。文学观念和文学研究也发生了剧烈变化。一时间各种文学写作尝试（如新小说）及文学理论（如叙事学）纷纷涌现。对文学正面质疑和反面挑战纷至沓来，如热奈特认为"什么是文学"的提法欠妥，"愚不可及"，"主张区别两个互补的文学体系"；❷ 埃斯卡皮声称，"'好文学'和'副文学'的联系是很多的。由于社会的演变，产生于一种文学的某些文学形式转入了另一种文学"；❸ 有学者对"文学"予以彻底否定，如巴尔特提出"作者之死"；德里达也以拆解、消解传统理解模式、习惯、结构为目的去践行"解构主义"；还有人从文学的"反面"进行攻击，如以托泰

---

❶ 栾栋：《文学通化论》，商务印书馆2017年版，第113页。
❷ 贝尔沙尼、奥特兰、勒卡姆、维西耶著，孙恒、肖旻译：《法国现代文学史（1945~1968）》，湖南人民出版社1989年版，第371页。
❸ 安托万·孔帕尼翁著，吴泓缈、汪捷宇译：《理论的幽灵：文学与常识》，南京大学出版社2000年版，第23页。

尔、昂热诺、布瓦耶等为旗手的"副文学"文论家,就是在文学和社会边缘为"另类文学开疆拓土"。

辟思对"副文学"理论的改造与提挈殊堪关注。托泰尔是"文学潜能工厂"的诗人。他从副文学出发反观文学,用"隔离火灾"来隐喻副文学与文学的关系。他认为副文学内部演绎着"真正的辩证法",应在其概念所包含的特定矛盾中进行把握。他第一次详解"副文学"一词之前缀 para-的含义,强调 para-既有"靠近"又有"相反"的含义,因此副文学具有"保护"和"防御"文学的双重属性。所有"非文学"或"反文学"的书面作品都被他纳入副文学。他甚至倡导构思出一种内部无法划界的"模糊的书写混合体"。❶ 昂热诺认为副文学具有制衡矫正文学场的力量。"副文学"前缀 para-中包含的空间隐喻,即"勾勒出一个疆界,一个包围圈,一个空白地,(也追踪)一种'相对'的方式,一种毗邻性或连续性"。❷ 这样,他超越二分辩证逻辑,把文学与副文学的对立关系改写成为"文学—副—文学"的依存与交互关系,二者互为彼此的他者与主体。他的公设是:"副文学并非文学的一种卑微的形式,文学和副文学无法脱离彼此而存在。文学和副文学是不可分割的一对,受控于历史沿革的辩证关系。"❸ 布瓦耶的副文学观则经历了从单数独株(paralittérature)到复数簇生(paralittératures)的转变。他从文学与副文学的关系入手深层剖析二者对立的起因及互为前提、互相依存、互相建构的动态特征,指出二者成为彼此的"他者"以成全"大"文学的必然趋势。他认为"文学甚至只能不断地向它似乎首先是拒绝或看起来与之背道而驰的其自身的变体展开,文学必然会面临自我疏离、自我放弃,走向别的形式、别的文类、别的表达方式。边界并不一定是分裂;边界也是边缘、轮廓、转渡、相接。相撞与分裂的地方也是交换

---

❶ 马利红:《法国副文学学派研究》,暨南大学出版社 2011 年版,第 49~53 页。

❷ Du D. Noguez, "Qu'est-ce que la paralittérature ?", in *Documents du CIRP*, n° 2, 1969 (bulletin ronéotypé).

❸ M. Angenot, *Le roman populaire: recherches en paralittérature*, Presse de L'Université de Québec, 1975, Québec, pp. 13-14.

的领域"。❶ 可以看出，他提出的"多孔边界"是为了在文学与副文学二者之间找到可以双向渗透和互逆互动的某种通道。

显而易见，不论是托泰尔构思的"混合书写体"，昂热诺擘划的"文学—副—文学"关系式，抑或布瓦耶确立的"多孔边界"，都有一个目的，即通过重新梳理"什么是文学"的问题，给"副"类文学谋生存。然而，这些理论尚未真正跨越德勒兹的"辖域化"抵达德里达的"解域化"。究其根底，是思维方法因循守旧所致。仅仅用辩证法克服"纯文学"与"副文学"的隔阂不啻用烈火灭火，因为"纯文学"捍卫其纯真的武器同样是辩证法。"混合书写"也好，"多空边界"也罢，无非是以辩证法之矛，攻辩证法之盾，强硬地在二者之间凿开几个空洞，并不能从根本上解决"纯—副"之对立。而《文学通化论》之辟思，则是以化感通变之法，实现通和致化之道。辟思赋形于"易辩法"，吸收且融合了中华易学和西方辩证法，使二者"相互涵摄""互补互破""互约互化"，❷ 融会贯通处充满"生发之几"。❸

质言之，建立在辟思性易辩法之上的"文学非文学"命题，使文学之"正"与"副"、"纯"与"杂"得到真正通解。辟思弥合了文学回溯性的"归藏归潜归化"与"他动他适他化"，贯通了文学的"化他而来""他化而去"和"兼他而在"，从而使文学这个复杂的存在终于有了通化体性。

【作者简介】

马利红，暨南大学外文学院副教授，研究方向为法语语言文学与比较文学。

---

❶ A.-M. Boyer, *Les paralittératures*, Paris: Armand Colin, 2008, pp. 90-91.
❷ 栾栋："易辩法界说——人文学方法论"，载《哲学研究》2003年第8期，第53~54页。
❸ 王树人：《回归原创之思——"象思维"视野下的中国智慧》，江苏人民出版社2005年版，第5~7页。

"通化"诗学蠡测[*]

■ 陈可唯

文学从来不是能够"独善其身"的"自由王国"。每一次人类文明的转折，都会在文学领域引发共振，甚至可以说，文学本身就是历次文明变迁的晴雨表。当今世界是全球化的大变动时代，文学何为？人类何去？世界何往？这些问题都是文学探讨的话题。《文学通化论》对此类问题有独特的回答。通而化之，可谓博大精深的思理。对于这样一部中国风格华夏气派的诗学话语，笔者的这篇短文自然不能曲尽其妙。此处仅对这部著作的诗性要点，做一点管窥蠡测。

一、守寂·将养·归藏

《文学通化论》非常重视文学"精气神"的将养。具体讲，化解欲望、权力与资本激荡下的焦虑、浮华与戾气。中西典制诗学汗牛充栋，少了什么？在漫长的历史沉淀中板结了什么？《文学通化论》在急速骤变的文学语境中，紧抓文学疆域、块垒、堑壕、山寨等致使文学不文学的东西，运动着化感通变的功力。中国古代诗学以言志、缘情、载道为宗，有立言、立德、立功、论世、讽谏、抒怀，等等，这套诗学体系在历史上发挥的作用有目共睹，而在这种理念笼罩下的文学理论和文学创作，始终倾向外化和秀出。西方诗学无论理念论、人性论、反映论亦然，都在不同历史时期争先恐后地外显，举凡理性、上帝、人性等基

---

[*] 本文为其所主持国家社科基金青年项目（16CC148）阶段性成果。

点，包括作为文学的主体之类，本质上是一个主语替换的过程，而始终在"凸显"诗学的制高点上殊途同归。《文学通化论》揭示出文明的大趋势，对"秀出"的诗性和文学的"在场"作了擘肌入理的解析和批判。作者倡导的"归思归藏"思想和"沉潜涵养"的情怀，具有振聋发聩的学术意义。

《文学通化论》从华夏文明的源头处，爬梳被主流诗学忽视的文学本根内涵，以"逆势"和"虚怀"的向度，倡导文学守寂、将养、归藏的品性，内省性的结构补苴是化解文明危机与文化焦虑的一条通衢。通化理论追索华夏诗学本真的底色，于"诗言志，歌咏言，声依咏，律和声"之外，揭示出"声根默，乐收声，诗通藏，文归化"的另一种理路。❶ 中国传统文化的源流，早在文学尚无名、无界、无觉之时，就有原始神话、上古筮书与古歌古易，内中蕴含敬天畏地、沉潜取静、重坤守谦的大藏风旨。归藏精神是中国潜隐诗脉的根茎，在儒家人性诗学被立为"正统"之后逐渐深埋大藏，但其气脉从未断裂，内质更未灭绝。中国古代文史典籍中一直有归藏诗风的吉光片羽，得其神的典籍如《道德经》《庄子》《红楼梦》等，无不守寂于当时而养护后世。

归藏诗学在中国历史上没有成为显学，却在漫漫时空中与天地精神往来，积累了深沉的底气，足以让铩羽归来的文学得到休眠与涵养。对于艰苦备尝的华夏族群而言，艰难竭蹶之中的经磨历劫，恰恰也是多难兴邦的超诗性栖居，即禀命造化，视死如归，在一场场人类文明危机中化险为夷。即便在目前这场全球性的旷古变局中，她又一次运作其坤载乾培的积养，为人类的精气神固本培元。虽说有文艺失守的危象，甚至有娱乐至死的狂潮，然而毕竟有大藏守善的思想在净化着文学。《文学通化论》关于归潜归藏归化的阐发，就有这样的指向。通化论鼓励文学人抵制欲望、权力、金钱的诱惑，提倡含蓄沉潜的检点将养，这不只是谋略性的韬光养晦，也不仅仅是战术性的养精蓄锐，而是源于本真的守寂，出于万古千秋的回归。

---

❶ 栾栋：《文学通化论》，商务印书馆2017年版，第239页。

二、谦和·逊行·自新

  诗学需要理论上的创辟,在义理上化解本体论、主体论和权利话语以及"中心主义"的挟制。《文学通化论》从文明的根底处揭示了西方思想机制的霸权。西方哲学长久执着于世界总规律的生成,理想国的基本训导就是要将激情与欲望置于理性的掌控之中,逻各斯运演的本主机制以及辩证法的绳墨几乎独霸思想天下。两千多年西方文学的本主体制,经历了从理念到上帝的演变,从人性到本能的消长,贵本体以至佞主体是骨子里的宿疾,不论是意志的胜利还是现实的反映,都没有跳脱"本主"的藩篱,始终是逻各斯机制之内的中心替换,换言之,是辩证法封闭循环之中的此消彼长。在 20 世纪的西方文学人当中,不乏意识到逻各斯局限的有识之士,试图用逃亡、狂欢和解构,挣脱文化霸权主义、唯人类中心主义和金元意识形态的束缚。从宇宙论、世界观和价值论以及方法论的角度讲,这种突围仍然是在逻各斯的手心兜圈子,是在辩证法的机制中讨生活,退一步看,甚至始终未能完成对"我中心"的化解。

  20 世纪的中国文学是在努力学习西方文化的大背景下孕生的。西方文学的理论思想不只是东渐,而且占据着现当代中国文学乃至文化教育的上风。举目滔滔,何处没有西体中用的影子?哪里没有西化式的诗学加工厂?华夏诗学中不少本真的东西或被湮没或被遮蔽。栾栋先生指出:"中国古代文学不仅仅是'原料',而且也有其'原理',甚至有着比西方近现代文学原理远为深沉的文学渊源。"[1]很多弥足珍贵的原理深埋大藏,即便在今天,极力主张重振国学包括传统诗学的专家学者们,在梳理和编纂文史资料,或释读解注古代诗学文本之时,已在思想深处生根的西学观念不经意地冒尖甚至疯长,自觉不自觉地牵制着文学创作

---

[1] 栾栋:《文学通化论》,商务印书馆 2017 年版,第 311 页。

乃至学术活动。而那些更为渊深和更为本源的华夏智慧尚需下功夫钻研和深层次汲取。诸如《文学通化论》所开发的上古神话以来散点透视式的辟思，黄老思想逊进逊退的精神，甲骨铭文天人问答的归思，都是通化诗学的品性源流，或可作为化解逻各斯的强制，突破辩证法的封闭，跳脱中心论局限的思想种芽。

栾栋先生非常看重《周易》的《谦卦》。在《文学通化论》中，逊进逊退的思想贯穿始终。其"三归"之归潜、归藏、归化，体现了他在宇宙观基础上的文学理念，其中也包含对文学本质和文学人品性气质的陶冶。在"三辟"之辟文、辟学、辟思部分，读者可以再次看到通化论的伦理性要义，"辟，节制其皋。"（许慎）"辟，卮思集虚养实。""辟，逊进逊退。"这些思想都告诉人们一个道理：不论是人，抑或文，都要有检点，不可忘乎所以。《文学通化论》的这些思想，也是作者为人治学的夫子之道。用栾栋先生最喜欢的座右铭来概括，那就是"谦以自牧"。

三、通和·兼收·致化

文学期待学理上的清通，这就要求在视野上化解"界域"的局限。当文学的地位日趋边缘化，守护文学纯粹性的声音不绝如缕。"文学性"成为许多研究者执着捍卫的堡垒，还有文学人强调文本的"本位"，视哲学、历史、民俗等批评理论的介入为强制阐释。这种划定界域的方法，貌似在净化文学的种性，实际上却违背了文学的通化品性。固执于文学边界的自卫，只会让文学走向"自器"。近代以来的文学研究致力于建构学科系统，不断给文学筑墙划界，甚至对文体和文风也条块分隔。此外，各种各样的文学史叠屋架床，这也是人们耳熟能详的文学及其研究成果。在此类"繁荣昌盛"的后面，也掩盖着另外一个倾向，即为文学树碑立传的同时，学界忽略了文学他性、文学他缘、文学他化的问题。在给文学"修祠建庙"的活动中，文学人忘记了文学非文学的发生学真相。

通化诗学提出"文学非文学"的主张,将否定性命题纳入文学研究的视野,对于"文学是文学"的单向维度无疑是一个补充。这种"非"的向度不是单纯的对"是"的调和或对抗,而是通和与兼收,在宏通的学术视域中展开诗学理论的创辟性研究。文学的发展历程是一个不断"被文学"的过程,《周易》《圣经》《山海经》《吠陀本集》《荷马史诗》,本是"非文学",但都"被文学";文学也是个不断典制化的过程,《诗三百》将吟咏性情的先民歌讴,提炼成兴观群怨的立言之本;文学还是体式替换和涵化的过程,《史记》《黄帝内经》《孙子兵法》原不属于文学,却浸润文学,涵养文学,传播文学。《文学通化论》关于"文学三性"的论证,对此有精彩的阐述。❶

文学从源头到根本具有跨界生成的品性,诚如栾栋先生所言:"文学与经史子集皆有内在关联,与政教神俗都有血脉牵系,与兵农医艺均有深层瓜葛。"❷文学研究不能自卫自闭自囹,在工具化、单一化、中心化的孤芳自赏中画地为牢。诗学变革也不宜粗暴突围,将前人成果夷为平地,犁庭扫穴。通化论中的诗学,有大格局,大气象,那是一种走向大枢纽、大数据、大云图时代的诗学,需要博大、开放、全息的视野,召唤跨界兼收的"通化"气魄。通化论中的诗学,也有小自我,对"我"中心的防范很认真,对"我"非我的体察很细致,对"吾丧我"的境界很入微,因此能新而不秀,创而不伤,在这个份上,庶几可以理解栾栋先生对"他化"思想的推崇,通化理论的伦理深旨,于此可见一斑。

【作者简介】

陈可唯,广东工业大学通识教育中心讲师,主要研究领域为中国文学与比较文化。

---

❶ 栾栋:《文学通化论》,商务印书馆2017年版,第183~185页。
❷ 同上书,第354页。

比较文学研究

消解"时代噪音":华裔美国文学鼻祖水仙花的华人族性书写

■李贵苍

【摘要】 20世纪之交的北美文化帝国主义肆意弥漫,仇华和妖魔化华人达到令人发指的程度,具有一半华人血统的水仙花用英语创作了大量作品,以其如椽之笔书写华人族性,掷地有声地反抗以白人为中心的种族主义"时代噪音",还华人以公正。本文详细分析其短篇小说《潘特和潘恩》,探讨她弘扬华人人性、解构种族中心主义霸权话语的叙事手法。

【关键词】 水仙花 华人族性 种族主义

华裔北美文学之母水仙花(Edith Maude Eaton, 1865~1914)生活的时代,既是北美仇华浊浪滔天之时,也是"黄祸"文学泛滥之时。仇华以法律歧视的方式受到机构性保护,"黄祸"文学则与之遥相呼应,其目的,用斯皮瓦克的话说,就是在"知识暴力"(epistemic violence)为特征的认知模式下,"不仅借助意识形态和科学,而且借助法律机构的名义……不断生产欧洲自我的影子——他者"。[1] 一时间,借用萨义德的话说,北美文学界"就好比有一个叫作'东方人'的垃圾箱",[2] 将对华人的极端仇视化作文学形象,肆意涂抹和丑化华人这个北美的文化和种族"他者",导致华裔的整体形象被彻底扭曲,其结果"那就是,

---

[1] Gayatri Chakravorty Spivak, "Can the Subaltern Speak?", *Marxism and the Interpretation of Culture*, Eds. Cary Nelson and Lawrence Crossberg. London: Macmillan, 1988: 24.

[2] 萨义德著,王宇根译:《东方学》,三联书店2007年版,第133页。

亚裔男人没有男子汉气质。不分好坏,亚裔男性在主流文化中根深蒂固的偏见中统统不是男人。更恶劣的是,亚裔男性令人厌恶——他们不仅女人气,而且一身粉脂气。传统男性的文化品格如创造性、果敢性、勇气等,在他们身上是一片空白"。[1] 赵健秀笔下的"亚裔"更多的是指华裔男性。而对华裔群体伤害最大的侮辱性标签莫过于"亚裔男性被描写成没有任何性能力,而亚裔女性则是除了性能力以外什么也没有"的性变态形象。[2] 华裔美国学者李磊伟(David Leiwei Li)喟叹这样的丑化"导致华裔作为一个群体,在社会学意义上已经死亡"。[3] 当代美国学者玛莎·卡特(Martha Cutter)将北美社会当时对华人极端仇视的社会文化氛围和白人优越的种族意识、竭力鼓噪对华人偏见的文学创作和其他文化产品对华人的诋毁和污蔑,笼统地称为"时代噪音"。[4]

在北美文化帝国主义绵绵瓜瓞,不断经营关于华人的邪恶形象和华人皆"黄祸"的"时代噪音"中,立志为华人申言的水仙花终生凭借一己之力,以文学的方式,挑战当时北美种族歧视强大的认知系统和以"知识暴力"为核心的书写系统,重塑华人"形象",着力书写华人族性和人性的美德,赋予"社会学意义上已经死亡"的华人群体以活力和新生。本文将详细分析她的一个短篇《潘特和潘恩》(*Pat and Pan*),从情节安排、故事推进、人物安排和叙事视角变化等方面,辨析她弱化"种族二元对立"意识、消解种族差异、解构种族中心主义霸权话语等方面的叙事技巧,并分析她在解构种族等级现实之时,是如何弘扬华人的基本人性,如善良、仁慈、宽容、乐于助人、通情达理,等等,以此

---

[1] Frank Chin, et al, "Foreword", *Aiiieeeee! An Anthology of Chinese and Japanese American Literature*, Washington D.C.: Howard UP, 1974: viii.

[2] Elaine Kim, "Such Opposite Creatures: Men and Women in Asian American Literature", *Michigan Quarterly Review* 24, 1 (Winter 1990): 69.

[3] David Leiwei Li, "The Formation of Frank Chin and the Formations of Chinese American Literature", *Asian Americans: Comparative and Global Perspective*, Ed. Shirley Hume. Pullman: Washington State UP, 1991: 212.

[4] Annette White-Parks, "A Reversal of American Concepts of 'Otherness' in the Fiction of Sui Sin Far", *MELUS* 20.1 (1995): 18.

反衬白人种族优越论者的虚伪以及白人在基本人性方面的残缺。

水仙花的评传作者安妮特·怀特-帕克斯认为:"对水仙花的小说做过一番研究之后,我认为水仙花创造了一种形式,那就是将写作策略与思想有机结合在一起,颠覆美国文学中的'他者'概念……她主要的写作任务,如同这些故事揭示的那样,并不是要调和……而是要创造一种能见度,一种声音,最终唤醒北美华裔生活中被剥脱的文化自觉意识。"[1] 怀特-帕克斯所指的"能见度""一种声音"和"文化自觉意识"均可以从水仙花的故事《潘特和潘恩》中见出。《潘特和潘恩》虽然是一个情节非常简单的儿童故事,但其中所蕴含的有关族性的主题,却不是儿童所能体会和理解的,而是借儿童故事的形式,弘扬华人的人性美德,唤起北美成人读者的同情心,反思其白人优越论的危害。其族性主题包含着对华人的充分肯定和通过情节安排对白人提出巧妙批评。正是基于这种判断,玛莎·卡特在《帝国与儿童思想:水仙花的儿童故事》一文中认为,水仙花写的"一些儿童故事,其本意也许就是迷惑白人的成人读者,让他们接受其中的颠覆性思想"[2]。所谓的颠覆性思想就是水仙花与"时代噪音"的文本对抗和对白人关于其人性方面的警示。

《潘特和潘恩》讲述的是一个美国白人男孩在他的母亲死后,由旧金山唐人街一个华人家庭收养,最后又被白人社会抢夺的故事。这样如此简单的情节安排一定是水仙花苦心孤诣的结果,也是她表达其"颠覆性思想"的艺术形式,因为长期以来只有强者抱养弱者的孤儿,鲜有弱者领养强者孤儿的事例发生。但水仙花一反常态,直接挑战白人阅读大众的社会心理,以奇制胜,直接刺激着白人读者的神经:华人是可以信赖的,是有超常的爱心的,是可以教育好孩子的。另外,水仙花要传递的信息是华人在基本人性方面也是优秀的。所有的这一切都是对白人种族偏见的挑战。如果按照卡特的理解,水仙花的作品并不完全是写给美

---

[1] Martha Cutter, "Empire and the Mind of the Child: Sui Sin Far's 'Tales of Chinese Children'", *MELUS* 27.2 (2002): 35.

[2] *Ibid.*, p. 32.

国以英语为母语的儿童的,而是同时写给他们的父母的。那么,成年父母阅读这样的故事和情节安排,无疑会在受到刺激之后反思其种族意识,这正是水仙花的高妙之处:亦如她的大部分故事,以平和的语言和自然的语气,在不过分刺激白人读者的前提下,反抗"时代噪音",对白人读者提出警示和引导作用,促使他们思考美国的种族问题。

假如这样的情节安排已经具有某种颠覆性,那么,故事的开头就具有极大的挑衅性了。故事甫一开始,突兀地呈现在读者面前的是异乎寻常的一幕:"他们静静地躺在摆放香桌的房间的门口过道上,互相拥抱着,睡得香甜。她的小脸躺在他的胸脯上。他白白的下巴,微微上翘,贴着她编成玫瑰花一般的黑发上。"❶ 之所以说这个开头异乎寻常,因为这两个孩子分属黄白两个种族,竟然亲如兄妹地依偎在一起午睡!他们,一个是5岁的白人男孩潘特,另一个是不到3岁的华人女孩潘恩。两个孩子依偎在一起的画面,恰巧被路过的白人传教士安娜·哈里森(Anna Harrison)看到了。她十分不解,随即向一个华人流动水果商贩打听:"那个男孩是谁家的?"❷ 二人的问答没有任何寒暄和铺垫。哈里森连基本的见面客套话也省掉了,脱去伪善的外衣,直接质询一个陌生的华人商贩与己无关的事。也许,在她这个白人种族优越论者的意识里,如果对处于下层社会的华人表现出一丝客套就不符合她的身份。华人商贩倒是根本不在意,如实回答说:"噢,那个男孩!他是金匠林玉的孩子。"❸ 其神态之自然,语气之平和,完全超出哈里森的预期。她万万没有想到一个白人孩子竟然是华人林玉的孩子。这时的哈里森不再关心男孩的家长是谁了,因为知道孩子的家长是谁突然变得不重要了。她关注的是为何一个白人孩子能生活在一个华人家里?到底是哪里出了问题?她迫不及待地反驳说:"但那是个白人孩子。"❹

哈里森这个种族主义者的心理昭然若揭:言下之意是种族的界限和分类是不能被打破的,白人与华人必须分开!倒是在唐人街上这个普通

---

❶❷❸❹ Sui Sin Far, *Mrs. Spring Fragrance and Other Writings*, Urbana and Chicago: University of Illinois Press, 1995: 160.

商贩的眼里，白人不白人的，根本就不是一个问题。他轻描淡写地说："是的。他是个白人孩子，但孩子们都是一样的。他也是个中国孩子。"❶ 商贩觉得白人潘特也是个中国孩子，因为他生活在华人家庭，讲的是汉语，养父母是华人。商贩看似简单的回答，却直接表现出了水仙花"世界一家人"的大同理念：黄白两个种族可以像这两个孩子一样亲如一家。后来的情节变化更是强化了这种亲情意识和种族平等的观念：哈里森在他们睡醒后，为他们买来荔枝。更令哈里森吃惊的事情发生了：还不到3岁的华人女孩潘恩将荔枝剥好后，却一次次地送到白人孩子潘特的嘴里。凭经验，我们知道孩子们要大让小，这点水仙花不可能不知道，因为她就是在那样的家庭长大的，也是那样做的。如果从水仙花不断强调华人美德的角度解读，我们反而能给出这个情节一个合理的答案，即华人无私的美德处处可见，孔融4岁让梨，3岁的潘恩同样可以让荔枝。不同的是，潘恩让给的是与自己没有血缘关系的"哥哥"，代表的是黄种人和白种人之间的亲情关系。

潘特吃饱后，潘恩才开始吃第一个荔枝。稍后，他们的母亲叫他们回家。"听到母亲的声音，潘特跳起身来，开心地大笑一声，跑到街上去了。小女孩不动声色，慢慢地跟了过去。"❷ 这一幕幕栩栩如生的情景挑战着哈里森的种族观念并刺激着她敏感的神经：她是无论如何都不能任由这一"事态"继续发展或者恶化下去，而是必须要采取行动，以挽回对整个白人社会的损失。几个月后，哈里森在唐人街开办了一个教会学校，当即决定要将潘特收进学校，但潘特一定要潘恩同去，哈里森为了潘特欣然同意，最简单的原因是潘特"应该学习他的母语"，还因为"把一个白人孩子作为中国孩子抚养是不可思议的"。❸ 哈里森几经努力，以开办学校的方式剥夺了潘特在华人学校受教育的权利。一切都在虚伪的外表下有条不紊地按计划实施着。

---

❶ Sui Sin Far, *Mrs. Spring Fragrance and Other Writings*, Urbana and Chicago: University of Illinois Press, 1995: 160.

❷❸ *Ibid.*, 161.

入学后，潘恩因为太小而没有任何具体的学习任务。其他孩子要学习课文，而她的面前摆放的是玩具，因为"潘恩不需要学任何东西，只要玩好就行"。❶然而，不可思议的事情再次发生：以玩乐为主且小两岁的潘恩无意间记得的单词比潘特这个正式学生多出许多，"她……背诵儿歌和诗歌，而可怜的潘特，尽管十分努力，却连一行也记不住"。❷这样的情节安排可能出于无意，但也完全可能是水仙花精心安排的结果。她试图全方位地挑战白人优越论，为华人和中国文化申言，首先就是要以故事的方式呈现华人在智力方面或者学习能力方面是多么优秀！奇怪的是，潘恩无私的美德和出类拔萃的学习能力并没有给她带来赞誉，反而在哈里森的巧妙设计下，引起了潘特的嫉妒。哈里森清楚地知道，要让潘特完全回到白人文化和群体之中，首先就是要在两个孩子之间制造矛盾。她检查潘特背诵课文情况时，都要让潘恩在场，而且，每次在潘特不能完成作业受到惩罚的时候，马上让潘恩背诵相同的段落或者诗行。潘恩尽管记忆力超群，但根本不明就里，而是每次都认真完成，一字不落地背完。鲜明的对比让潘特感到压力和羞愧，他也因为羞愧而冲着潘恩大发其火。终于有一次，潘特忍无可忍了，在潘恩背诵完诗歌后，说："潘恩，我恨你！"❸如果我们认为这种"仇恨"仅仅是孩子之间的情绪表达，似乎也说得过去，但放在整个故事和当时的社会背景之中考察，我们完全可以说他们之间仇恨的种子是由哈里森撒下的，因此孩子间的怨恨也同时蒙上了明显的种族主义色彩。就是说，他们之间的"恨"实际上是白人对于华人的"恨"，而不仅仅是男孩潘特对女孩潘恩的恨。

因为两个孩子之间因学习产生的怨恨很快就变成了一个种族和社会问题：潘特必须离开华人家庭，到一个白人家庭生活。尽管故事中没有交代任何缘由，但我们相信在哈里森的怂恿下，白人社会也意识到不能

---

❶❷ Sui Sin Far, *Mrs. Spring Fragrance and Other Writings*, Urbana and Chicago: University of Illinois Press, 1995: 162.

❸ *Ibid.*, 163.

让一个白人孩子在一个华人家庭成长。也许他们认为成长在华人家庭必然会受到华人社区和文化的影响，其结果是破坏了白人种族的纯洁性和完整性。于是，一对白人夫妇在潘特过完8岁生日后将他接走了。事先没有任何交涉和沟通，没有征求过华人夫妇的意见。白人们直截了当，可以说直接"抢走"了潘特。整个交接的过程在瞬间完成，在成人间显得十分平静且十分怪异。逆来顺受的华人夫妇违反人间常情，默默地接受了眼前发生的一切。养育了8年的孩子被带走了，华人夫妇尽管"没有说一句抗议的话，但在他们内心深处，却感到了极大的不公和因爱孩子而滋生的极大愤慨"。[1]"不公"是因为他们8年的养育心血，没有得到任何回报——整个白人社区和社会没有对他们表示出一丝谢意。他们感到"愤慨"，是因为他们说话的权利被无情地剥夺了。在种族主义的白色恐怖之下，他们噤若寒蝉，似乎变成了没有"语言"能力的文化他者。尽管受到了明显的屈辱和蔑视，可他们有话不能说，也不敢说，说出来也可能没用，甚至会引火烧身。于是，沉默成了他们最好的保护方式。经过几十年蛮横的法律排挤和种族打压，不仅当事者夫妇不敢发出任何声音，整个唐人街都没有任何反抗的声音。唐人街作为一个华人群体被集体"消声"了，成了一个羸弱失语的群体。偌大的唐人街成了白人恣意妄为的场所。沉默是当时所有华人无奈的选择。集体和个体失语是导致交接过程怪异的根本原因。

抗议强行剥夺养育权的白人种族主义的蛮横做法和种种的不人道行为的仅有两个无辜的孩子。但孩子只能从自己的感知方面抗议，不可能以理性去反对和申诉。首先是潘特大声哭喊："我不愿离开我的潘恩！我不愿离开我的潘恩！""我也是中国人！我也是中国人！"[2]潘特认同自己是中国人，而这恰恰是白人社区的担忧之处，导致他越是不愿离开，他越是会被强行带走。尽管潘恩哭红了眼睛，尽管她以稚嫩的声音大声

---

[1][2] Sui Sin Far, *Mrs. Spring Fragrance and Other Writings*, Urbana and Chicago: University of Illinois Press, 1995: 164.

喊道："他是中国人！他是中国人！"但"他还是被强行带走了"。❶ 两个孩子之间的亲情纽带和哀求，在白人种族政治学和赤裸裸的种族歧视面前，是那样的刺耳，那样的无助，同时那样的无足轻重！

潘特被"抢走"后和潘恩还有两次相遇。一次是放学之后，潘特看见了妹妹潘恩，他们之间有一段兄妹间的正常谈话。这时，单独一人的潘特仍然对唐人街怀有感情，且表示愿意看爸爸的"新玻璃柜子"和"阿妈的花"。❷他们的第二次相遇是在有其他白人学生注视下匆匆结束的。即便是少不更事的潘特，在白人短暂的教化之下，也学会了种族认同的取舍，并表现出了种族等级意识。甚至更具体地说，他已经有了种族优劣的意识，也开始体悟到要与他的华人"亲人"保持距离的必要性和重要性：

"啊，潘特！"她欢快地大声叫道。

"听见那个中国孩子叫你！"一个男孩嘲笑地说。

潘特转身盯着潘恩吼道："滚开！滚开！"

潘恩迈开她的小腿，飞快地跑开了。跑到山下时，她抬头看了看，摇了摇头，无比悲伤地叹道："可怜的潘特……他不再是中国人了，他不再是中国人了！"❸

整个故事是在潘恩悲凉的声调中结束的。尽管中国女孩潘恩的叹息如同她恳求将潘特留下时的大声辩解一样，在种族主义铜墙铁壁面前被击得粉碎，但她对潘特的认识从"他是中国人"到"他不再是中国人了"的彻底转变，透露出了无限的种族政治学信息。在她幼小的心灵里，潘特不再是中国人了，并不是因为他的肤色——他本来就是个白人孩子，而是因为他对待华人——包括潘恩自己的态度以及那种态度背后折射出的种族等级观念。潘特在当时的情况下，非但不在其他白人孩子

---

❶❷❸ Sui Sin Far, *Mrs. Spring Fragrance and Other Writings*, Urbana and Chicago: University of Illinois Press, 1995: 164.

嘲笑妹妹时保护她，反而厉声呵斥，要她"滚开"，从此与他的华人教养和华人之根彻底决裂。

在这个简单的故事中，潘特最终在整个美国种族歧视体系的干预之下，变成了一个美国白人优越论的践行者。从表面上看，这个故事对种族的身份分类明确：传教士安娜·哈里森是个"美国"殖民主体，华裔家庭的父母和女儿是被殖民统治的客体。那么，潘特是处在这种种族二元对立的什么位置呢？他是殖民者还是被殖民统治的人？是主体还是客体呢？当然，在故事情节的不同阶段，潘特常常兼有双重身份：他既是在自己身份混乱的情况下的被领养者，亦即他在 8 岁之前，是黄白两个种族的边缘人，又是确立了白人身份后的种族歧视者。他的认同变化具有深刻的含义，我们在此作一点分析。

首先，如果潘特没有从收养他的中国家庭被强行带走，他会成长成"中国人"吗？潘特跨越"中国人"成为"美国人"，这一跨越的过程至少体现了其身份划分的不稳定性。如果安娜·哈里森代表的白人社会没有介入的话，潘特有可能成为一个白皮肤的"中国人"。因为在他被带走之前，他已经被他所在的中国家庭同化了：他说话的方式、句法结构、对话的方式等都是中国式的。当安娜·哈里森看到相互依偎着酣睡的潘特和潘恩时，她与他们素不相识，为何要强行割裂潘特的家庭纽带和两个孩子之间的情感呢？怀特-帕克斯认为哈里森担心两个孩子成人后有可能会结婚，那无疑会破坏"白人种族的单一性和纯洁性"。[1]

也许怀特-帕克斯说的有些道理，但我们认为哈里森主要是担心如果让潘特一直生活在一个华人家庭，接受华人的家庭文化和社区文化，潘特极有可能最终认同华人文化。这实际上意味着他将会以华人文化确定自己的感知方式、人生信念、价值标准、对待人生和社会的基本观念等。婚姻只是个外在的形式，并不能成为一个种族认同的唯一坐标。对于哈里森而言，关键是不能让潘特的种族认同和文化认同出现偏差。

---

[1] Annette White-Parks, *Sui Sin Far/ Edith Maud Eaton: A Literary Biography*, Urbana: University of Illinois Press, 1995: 225.

当然，我们还看到了这位传教士更深层次的忧虑。那就是事关种族关系的大是大非问题。用凡尼萨·戴安娜（Vanessa Holford Diana）的话说，是因为"北美社会将中国人确定为野蛮的'他者'，其目的是阻挠种族间的相互理解，并企图从坚持这样的权力结构中获利"。[1] 如果我们认同戴安娜的观点，那么自诩为文明且有教养的白人当然不会容忍自己的一员由"野蛮"的中国人养育这个事实，否则，就会让"文明"遭受"野蛮"的侵扰。于是，隔离两个儿童，"抢走"潘特倏然显现出更深的缘由和目的，即维持白人的种族霸权并企图永远从中受益。隔离只是手段，目的是妨碍种族间的交流和理解。那么，阻断交流、破坏理解的目的又是什么呢？原来是要保持白人种族的纯洁性和单一性，也可以说是要保持建立在白人优越论基础上的种族歧视法律、法规、政策和主流社会的文化氛围。我们进而再追问，"主流社会的成员不遗余力地要维持其建立在仇恨和无知基础上的（白人）种族纯洁性"，[2] 又有何居心呢？其终极目的就是要在维持种族歧视的庞大的社会机制下，在压迫和边缘化少数族群中"获益"。其获益的根本是要为白人优越论创造其赖以维持的基础，即要千方百计地树立白人公正、文明、包容大气的形象。其反面的做法就是"他者化"少数族群。只有维持住这样的压迫和被压迫的种族关系，白人种族才能享有其特权，也才能真正"获益"。具体到"潘特和潘恩"这个故事而言，就是"他者化"华人族群。一正一反均是服务于维持种族等级这个根本。

但是，所有的这一切在坚持为华人代言的水仙花笔下，出现了另外一种现象，因为水仙花"在处理种族差异时，采取了革命性的颠覆策略"。[3] 就效果而言，白人优越以及文明的形象不仅在故事中被彻底颠覆，而且走向其反面，即被污蔑为"野蛮"族群的华人的一言一行反而让白人群体显得更加野蛮，自诩为文明典范的白人群体反而成了虚伪和不可理喻的代名词。故事中，潘特的白人母亲完全信任华人商贩夫妇，

---

[1][2][3] Vanessa Holford Diana, "Biracial/Bicultural Identity in the Writings of Sui Sin Far." *MELUS* 26, 2 (2001): 159-186, 161.

才会将自己的孩子潘特委托给他们抚养，反衬出她对自己族群的极度不信任和彻底失望。华人夫妇将潘特视同己出，给了潘特温暖、照顾和爱——潘特的华人母亲叫他们回家时，首先呼叫的是潘特，而不是自己的亲生女儿潘恩。兄妹二人相拥而午睡的温馨画面，令人感动，那是在其乐融融的家中才能看到的景象，不仅说明华人家庭充满爱心，而且折射出中华文化注重家庭和谐的价值观，反衬的是文明的白人族群割舍亲情、破坏家庭的不文明行为。主流社会中所谓的文明和野蛮之分，不仅瞬间被消解，而且被颠覆：不被认为文明的华人以及他们的文化事事处处流露出文明的教养和素养，而自诩为文明的白人族群不反思自己的行为，反而不惜强行隔断潘特的家庭纽带，而且破坏种族关系，其动机是极其伪善和邪恶的。水仙花要强调的恰恰是白人为了强化他们的族群意识，而不惜隔断族群交流和理解，孰是孰非，一目了然。

水仙花在情节上将黄白两个种族并置，不仅颠倒了北美主流文化关于文明和野蛮的二元建构，而且借此重新书写了黄白两个种族的关系，消解了主流文化肆意丑化华人及其文化的种种伎俩，还原了华人"人性"的真诚，揭露了白人人性的虚伪。从叙事技巧的角度看待这个故事，我们发现故事开头时，水仙花采取的是全知视角，而结尾时悄然变成了一个没有话语权的中国孩子的视角。那么，我们会问，谁是文本结构中的"他者"呢？是安娜·哈里森、潘特还是潘恩呢？从民族关系的角度看，不可能是潘特和哈里森，因为他们本身就是主流文化的"主体"，一般而言，是不可能安排为配角的，从文化交流的角度看，他们是不可能被塑造成一个民族和文化"他者"的，但随着情节的推移，他们都渐渐成了配角。故事开头时那盛气凌人的种族歧视者哈里森，到最后悄然消失了。相反，故事开头时被完全忽视的3岁孩子潘恩却扮演了多重角色：她不仅是故事中的人物之一，而且不知不觉成了故事的主角，到最后竟然成了叙事者。故事也是在她的一声喟叹中戛然而止。小小的潘恩成了水仙花笔下一个消解种族多元对立意识的主体。

为什么这么说呢？如果对比潘恩和潘特，我们发现尽管潘恩比潘特小两岁，但她这个华人女孩在才、情、智、判断力、感受力、认知能力、观察能力等各个方面都优秀于潘特。潘恩在学校的任务是玩，却不经意间学会了一口流利的英语，而且背起课文和儿歌朗朗上口，一字不错。相反，潘特是个正式的学生，可始终是愚笨不堪，记不住单词。在情感方面，小小的潘恩知道礼让和关心，表现出良好的家庭教养。当安娜·哈里森携一帮人"抢"潘特的时候，还是这个小女孩大声抗议，说明她的判断力和观察能力已经超过潘特。故事结尾处潘恩的自言自语"可怜的潘特……他不再是中国人了，他不再是中国人了"，更是体现了她的睿智和敏锐的判断力。

　　潘特在故事中同样是主要人物，他的前后变化需要我们作进一步分析，以便我们理解水仙花是怎样思考种族问题的。潘特的生活中发生了两次巨大的转折：寄养和被抢，但在两次事件中，他都是无奈的和不自主的。两种不同的生活习惯和养育方式将他前后养育成了中国孩子和美国孩子，也可以说是以本族文化为基础的不同文化个体或者"自我"。生活在华人家庭时的潘特根本就没有想成为所谓的"美国人"的愿望，也没有想过离开华人家庭或者与白人生活在一起。如果把文化因素看作"美国人"族裔身份的标志，那么，潘特身上没有黄白种族二元对立的标志。可是，在安娜·哈里森的眼中，语言和习俗都不是"族性"特征，肤色才是"族性"的唯一标志。可以说，在潘特被抢走之前，他就是一个白皮肤的中国孩子，对肤色与族性间的关系以及它们背后的社会学和政治学的含义毫无所知，他对自己的文化身份也没有感知。换句话说，他对自己的肤色的意义是无知的，因而，也是快乐无忧的。随着情节的推进，潘特被抢走后，经过学校和家庭的干预，他开始歧视他的华人妹妹了。水仙花似乎强调在种族歧视的社会意识形态的干预之下，对本民族族性意识的形成不可避免地会形成对族裔优劣的判断，而人一旦形成这种意识和初步的判断力，将不利于种族和谐。其要义就是，如果不消除种族意识，"世界一家人"的理想只能是空谈和奢侈的梦想。

　　一般而言，儿童在3岁时就能感知人们的肤色差异，但是他们至少要到 6 岁以上才会形成种族"优劣"的意识和概念。❶ 罗宾·赫尔姆斯（Robyn Holmes）的研究表明，幼儿园的儿童就会"对异族的同班同学显示出憎恨和偏见"，❷ 并且发现小孩随着年龄的增长，种族的隔阂越来越强。儿童的种族意识从何而来呢？历史学家芭芭拉·菲尔茨（Barbara Jeann Fields）在《美国的奴隶、种族、意识形态》一文中写道："一个白人母亲问她 4 岁的儿子，他班里是否有黑人。男孩想了一会，答道：'不，有一个褐色男孩'。母亲听后，咯咯地笑了"，菲尔茨从中得出结论："我们每天在不断地创造和丰富种族差异。"❸ 从《潘特和潘恩》中，也可以明显地看出，"每天在不断地创造和丰富种族差异"的就是家长和其他成人，尤其是传教士哈里森。此外，沃特·斯蒂芬（Walter Stephan）和大卫·罗森菲尔德（David Rosenfield）的研究也得出了大致相同的结论："儿童在上学后才会形成种族优越感……五年级学生在态度和行为上就会反映出他们的种族中心主义思想。"❹ 潘特的变化与以上几十年后的研究结论一致。

实际上，伴随移民国家青少年种族意识形成的是他们的自我形成过程。这里需要简单分析潘恩的自我形成过程，以期说明二者的关系。分析关于自我的形成和结构的理论不计其数，但是当代理论家借用黑格尔关于自我形成的观点更适用于分析潘特的自我和认同形成。首先，黑格尔哲学的特点之一就是认为，任何论点的成立都依赖于反论的成立。比如说，证明上帝的存在必然与证明上帝的不存在相辅相成。推而广之，任何概念的存在都由两个方面构成，尽管这种构成可以是我们正统的一分为二观或者合二为一观。不论怎样，事物存在于正反两面的冲突或调和，这大概对于接受黑格尔辩证法的人而言，应该是没有异议的。其

---

❶ Mary Ellen Goodman, *Race Awareness in Young Children*, New York: Collier, 1964: 14.

❷ Robyn M Holmes, *How Young Children Perceive Race*, Thousand Oaks. CA: Sage, 1995: 106.

❸ Barbara Jeanne Fields, "Slavery, Race and Ideology in the United States of America," *New Left Review*, 1990: 181.

❹ Walter G. Stephan, David Rosenfield, "Racial and Ethnic Stereotypes." *In the Eve of the Beholder: Contemporary Issues in Stereotyping*, Ed. Arthur G. Miller. New York: Praeger, 1982: 112.

次，事物的存在是一种暂时的状态，随时都会变化。同理，自我和认同的形成也是一个过程，甚至是一个永远也完成不了的过程。再次，这个过程充满了矛盾和困惑、否定和反否定。最后，只有发现并清除人物的"自我"构成方面的黑暗、龌龊、卑劣的东西，人物的自我才能获得短暂的稳定状态。很显然，潘特深受种族歧视意识形态之害，开始清除他认为存在于他的自我中的卑劣成分，他也许感觉到，所谓的卑劣的成分主要存在于他的中国文化经历之中，只有剔除掉，才有可能完成他的主体形成过程和主流文化认同。

朱迪丝·巴特勒（Judith Butler）在《肉体之尊》（*Bodies That Matter*）一书中，借用黑格尔的辩证思想，认为事物存在于两种对立的力量之中，任何一种存在状态都是对立双方此消彼长的结果。她认为，主体形成的过程就是对"卑劣"成分坚持不懈的否定过程。所谓的"卑劣"成分就是"那些尚未成为'主体'却构成'主体'主要部分外围的成分……处于社会生活中'不可生活'和'不可居住'的区域"。[1] 巴特勒所说的"区域"（zones）并不是个地理概念，而是一个社会和种族概念，即主体在尚未完全形成之时就已经发现自己需要否定的"卑劣"成分，即使没有完全意识到，也会自行创造出这样的成分，否则，主体便无法形成。"不可生活"和"不可居住"同样不是一个地理概念，而是一个族群或者社会阶层概念。就北美社会黄白两个族群的现实状况而言，华人族群就是种族主义者们无限膨胀的自我形成过程中"不可居住"的空间。明确了"区域"后才能知道何为"不可居住"的社会空间。这样，主体就可以界定它的界限，确定有用和无用的成分。根据这样的理解，我们可以说主体是通过摈弃它所创造的、位于自我之中，甚至存在于自我中心的"卑劣"的那一部分，渐渐地完善自身。于是，主体的形成又是与当下时代流行的、被自我内在化了的占主导性的意识形态和思想观念密切相关。外在的影响通过主体内在的摈弃机制影

---

[1] Judith Butler, *Bodies That Matter: On the Discursive Limits of Sex*, New York: Routledge, 1993: 3.

消解"时代噪音":华裔美国文学鼻祖水仙花的华人族性书写

响着自我的形成。换句话说,没有流行观念的介入或者没有内在化的机制,主体将无法确认自身不能认同的东西。朱蓓章(Patricia Chu)在《同化亚裔》一书中断言:"有了这种排他性的矩阵,主体才能够形成。不过,这个过程要求主体同时创造出一系列'卑劣'的成分……也就是说,主体的形成有赖于排除和确认卑劣成分。主体能够在自身的内部创造一圈卑劣的外围成分,然后将它们剔除……因为不剔除卑劣的外围,主体就会感觉受到了威胁。"❶ 潘特当着他的白人同学的面,大声呵斥妹妹"滚开"时,不就是因为妹妹所代表的一切都是他不可认同和"不可居住"的空间吗?

尽管以上关于主体形成的解释过于简单,休谟、迪卡尔、黑格尔、弗洛伊德以及后来的存在主义哲学家都对主体和自我的形成提出过精辟见解,但是关于主体会自己确认和创造"卑劣"的外围以及"卑劣"成分的存在的观点,有助于我们分析潘特的主体形成和他的认同诉求。潘特首先是被迫无奈地被丢进了一个华人家庭,接受华人文化的熏陶,长到5岁时,与他的华人家庭和唐人街社区完全融合。对于那时的潘特而言,唐人街之外的主流社会就是那个"不可居住"的空间。对一个尚未上学的儿童而言,美国种族多元的社会现实就是各种肤色的人们共同生活在一个地方,肤色的含义还不明确。尽管那时的潘特不可能有主流社会关于种族和肤色的意识形态,但他应该有了族裔差异的感知。也恰恰是在他能够感知种族差异的年龄的时候,他被抢走了,并开始接受另一种文化和以种族歧视为特征的家庭和学校教育。短短的3年时间,潘特变了,开始明了肤色的政治学含义,开始意识到自己身上的"卑劣"成分,也开始有意识地剔除那些成分,其中最主要的就是他的华人之根,最后走向完全与他的华人家庭决裂,实现了他的主体形成过程中的相对稳定性。

有趣的是,潘特身上的变化不是由成人发现的——成人传教士哈里

---

❶ Patricia Chu, *Assimilating Asians*: *Gendered Strategies of Authorship in Asian America*, Durham: Duke UP, 2000: 3.

161

森只能发现他的肤色背后的意义,而是比他小两岁的华人妹妹潘恩:可怜的潘特不再是中国人了。她的判断标准无疑是基于潘特对她的态度和仇视性语言,也揭示了潘特在形成自己的白人种族主义主体后已经对华人抱有偏见和歧视。同时,他的态度也说明他有了明确的种族优越意识。其后果就是,当潘特变成一个西方的白人自我以后,按照爱德华·萨义德的说法,"欧洲文化以建构东方为其的替代品或者地下自我,而将其与东方区分开来,并从中获得力量和自身的认同"。❶那么,我们要讨论的是,潘特是怎样获得了什么样的力量和认同呢?很显然,他能厉声呵斥潘恩,说明他确实拥有了白人的自我意识和身份,将自己与他的"地下自我"潘恩区别开来。他能够区分种族"优劣",说明他明了北美社会的种族政治学内涵。从文学形象的角度理解潘特的变化,我们似乎可以确定他意识到了维持黄白两个种族间的不平等权力关系的重要性。但是,这样的理解似乎背离了水仙花的意图,否则我们就很难理解她何以要在故事结尾时,将叙事者转换为华人女孩潘恩,又为什么要让潘恩在故事结束时对曾经的"哥哥"作出一个种族和文化判断。水仙花当然不可能与欧美几个世纪的"东方主义者"如出一辙,重新借助塑造潘特的形象,将黄白两个种族对立,并在并置的过程中,将华人贬斥为"卑贱者"的。

在水仙花"世界一家人"大同理想的视域之下,充满冲突的结尾反而更容易理解。如果成年人把这个故事阅读给幼小的儿童听,儿童们也会因为潘恩受到无辜伤害而感到悲伤,因为潘恩没有做错任何事情:她热情地与哥哥打招呼何错之有?尽管对在种族壁垒森严的社会中生活的成年读者来说,潘特和潘恩的分离是应该的,但孩子们不一定会理解隔离的必要性与合理性,也不会理解白人优越而华人卑贱的文化和种族偏见。对于儿童而言,种族等级是没有意义的,因此,就水仙花的写作策略而言,通过儿童故事而"教育"抱有种族偏见的成人,不失为一种淡化种族二元对立意识的一种表意书写。其次,尽管潘特表现得强势甚至

---

❶ Edward Said, *Orientalism*, New York: Vintage Books Edition, 1979: 3.

不可一世，但他的变化同时也促使了潘恩的变化。亦如她在学校表现出超常的智慧和记忆力一样，潘恩在事发突然之时，仍然十分机敏：甚至都不用细心地察言观色，她即刻就判断出潘特"叛变"了。这不也说明潘恩在此时也有了种族意识吗？她不是也成了一个拥有自我意识的主体吗？倏然间种族的强势与弱势不再那样泾渭分明了，而恰恰是弱势的华人自我对强势的白人自我作了否定和判断，弱势种族的民族意识的觉醒淡化了种族主义不可一世的狷獗和蛮横。水仙花所做的正好回应了德里达那振聋发聩的宣言："解构就是正义"。❶

水仙花的"世界一家人"理念是建立在她的家庭观念之上的大同理念，强调家庭的结构与家人的和谐，更由于她长期生活在唐人街上，对华人的家庭观念甚为推崇，十分重视家庭的平等和感情联系。这在整个故事的情节安排上体现得最为明显。乍一看，《潘特和潘恩》可能会被认为是关于一个白人男孩被救赎的老套故事，正如怀特－帕克斯在《我们的面具："戏法"大师水仙花》一文中指出："不同而且冲突的种族中的两个男女儿童故事背后，预示着他们将来可能发展为性关系、生孩子和结婚的可能性。这是所有人都不敢道破的恐惧，也是那个传教士女人相信她必须为了'白人文化'而救赎潘特的深层原因。"❷

在今天看来，更深层次的原因是一旦潘特和潘恩结婚，即意味着异族通婚成为现实，身在其中的人和子女将会模糊主体、客体、自我、他者等概念的界限。但结合水仙花的大同理念和当时的种族现实考察，水仙花同时揭示了北美社会的种族现实、种族关系、种族认同和文化认同的复杂性，并极其巧妙地将一个救赎故事的结构彻底颠覆，变成一个被救赎的故事。救赎与被救赎在种族关系中的重要性被彻底颠倒了。在这个简单的儿童故事中，水仙花不着痕迹地颠覆了"黄祸"文学中，华人是暴力根源的流行偏见，而将白人传教士哈里森当成"入侵"唐人街的

---

❶ 高桥哲哉著，王欣译：《德里达：解构》，河北教育出版社2001年版，第167页。
❷ Elizabeth Ammons, White-Parks Annette, *Trickersterism in Turn-of-Century American Literature*, Hanover: UP of New England, 1994: 14.

罪犯对待，她的"入侵"导致潘特被"抢走"，哈里森从一个担负维护白人种族纯洁性的传教士，也许在孩子的眼里，变成了一个暴徒。其隐晦地证明：不是华人导致暴力，而是哈里森的蛮横导致家庭分裂和种族矛盾与隔离；破坏一家人理想的不是华人，而是陷入白人优越论种族意识中不能自拔的哈里森及其背后的社会和文化机制。

我们因而也可以说水仙花消解了种族等级制，也可以说她淡化了种族关系的二元对立关系，变成了你中有我我中有你相互渗透的多元民族混合体，如同她既是白人又是华人一样。水仙花对20世纪之交美国文学的重大贡献恰恰在于她挑战白人种族优越论的种种努力，其挑战的有效性充分体现于她利用情节和叙事"戏法"技巧，解构传统观念下种族和性别等级制。水仙花的《评传》作者怀特-帕克斯认为："（美国的）文学帝国主义凭借区分'我们'和'他们'的冲突而高歌猛进，将白人置于小说和道德的中心，却将华裔美国人贬低为没有人性的'他者'。"[1] 在《潘特和潘恩》中，故事在结尾时，叙事者已经是华人女孩潘恩，她不仅成了叙事的中心，而且处于作品的"道德中心"：她对潘特的言行做了一次彻底的道德判断。

由于水仙花生活的时代种族壁垒森严，殖民和帝国意识无情肆虐着北美的文化界，她为北美亚洲人不公待遇的呐喊、为东西方融合为"一家人世界"所作的努力，未能引起当时人们的热烈共鸣和关注。但她的思想体现了"一种跨越殖民劣质文化控制下的时空，反对单一历史，主张多元历史……重新评估权威，对建立国际政治经济的动态国际关系"有着重要的意义。[2] 这无异于说是水仙花立志要用文字创建一个全新的文化和种族美国，在这个新的国家版图上，就民族构成而言，应该包括广大的华裔和华人以及他们的声音。

不仅仅是一个简短的儿童故事反映了水仙花消除"时代噪音"的文

---

[1] Annette White-Parks, "A Reversal of American Concepts of 'Otherness' in the Fiction of Sui Sin Far", *MELUS* 20.1 (1995): 22.

[2] Sean X Goudie, "Toward a Definition of Caribbean American Regionalism: Contesting Anglo-America's Caribbean Designs in Mary Seacole and Sui Sin Far", *American Literature*, 80.2 (2008): 322.

学努力，她的故事集《春香夫人和其他》中的几乎每一篇故事，都热切地反映着她极度同情的北美华人的生活和高度认同的华人族性，还华人以公正，还美国文学界以公正。其功绩得到了学界的高度认可，正如保尔·斯皮卡德和洛丽·蒙格尔精辟地指出的那样："一言以蔽之，水仙花/伊迪丝·伊顿，并不是因为她是一位女作家才显得重要，也不是因为她是一位华裔作家才显得重要。她的重要性在于她书写了多元族性（Multiethnicity）和经历……在书写族性和多重认同方面，她关注的主题仍然是生活在当代的我们所关心的主题。正因为如此，水仙花才是一位重要的作家。"[1]

同样，针对种族隔离的严酷现实，水仙花提出了"世界一家人"的大胆构想，其意义在于，正如美国学者乔伊·雷顿（Joy Leighton）指出的那样："这一激进的解决方案首先是认可隔离的现实……而不是要求（人们）同化于种族纯洁性的预期之中，即设想建立在微观之上以家庭为核心的新的世界。家庭，处于私人空间的中心，避免了人们的疏离感"（"'A Chinese Ishmael': Sui Sin Far, Writing and Exile." *MELUS*, 26 (3): 2001.9）。因此，我们可以说，水仙花的"世界一家人"首先承认北美社会种族的异质性、多样性和民族文化冲突所产生的间际性，同时也勾画出了建立在种族平等理念之上的趋同性。如果世界成为一家人，家庭成员间必然具有某种趋同性。各族裔间文化聚合作用以及趋同作用，正好构成了大同社会理想所要求的普遍的一致性。时至今日，水仙花的社会大同理想不仅激励着北美华人为争得社会平等与自由权利而不懈斗争，而且成为世界走向和平与发展的有益探索，因为"世界一家人"的构想与当今世界主张"构建地球村"的原型理念一脉相承——都是具有浓厚的乌托邦成分的人胆设想。"乌托邦具有双重意义：一方面，不安分引起了骚动、动荡和焦躁；另一方面，也产生了冲动、动能和活力，如果我们成功地构想出这样一种作为文化定向图景的乌托邦成分，

---

[1] Paul Spickard, Mengel Laurie, *Mrs. Spring Fragrance and Other Writings*, Urbana and Chicago: University of Illinois Press, 1995: 封底用语。

并避免便其渗透到权利和暴力机器中而产生危险,那么,作为一个生生不息的力量源泉,这些乌托邦思想将鼓舞我们的行动,锤炼我们对于这个世界的看法,并且坚定我们对于世界的种种信念"(见《思考乌托邦》封底)❶。水仙花"世界一家人"的乌托邦理念就是我们走向人类大同那"生生不息的力量源泉"。

通读水仙花的故事集《春香夫人和其他》,我们发现她确实如豪威尔斯呼吁的那样,"如实地"反映着她极度同情的北美华人的生活和高度认同的华人族性,还华人以公正,还美国文学界以公正。其功绩得到学界的高度认可,正如保尔·斯皮卡德和洛丽·蒙格尔精辟地指出的那样:"一言以蔽之,水仙花/伊迪丝·伊顿,并不是因为她是一位女作家才显得重要,也不是因为她是一位华裔作家才显得重要。她的重要性在于她书写了多元族性(Multiethnicity)和经历……在书写族性和多重认同方面,她关注的主题仍然是生活在当代的我们所关心的主题。正因为如此,水仙花才是一位重要的作家"。

【作者简介】

李贵苍(1958~),男,汉族,陕西澄城人,浙江越秀外国语学院外国语言文化研究院首席专家,南京国际关系学院英语语言文学博士生导师,浙江师范大学中国语言文学博士生导师。

---

❶ 约恩·吕森编,张文涛等译:《思考乌托邦》,山东大学出版社2010年版。

李健吾与萨特的"福楼拜"
——两种传记批评的学术史研究

■ 刘　晖

【摘要】论文搜理和分析李健吾和萨特对福楼拜的传记批评研究，体现了两种学术史研究。

【关键词】李健吾　萨特　福楼拜　学术史研究

李健吾（1906～1982）和萨特（1905～1980）都以福楼拜为传记批评的对象。1935年，李健吾出版了《福楼拜评传》，这部传记以时间为经，以作品为纬，以书信为证，通过"文书互证"考察了福楼拜的生平与全部作品。30多年后，萨特出版了福楼拜传记《家庭的白痴：从1821到1857年的居斯塔夫·福楼拜》（1971～1972），他写的福楼拜截止于《包法利夫人》。他们的传记批评都以福楼拜的《通信集》为依据，但对创作者福楼拜的分析方法不同。李健吾的批评以考据的和历史的方法为主，带有印象主义的灵活和分寸感，萨特的批评则试图融合马克思主义和精神分析，带有强烈的目的论和唯意志论色彩。由于这段历史距离，李健吾和萨特的作品代表了传记批评在法国文论中的两个发展阶段。1963年，巴特发表了《论拉辛》，批判大学批评从郎松那里继承而来的实证主义方法。在他看来，传统的考据批评寻找作品的外在决定原因，专注于历史的、传记材料的细枝末节，却不说明材料与作品的关系，不关心创造的激情、灵魂的神秘、大写的生活。通过作品、作家或流派、文献学的历史对文学的"科学"研究，不过以其严格性和客观性掩盖了偏见，把寻求因果关系的意识形态带入科学主义的话语中，不具有真正的科学性。同样，新批评方法，比如对拉辛的精神分析的、存在主义的、现象学的、社会学等的批评同样牵涉批评家的主观性，也无法达到对拉辛的内在自我的认识。总之，无论大学批评还是新批评都属于意识形态批评，批评无法脱离其诠释维度。栖身拉辛的自我迫使"最谨慎的批评家本身表现为一个彻底主体的、彻底历史的存在"，[1]而且"批评并非向着过去时真实性或对'另一个'真实性的'致敬'，它是对我们时代的理解力的建构"。[2]但巴特并不因此而赞同主观投射的批评，他希望把考据批评与新批评方法结合起来，建立一种既是主观的又是客观的、既是存在主义的又是历史的、既是整体性的又是自由的批评。这种结合的中介便是语言学，他把文学视为一种话语活动、一种符号系统。在马尔蒂看来，他的最大贡献是揭示出意识形态的生产和再生产机制是完全受一个语言结构事实支配的一个特定符号学系统。[3]巴特试图摒弃介入文学与为艺术而艺术的非此即彼，达到非此非彼——第三项，即中性。这种中性不意味着不选择，而是"'从旁选择'的话语的伦理学"。[4]所以中性依旧是冲突性，受制于互相对立的力量的斗争。巴特坦陈："我无法暂时'搁置'我在世界上的存在。"[5]所以，他的形式伦理并不意味着伦理无涉，而是另一种干预。如同巴特所呼唤的"中性"批评，布尔迪厄也以其生成结构主义理论努力使内部阅读与外部阅读、内部分析与外部分析一体化。[6]无疑，未经受语言学洗礼的李健吾和萨特都不曾从语言层面上思考文学，他们的传记批评印上了他们身为作家和批评家的特性。

对于考察作为创造主体的作家，传记批评是非常顺手的工具。浪漫

---

[1] R. Barthes, Sur Racine, in *Livres, textes, entretiens* (1962–1967), *Oeuvres complètes*, op. cit., 2002, p.194.
[2] 巴尔特著，怀宇译：《文艺批评文集》，中国人民大学出版社2010年版，第310页。
[3] 马尔蒂："文学形式主义与哲学"，载《中国文学批评》2016年第2期。
[4] 巴尔特著，张祖建译：《中性》，中国人民大学出版社2010年版，第13页。
[5] 同上书，第327页。
[6] 内部阅读是形式的或形式主义的阅读，只关注作品；外部阅读在作品的环境和背景（比如经济和社会因素）中寻找解释原则。

派批评家圣伯夫首创了传记批评方法,他主张阅读作家的所有著作、作家未发表的文章、通信、日记等,获得他的种族的和家庭的、教育的和发展的所有传记资料,以揭示作家天才的形成过程,寻找天才的表现形式。圣伯夫把批评重心放在作家身上。他认为创造者比作品本身更重要,理解人就可以掌握作品产生的奥秘,他并不像郎松说的那样用作品构成人。他寻找一致的灵魂,表现在文学作品中,也表现在日常生活中的人格。圣伯夫论泰纳的文章谈到"一种普遍的精神形式":"我很愿意承认(而且在我从事的许多批评和传记研究中,我不止一次地预见和承认),每种与众不同的天才、才能都有一种形式,一种内部的普遍方法,这种天才或才能将这种方法用于一切方面。材料、观点变化了,方法不变。这样达到一种普遍的精神形式是伦理学家和性情画家的理想目标。"[1] 这就是说,圣伯夫试图以社会的和历史的传记批评方法寻找作家的普遍创造机制。他在描绘狄德罗的肖像时提到了作家的习癖(tic familier),也即每个作家特性的特定表现方式,又把它与绘画对比,定义为"做"(faire):"没有这种令人吃惊的'做',思想本身无法存在,这种特殊的和高级的执行是一切伟大艺术家的印章"。[2] "普遍的精神形式""习癖""做"与布尔迪厄的(作为生产方式的)习性有一定相似之处。圣伯夫还强调把握天才的关键时刻和他的智力形成的危机:"如果你理解了这个关键时刻,如果你解开了他所连系的绳结,如果你发现了这一半是铁、一半是宝石的神秘指环的秘密,而这个指环将他的黯淡的、压抑的和孤独的第一存在,与他的光辉的、夺目的和庄严的第二存在联系起来,他不止一次想要吞噬这第一存在的记忆,那么就可以说,你彻底地拥有并了解了你的诗人;你与他共同穿越了黑暗的地域,如同但丁和维吉尔;你有资格陪伴他毫不费力地、畅通无阻地漫游别的奇

---

[1] Sainte-Beuve, "Taine", *Causeries du Lundi*, t. XVII, Paris: Librairie Garnier-Frères, 1948, p. 272.

[2] Sainte-Beuve, Flaubert, *Panorama de la littérature francaise*, Textes présentés, choisis et annotés par Michel Brix, Librairie générale française, 2004, p. 18-19.

境。"❶ 第一存在和第二存在差不多与布尔迪厄的伦理习性和技术习性相对应。圣伯夫在论高乃依的文章中描述了传记批评的具体步骤："进入作家，置身于他，按照他的各种特征介绍他；令他栩栩如生，活动，说话，就像他该做的那样；尽可能深入他的内心和他的家庭风习；从各个方面把他同这个世界、这种真实的生活、这些日常习惯联系起来，伟人跟我们一样依赖这些习惯，这是他们立足的真正根基，他们从这里出发，在一段时间内升高，又不断返回。"❷ 这几乎类似于布尔迪厄提出的"采用作者的观点"。圣伯夫把批评过程比作造型艺术的创造过程，批评家首先要掌握作家的日常生活和所有生活阶段，以睿智深刻的分析获得雕塑家塑造的形象，一旦发现固定的类型之后，他只需在作家的不同发展阶段稍稍调整就可达到对作家的全面认识。这差不多是布尔迪厄所说的习性的可移植性。毫无疑问，圣伯夫并未达到布尔迪厄文艺社会学的系统性，但他以惊人的直觉领悟到作家和批评家的创造机制。

一、理性的印象主义批评

1933~1935年，李健吾在巴黎留学，出于对中国有用的考虑，他选择现实主义小说作家福楼拜作为研究对象，日后渐行渐远，"我不是他的奴才，他的精华我吃了去，他的糟粕我丢还给他。"❸ 按照《李健吾传》作者韩石山的说法，李健吾说福楼拜是现实主义作家是一种机警的躲闪。他最清楚福楼拜是厌恶现实主义的，1958年他在作为思想检查的自传中说，"福楼拜的'为艺术而艺术'的主张对我起了很坏的作用。我在文艺理论上变成一个客观主义者。"❹ 他在某种程度上将福楼拜

---

❶ Sainte-Beuve, *Portraits littéraires*, op. cit., t. I, p. 30.
❷ Sainte-Beuve, "Pierre Corneille", *Œuvres de Sainte-Beuve*, t. I, Paris: Gallimard, 1949, p. 677.
❸ 《拉杂说福楼拜》，见李健吾著：《李健吾文集》第10卷，北岳文艺出版社2016年版，第365页。
❹ 韩石山：《李健吾传》，山西人民出版社2006年版，第78~79页。

化为己有。他把福楼拜的书信奉为至宝，这部19世纪的最重要的文献是重构作家的最稳妥最可靠的资料："和他（福楼拜）的感情一样，他的思想，他艺术的理论，他都放在他的信笺上。这也就是为什么，我们立论的根据，几乎完全用的是他自己。"❶ 尤其因为，"他的作品告诉我们他是艺术家；他的函札告诉我们他是人，和人一样，这里另是一种风格、一种自由的不经意的笔墨。"❷ 与此同时，"他的《书简》证明他是一个最自觉的作家，一切有理论作为他实验的指南。"它"处处显示他有一个渐将凝定的艺术观。"❸ 也就是说，李健吾从书信中寻找作者的有意识的和无意识的创造机制，"一个作家的福楼拜，和福氏之所以为福氏"。❹ 他尽述福楼拜的写作理论与实践，砥砺词句的艰辛与风格经营的苦心，他的隐忍与高傲。

李健吾从书信出发，进行了某种历史社会分析。关于福楼拜性格的根源，李健吾引用福楼拜外甥女的话说，他的父亲教给他实验主义的倾向，缜密的观察，探究细节和认识一切的学者素质，他的母亲带给他敏感和温柔的性情。他和妹妹在花园的葡萄架上观看父亲解剖尸体，无惧死后填补黑暗的沟壑。李健吾由此得出，"这种种疾病死亡的印象，嵌上一个神经质的底子，渐渐侵蚀掉人生所有光明的根芽……他从患难的人生，认识而且解释一切的现实"。❺ 李健吾引用福楼拜的朋友杜冈的《文学回忆录》，说最初反对福楼拜写作的父亲对他的文学志向让步，源自1844年1月他23岁时驱车经过主教桥时突发中风后起死回生。而且福楼拜因病而得到自我观察的机会："一个人必须科学地观察自我，进而实验什么是相宜的。"这是圣伯夫所说的生命中的关键时刻。这些经验使福楼拜对一切有着唯物主义的看法，"我们不过靠着事物的外在生存，所以必须保重。至于我，我敢

---

❶ 《福楼拜评传》，见李健吾著：《李健吾文集》第10卷，北岳文艺出版社2016年版，第7页。
❷ 同上书，第6页。
❸❹ 同上书，第299页。
❺ 同上书，第16～17页。

说物质（身体）比气质（道德）重要。再没有比掉一个牙让我感到幻灭了，而叽喳的门响比起谈话更加让我烦躁，也就是为了这个，只要一点声音不和谐，一点文法的错误，费了九牛二虎之力的句子也失去它的效果。"[1] 所以，"我否认个体的自由，因为我不觉得自由；至于人类，你只要念念历史，就看得出来它不总朝企望的方面进行。"[2] 福楼拜的世界观是决定论的，而非目的论的。正由于受到外力的压迫，他憎恶一切物质的活动，穿衣、吃饭、运动等。然而他以强大的意志力，没日没夜地工作。他把理想的艺术家的生活分为两截："资产者般的生活，半神的思想。"在李健吾看来，过这种生活的最好例证无疑是福楼拜，他父亲给他留下了足够的产业，他无须操心生计，可以安静地工作，他也不用像大多数有野心的年轻人一样，到巴黎费力钻营。李健吾看到福楼拜独居克鲁瓦塞，但并非处在绝对的隔绝中：他与挚友布耶和杜冈当面切磋小说技艺，他与乔治·桑、费多、高莱女士通过书信探讨创作经验，寻求他们的理解与支持。他在巴黎热衷于出入玛蒂尔德王妃的沙龙，享受尊荣，谋求"艺术家在贵族社会的平等地位"。由此，李健吾去除了福楼拜的超凡魅力。

李健吾大致把作家与作品置于布尔迪厄所说的区分性和关系性的文学场中。他描绘福楼拜写作的发端、发展与成熟，从蓬勃的浪漫主义、明晰的科学主义到枯涩的虚无主义，他将福楼拜与其他作家反复地对比，甄别他们暗中的关联和明显的改弦易辙，偶尔衬托以中国的现实和小说。他精辟地评论《包法利夫人》中的资产者："然而这一群'半'性的人，各有各自的模子，是同一社会的出品，却没有一个相同；是恰到好处的真实，一次兜进我们的眼帘，便永久活在我们的心上。一见之后，如果我们不能倾心相与，至少我们忘不掉他们的形象、姿态、语言、习癖。他们的真实，从字里行间迸跃出来，擒住我们的争议，让我

---

[1] 《福楼拜评传》，见李健吾著：《李健吾文集》第10卷，北岳文艺出版社2016年版，第27页。

[2] 同上书，第28页。

们想不起他们的传奇性质，同时逃出典型人物的拘束，与自然抗衡。我们觉得他们的线条，一根一根，非常清晰；我们起初以为这会失之于琐细；正相反，作者抓牢而且抓准了他们的轮廓，一下子甩在我们眼前，便活脱脱地立了起来。"❶ 由此可见，福楼拜笔下的庸人与巴尔扎克的传奇和典型人物迥然不同，他的形式主义的现实主义比尚弗勒里和杜朗蒂的粗鄙现实主义高明。与司汤达和巴尔扎克相比，福楼拜的精湛技艺不言自明："司汤达充满了自我，巴尔扎克也喜欢插嘴，唯有福氏是一个自觉的艺术家。"❷ 李健吾指出，福楼拜与司汤达都用客观的态度观察宇宙，但对前者而言，自我只是一粒微屑；对后者而言，自我是无上的主宰。前者要美，后者要力。前者要平常，后者要英雄。他们都是观念论者，前者从父亲间接受毕沙（Bichat）的影响，要颜色、音乐、正确；后者受德特拉西（De Tracy）的影响，要简洁、深刻。他们用相同的方法进行观察、分析综合，都有浪漫主义的热情，向往异域，眷恋往昔，渴望到野蛮人中生活，但前者用思维、意志和艺术克制自己，表现得极为冷静；后者则有纨绔子弟的风流倜傥。他们都把自身当作观察对象，前者隐秘，不为人知；后者则赤裸裸地呈现自身，与读者探讨。❸

通过这种细致的考据和生动的比喻，李健吾试图阐明福楼拜的创造技艺，一个把散文打造成诗的灵魂的秘密："他（福楼拜）悟出一个道理来：从文章里把自我删出，无论在意境上，无论在措辞上，如果他不能连根拔起他的天性，至少他可以剪去有害的稠枝密叶，裸露出主干来，多加接近阳光，多加饱经风霜。"❹ 他敏锐地捕捉到福楼拜写作的"逃避自我"和不动声色："无我是一种力的征记。吸收对象（甚至于自己的存在）进来，周流在我们的全身，然后重新呈到外面，叫人一点看不破这种神异的化学作用。这是他的原则之一。自己不应当写自己。

---

❶ 《福楼拜评传》，见李健吾著：《李健吾文集》第 10 卷，北岳文艺出版社 2016 年版，第 57 页。
❷ 同上书，第 76 页。
❸ 同上书，第 296 页。
❹ 同上书，第 42 页。

所有的幻象正好来自作品的无我格。艺术家在他的作品里面，应该和上帝在创造里面一样，看不见，然而万能；处处感到他的存在，然而看不见他。"❶ 但这种客观主义不是被动的，福楼拜吞下整个宇宙并化为己有："福氏所要观察、要综合、要叙述的宇宙的流动的现象，其实重现出来，已然变作他的观察，他的综合，他的叙述，非复宇宙本来的面目。他自己说得好，性情是著作的底子。"❷ 李健吾强调，"化进去，却不是把自己整个放进去。"❸ 这就是说，不是那种自恋般地把自我投射到宇宙中。

在《福楼拜评传》完成40多年后，在1978年11月19日《光明日报·文遗》的未刊稿《福楼拜的世界观和创作方法小议》中，李健吾提出了福楼拜的世界观和创作方法进步还是落后的问题。他以朴素的唯物主义，看到福楼拜"能有充分时间推敲他的作品，显然是从土地剥削中得来的闲适换来的"。❹ 布尔迪厄也强调福楼拜资产者的闲暇地位和贵族意识是他写作的社会条件。李健吾得出结论，福楼拜是精神贵族，尽管他声称，"我过着最资产而且最隐晦的生活"。❺ 因为他对贵族阶级和资产阶级一视同仁，指责两者缺乏阶级荣誉感，他尤其痛恨资产者以金钱败坏艺术。李健吾认为福楼拜采取的"就是客观主义者和为艺术而艺术在最后取得一致的存在的超然的态度"。❻ 这与布尔迪厄所说的福楼拜的客观中立立场是一致的。

可以说，李健吾对福楼拜的评论颇具理解力和解释力，不强为理论，亦与布尔迪厄的理论有若干暗合之处，这源于他的作家直觉和文本细读功力。按照郭宏安的说法，李健吾的批判是"一种理性的印象主义批评"，"体现了'科学与诗'的结合，个人与世界互相渗透，风格的明

---

❶ 《福楼拜评传》，见李健吾著：《李健吾文集》第10卷，北岳文艺出版社2016年版，第259~260页。
❷ 同上书，第294页。
❸ 同上书，第55页。
❹ 同上书，第451页。
❺ 同上书，第35页。
❻ 同上书，第453页。

晰与美的表达"。❶ 他称自己"没有谈福楼拜在艺术实践上的得失"。❷ 他坦言《福楼拜评传》没有论述福楼拜的时代是个缺憾，称无能力分析那个时代的动荡形势，也是由于相关著作甚多，不写反倒可以藏拙。❸ 的确李健吾没有在广阔的社会背景展开传记批评，但他的缺失，正好由萨特大力弥补。

二、精神分析与马克思主义的拼合

从 1954 年开始，萨特成为法国共产党的同路人，他意欲调和精神分析与马克思主义，为独特的人类活动寻找历史意义，作家传记就是这方面的尝试。出书前他回答皮亚杰的提问："为什么选择福楼拜？""因为他正好是我的反面，我们必须与自己的对立面打交道。"❹ 萨特称《家庭的白痴》是"真实的小说"，写的是想象中的福楼拜，他认为只要使用的方法是严谨的，就可还原福楼拜的真实面目。萨特宣称："为了理解一个人，就必定要采情感同化法。"❺ 他既已告别文学，不愿意修饰文体，把时间浪费在打磨词句上："风格是福楼拜的事；假如人们用精致的文体去写关于一个毕生以寻找风格为务的作家的事情，这等于发疯。"❻

我们在《家庭的白痴》中可看到圣伯夫的传记批评的印记。他也通过书信揭示人与作品的关系，重建福楼拜生活中的危机时刻，揭示真实的福楼拜："他在书信里就像躺在精神分析医生的长沙发上那样把自己

---

❶ 郭宏安："斑驳的碎片"，见李健吾著：《李健吾与法国文学研究》，四川文艺出版社 2018 年版，第 105 页、第 108 页。
❷ 李健吾著：《李健吾文集》（第 10 卷），北岳文艺出版社 2016 年版，第 454 页。
❸ 同上书，第 1 页。
❹ 萨特著，潘培庆译：《词语》，三联书店 1992 年版，第 330 页。
❺ 萨特著，施康强等译：《萨特文学论文集》，安徽文艺出版社 1998 年版，第 325 页。
❻ 同上书，第 323 页。

和盘托出。"❶ 与李健吾不同，萨特要对福楼拜进行存在的精神分析。萨特对福楼拜的态度经历了从绝对自由观到整体化的渐进—逆退法❷的转变。在《存在与虚无》中，萨特就论述过"福楼拜的心理"。他指出，福楼拜自童年时代起，就被写作的需要困扰。对福楼拜通过写作摆脱狂热的原因，萨特进行了存在的精神分析。什么是存在的精神分析？他说："任何自为都是自由选择；这些活动中的任何一个，最微不足道的和最值得注意的一样，都表达了某种选择并来源于它；这是我称之我们的自由的东西。我们现在已把握了这种选择的意义：它是存在的选择，或许是直接地，或许是通过把世界化归己有或毋宁说是同时直接地并通过把世界化归己有进行选择。于是我的自由是选择成为上帝并且我的所有活动，我的所有谋划表现了这选择并以成千上万的方式反映了它，因为它是无数存在的方式及拥有的方式。存在的精神分析法旨在通过这些经验的和具体的谋划发现每个人用来选择他的存在的原始的方式。"❸ 由此，他不接受弗洛伊德的机械决定论和无意识观点，不承认被压抑的本能的力量。他也不考虑视外部事件、教育、阶层、生理结构等对作家的心理作用，不主张理性探求和推导，而提出了一种真正不可还原的东西，一种真正积极的唯意志论："在一种意义上说，福楼拜的雄心是一个带有他全部偶然性的事实——而且真正说来，重新追溯于这事实之外是不可能的——但是，在另外一个意义下，雄心自我造就，并且我们的满足对我们来说保证了我们能在这雄心之外把握别的某种事物，把某种事物当作最后的决心，这决心永远是偶然的，是心理真正不可还原的东西。"❹ 也就是说，他不认为人是可分析的并可还原为原始材料的。萨特

---

❶ 萨特著，施康强等译：《萨特文学论文集》，安徽文艺出版社1998年版，第335页。
❷ 渐进-逆退法深受马克思主义历史学家亨利·勒费弗尔的启发。在萨特看来，勒费弗尔通过一个简单的方法，从唯物辩证法的角度把社会学和历史学融为一体。这个方法包括描述（以配备了经验和总体理论的目光观察）、分析-逆向推论（分析现实并推定其确切日期）、历史-发生（再现被澄清、理解和解释的现在）。参见萨特著，林骧华等译：《辩证理性批判》，安徽文艺出版社1998年版，第47页。
❸ 萨特著，陈宣良等译，杜小真校：《存在与虚无》，三联书店2007年版，第725页。
❹ 同上书，第679~680页。

对存在的精神分析，如勒热讷所说，存在主义的成分大于真正精神分析的成分，没有对梦境或成年人行为的分析，没有任何进入无意识的领域的东西，他把精神分析当成一种阐释体系，从中选出一切与自由经验相容的东西。❶ 布尔迪厄看到了"谋划"概念的超验性："萨特引入了这种观念的怪物即自我毁灭的'原始谋划'（projet originel）观念，即自由的和有意识的自我创造行为，创造者通过这个行为规定自己的生活计划。萨特利用这个对非创造的'创造者'（非创造的'创造者'相对于习性这个概念如同创世纪相对于进化论）的信仰的创立者神话，将一种自由的和有意识的自我决定行为，一个无根源的原初计划，当成每个人存在的根源，这个计划把后来的一切行为都限制在一种纯粹自由的最初选择中，最终通过一种超验的否认使得这些行为脱离科学的掌握。"❷ 这就是说，"原始谋划"秉承笛卡尔的理性至上，坚持意识是作家存在和创造行为的起源，是偶然发生的，无法把握的。萨特认为作家生活的方式是可自由选择的："如兰波一样开始生活，如歌德一样在三十岁左右重过循规蹈矩的日子，如左拉一样在五十岁时投身公共论战。这以后你可以选择奈瓦尔、拜伦或雪莱的死法。当然我们不需要在同样猛烈的程度上实现每一情节，只消指示踪迹，犹如高明的裁缝指示流行款色但不亦步亦趋。"❸ 毫无疑问，布尔迪厄有理由指出，"萨特其实继续暗中接受最天真的历史之为历史的哲学"。❹ 萨特的谋划显示出黑格尔的总体论和目的论的深刻影响：生活被视为一个紧密相连的和方向明确的整体，这个整体被理解为一个主观和客观的意图，它显示在所有经验中，特别是在最原始的经验中。通过回想、天赋或宿命的观念，生活成了一段从起源到终点的被建构的历史，最后的事件成了最初的经验或行为的目的，命中注定的天才从一开始便被赋予了先知般的洞察力。换句话说，

---

❶ 勒热讷著，杨国政译：《自传契约》，三联书店2001年版，第100~101页。
❷ 布尔迪厄著，刘晖译：《艺术的法则》，中央编译出版社2011年版，第159~160页。
❸ 萨特著，施康强等译：《萨特文学论文集》，安徽文艺出版社1998年版，第191页。
❹ P. Bourdieu, *Sociologie générale. Cours au collège de France 1983–1986*, *op. cit.*, volume 2, p. 893.

作家不是培养而成的，而是成了作家才写作的。也就是说，他对福楼拜的整个生活史进行了一种目的化。

在《家庭的白痴》中，萨特要以马克思主义补充精神分析，把精神分析用于福楼拜的童年，把马克思主义方法用于成年，精神分析发挥中介作用："在一个辩证的整体化的内部，精神分析法一方面同客观结构和物质条件相联系，另一方面同我们不可超越的童年时代对我们成年生活的作用相联系。"❶ 也就是说，精神分析通过揭示福楼拜在童年时代如何体验社会现实，把他的作品与社会物质条件联系起来。在《家庭的白痴》的前言中，萨特引用了福楼拜致德·尚特皮小姐的一封信中的话："由于工作我才消解了天生的忧郁。但是旧心绪经常重现，没人了解的旧心绪，总是隐匿的深深的伤口。"❷ 萨特要了解福楼拜童年时代的这道伤口，追溯他的原始史，说明福楼拜如何在家庭与社会环境的作用下选择成为作家的。

这部未完成的著作是《方法问题》的续篇，分为三卷，止步于写《包法利夫人》之前的青年福楼拜。前两卷描述主观的神经官能症，包括福楼拜从童年到1844年和在主教桥跌倒及患病的经历，还有他与家庭成员的关系：与父母关系紧张，受兄长压迫。疾病使他无法完成法律学业，只能写作。萨特以情感同化法说明孩子怎样内化外部社会，如生产关系、家庭关系、过去的历史、当代的制度等。福楼拜的个人冲突（资产阶级的分析精神与宗教的综合神话的对立）导致他创造了为艺术而艺术。第三卷描述客观的神经官能症，指出福楼拜时代的作家或多或少都患有神经官能症，社会只允许1835~1840年的作家为艺术而艺术，不允许他们像左拉和萨特那样介入。应该说，由于马克思主义的影响，他不再像在《存在与虚无》中那样强调主体的自由选择："一个人从来不只是一个个体；最好称他为一个独特的普遍性：他同时被其时代整体

---

❶ 萨特著，林骧华等译：《辩证理性批判》（上卷），安徽文艺出版社1998年版，第56页。

❷ J.-P. Sartre, *L'Idiot de la famille*, Paris: Gallimard, 1971, pp. 8-9.

化和普遍化了，他通过时代将自身作为独特性再生产出来而将时代再整体化。"❶ 整体化深化了《存在与虚无》中的处境概念，强调个人选择牵涉社会领域。他对福楼拜的分析采取逆退—渐进的方法和综合—分析的方法，认识是渐进的，理解是逆退的，理解性的认识"将在社会生活中重新找到人，并在他的实践中，或者说，在从一种确定的情势出发把他投向社会的可能性的计划中注视着他"。❷ 人在具体的社会历史处境中有限地谋划。

在布尔迪厄看来，萨特虽然有把精神分析与马克思主义结合的意图，实际上站在了弗洛伊德和马克思的对立面，反对"创造者"的"人格"被还原为一般、种类、等级，反对心理学或社会学的发生论思想，反对孔德用低级解释高级的物质主义。萨特以社会决定论解释福楼拜的独特个性，抓住的是福楼拜通过家庭结构折射的社会阶级出身。萨特仍旧把对一个社会位置的明确意识视为存在的根源，以意识的顿悟回避生成的解释。萨特在《现代》杂志（1966年第240号）的《福楼拜的阶级意识》一文中，仔细分析了福楼拜生活中的一个关键时刻，1837~1840年："自1837年起，在40年代，居斯塔夫对他的生活方向和作品的意义有了一种基本体验：他在自己身上和身外将资产阶级视为他出身的阶级。"他为福楼拜分派了一个基于最初的意识行为的绝对开端："资产阶级的观念一出现在他身上，就进入了永久的分裂并且福楼拜的所有资产阶级变形都一起出现了……他二十四岁和四十五岁一样，都责怪资产者没有变成享有特权的等级。"这就是说，福楼拜处在资产者的地位上，他必然有资产阶级观念，他的所有作品都是这种观念的不同反映，因为"整体化的要求表明个人完全在他的所有表现中再现自己"。❸ 也就是说，萨特分派给福楼拜一种资产阶级意识。可惜福楼拜似乎没有这种意识："资产者，就是一切人，银行家，经纪人，公证人，

---

❶ J.-P. Sartre, *L'Idiot de la famille*, op. cit., p. 7.
❷ 萨特著，林骧华等译：《辩证理性批判》（上卷），安徽文艺出版社1998年版，第143页。
❸ 同上书，第112页。

批发商，店主和其他人，所有不属于小团体且过着枯燥乏味生活的人。"❶ 福楼拜反对的与其说是资产阶级作为阶级的存在，不如说是资产阶级艺术，他认为，真正的艺术作品是无价的，没有商业价值，不符合资本主义的经济逻辑。他以作家（或艺术家）的高雅反对市侩的低俗："我理解用资产者的话来说的穿工作服的资产者，如同穿礼服的资产者。我们，只有我们，也就是说文人，才是人民，或更确切地说，是人类的传统。"❷ 其实，萨特忘记了，他早把福楼拜归入神圣的文人阶级："福楼拜在纸上写下的每一个词，都好像是圣徒们同领圣体仪式的一个瞬间。通过他，维吉尔、拉伯雷、塞万提斯开始复活，借助他的笔尖继续写作；就这样，通过拥有这个奇怪的品质——它既是命定又是神职，既是本性又是神圣的功能——福楼拜被从资产阶级那里夺走，进入一个奉他为神圣的寄生阶级。他为自己掩盖了他的无所为而为性，他的选择的无从辩解的自由；他用一个精神团体取代倒台的贵族阶级，他保住了他作为神职人员的使命。"❸ 萨特自然陪同福楼拜进入这个阶级。

曾几何时，萨特的文学介入与纯文体学家福楼拜遁世静观势不两立。萨特谴责福楼拜的虚无主义："福楼拜写作是为了摆脱人和物。他的句子围住客体，抓住它，使它动弹不得，然后砸断它的脊梁，然后句子封闭合拢，在变成石头的同时把被关在里面的客体也变成石头。"❹ 1943年他重读福楼拜的书信集，开始他想要跟资产者福楼拜算账。随着阅读的不断深入，他的反感变成了同情之理解。他承认作为现代小说创造者的福楼拜是当前所有文学问题的焦点。悖论的是，萨特在福楼拜的静观中看到了他的另一种彻底介入，并在他身上寻找自己社会介入的依据："把宇宙作为一个整体，其中有人，然后从虚无的观点解释它，

---

❶ T. Gautier, *Histoire du romantisme*, cité par P. Lidsky, *Les Ecrivains contre la Commune*, Paris: Maspero, 1970, p. 20.

❷ G. Flaubert, *Correspondance*, Lettre à Georges Sand, mai 1967, Paris: Gallimard, 1971, T. III, p. 642.

❸ 萨特著，施康强译：《波德莱尔》，北京燕山出版社2006年版，第106~107页。

❹ 《萨特文学论文集》，第163页。

这是一种深层的介入，这不是简单的在'承诺写书'意义上的文学介入。"❶ 这种介入就是作家的存在方式。在萨特看来，福楼拜为了摆脱自身的阶级，通过写作"谋划"自身在世界上的产生，其实萨特本人一生都在通过写作和行动赎自己资产阶级出身之原罪。所以，布尔迪厄有理由指出，萨特把通常与作家地位有关的一种"理解的"表象投射到福楼拜身上，显示了某种自恋主义，并把这种自恋主义当作最高的"理解"形式。萨特没有考虑到作家身份的特性，也就是"作家在社会世界中，更确切地说，在权力场中，和作为信仰空间的知识场中的矛盾地位"。❷ 作为知识分子（自为），资产阶级的穷亲戚，萨特只能相对于资产者（自在）确定自己，资产者是幸运地或不幸地有权不思考的人。他的"自在"与"自为"的调和，就是资产者与知识分子的调和，也就是无思想的权力与无权力的思想的调和。❸

三、传记的结构研究

布尔迪厄要以社会分析打破萨特的起源神话，圣徒传记式的预先构造和作家的超凡魅力表象。他强调传记的社会被动性："一种社会存在，一种由社会构造的传记，一种履历，就是一系列被强加的、被迫的转折；在每个转折处，人们都在社会意义上变老，因为可能性在每个分叉处消亡，人们可以说，社会年龄，就是在可能性之树上枯死的枝条。"❹ 由此，他颠倒了通常的分析步骤：他不去说明某个作家注定成了作家，而是说明，鉴于他的社会出身以及由此而来的社会属性，他如何能够占据，或在某种情况下，他如何能够产生文学场的一种确定状态所提供的

---

❶ 参见《萨特文学论文集》，第336页。
❷ 布尔迪厄著，刘晖译：《艺术的法则》，中央编译出版社2011年版，第229页。
❸ P. Bourdieu, *L'ontologie politique de Martin Heidegger*, Paris: Minuit, 1988, p.111.
❹ P. Bourdieu, *Sociologie générale. Cours au collège de France 1983–1986*, Paris: Raisons d'agir, 2016, volume 2, p.895.

既定的或将要形成的位置，并由此形成对这些位置决定的占位（或立场）的一种或多或少完整的和一致的表达。具体而言，研究者需要把握两个方面，一方面，是文学场的生成和结构，"创造者"包含在这个场中且被构造，他的"创造计划"本身也在这个场中形成；另一方面，是使他占据这个位置的既普遍又特殊的配置（习性）的生成。由此，布尔迪厄提出传记的结构研究方法。传记的任务是重建社会轨迹，即连续性空间中的行动者连续占据的一系列位置。这就是说，作家在场中的位置受到传记事件的影响，所以不是固定的，反之，他的生活也不能被理解为只与作为"主体"的他相关的独特的和自足的系列事件，因为传记事件的意义和社会价值每时每刻都由场的结构状况确定，场的结构被行动者"内在化"了。场从不机械地发挥作用，位置与占位（指文学或艺术作品，政治行为或话语，宣言或论战）之间的关系总是由行动者的配置和可能性空间来调节。场是可能性空间，即集体活动积累的遗产，每个行动者都要考虑可能性的限度，包括要解决的问题、要开发的风格或主题的可能性、要超越的冲突、要实行的革命性决裂。一个作家每时每刻与可能性空间的关系，取决于两个方面，一是这个空间法定地为他提供的可能性，也就是在客观上他被准许做什么，在主观上他允许自己合理地做什么。由此，作家相对于其他人比如他的同行、批评家、读者、出版商，不断调整自己和"创作计划"，失败导致转行或退出场，而认可则增强了最初的抱负。二是他最初在一个位置上形成的习性，这个位置带来的经济资本、文化资本、社会资本和象征资本都有助于增加他实现这些可能性的主观能力。

为了反对萨特关于福楼拜的作家宿命论和社会决定论，布尔迪厄基于福楼拜的社会出身和相应的社会属性（习性与资本），说明他如何在文学场中能够占据一个既定位置或创造一个位置——一个社会中立的位置，并由此能充分表达这个位置中潜在的占位（或立场）——为艺术而艺术和艺术家身份固有的冲突，而不是萨特所说的资产阶级意识。布尔迪厄同样依据福楼拜的著作和书信集，对作家和作品进行整体阐释，也就是结构的和生成的分析。

在布尔迪厄看来,福楼拜在文学场中的创新性体现在他与整个文学领域建立了否定的关系,社会学家应该考虑作家有意识的和无意识的选择,福楼拜所说的"无意识的诗学"❶。福楼拜质疑文学上的共同观念和区分原则,即诗歌与散文、诗意与乏味、构思与写作、主题与手法对立的定见,他要调和不可能共存的对立面,实现体裁的混合和等级的融合。他从现实主义者、浪漫主义者或通俗喜剧作家那里借来主题,从帕纳斯派或戈蒂耶的诗汲取了纯粹的风格,对波德莱尔所说的"乡村的、粗俗的、甚至粗野的、无礼的"❷现实主义进行改造,提出矛盾修辞法的写作策略:"好好写平庸"。❸归根结底,他以优美的语言表达小资产阶级的感伤,在被认为最低级的文学体裁(小说)的最平庸形式(大众小说)中,达到最高贵的体裁(史诗或悲剧)才能表现的最高标准(崇高),最终创造了"现实主义的形式主义"。对福楼拜而言,拒绝小说的俗套和定式与抛弃它的感伤主义和道德主义是一回事,他把所有庸见连同说教的风格特征一并抛弃。他坚持美学革命只通过美学(而非政治)完成,他服从艺术的强力,通过写作特有的作用,把一切转化为艺术作品:"没有高贵的和卑贱的主题,人们几乎可以奉为公理的是,站在纯艺术的观点上,丝毫没有这样的主题,风格本身就是一种看事物的纯粹方式。"❹他通过写作革命完成的观点革命,要求并引起伦理学与美学关系的破裂。由此,福楼拜反对《包法利夫人》被贴上"现实主义"的标签:"人家以为我钟情于现实,而我却厌恶它。因为我正是出于对现实主义的憎恨才写这部小说的。"❺他看透了浪漫主义的虚幻,现实主

---

❶ 布尔迪厄著,刘晖译:《艺术的法则》,中央编译出版社 2011 年版,第 44 页。
❷ 波德莱尔著,郭宏安译:《浪漫派的艺术》,上海译文出版社 2009 年版,第 66 页。
❸ G. Flaubert, *Correspondance*, Lettre à Louise Colet, 12 septembre 1853, Paris: Gallimard, 1971, T. II, p. 429.
❹ G. Flaubert, *Correspondance*, Lettre à Caroline Flaubert, 16 janvier 1852, Paris: Gallimard, 1971, T. II, p. 31.
❺ G. Flaubert, *Correspondance*, Lettre à Edma Roger de Genette, 30 octobtre 1856, Paris: Gallimard, 1971, T. II, pp. 643-644.

义的庸俗,他把自己的勇气、野心、梦想注入这个以通奸逃避平庸的包法利夫人身上,赋予她一种高尚的男子气概,所以他才说"包法利夫人就是我"。《情感教育》中采用的自由间接叙述完全消除了作家的态度,赤裸裸地呈现真实,使粗俗琐碎的现实主义描绘相形见绌,不给读者虚假的慰藉,令读者不安和愤怒。布尔迪厄强调,正是形式化产生了这样的真实效果:"作家如同所有社会行动者,身上带有处于实践状态的结构,但无法真正支配它们,只有通过形式加工,才能实现对一切在空载语言的自动作用下通常以暗含的和无意识的状态被埋藏的事物的回想。"[1] 写作是形式与物质不可分的行动,作家把强化了的真实经验纳入最有召唤能力的词语中。读者通过形式化获得对真实的强化观念,但他不能像萨特以为的那样,像穿越一个透明符号那样穿过感觉形式,直达意义。萨特设想:"如果我把词语巧妙地连缀起来,那么对象也就陷入了符号的法网而为我所把握了。"[2] 他的意识通过写作化为物质的顽固惰性,并在阅读中分裂为碎片,"他人的意识承受了我,人们读着我,我在他们眼里一览无余。"[3] 也就是说,萨特主张写作行为是意识客观化的过程,阅读是两个意识的遇合,文字乃是透明的无障碍物。他就这样在福楼拜的作品中读出了资产阶级意识。在布尔迪厄看来,显然福楼拜作品中没有流露出什么资产阶级意识,而表现了一种纯粹的、超然的目光。福楼拜是一个激烈地反资产阶级的资产者,他对资产阶级和民众都不存幻想,但他还未丧失对作家职责的信念。这种极端的唯美主义趋向道德的中立主义、伦理的虚无主义,以对抗虚假的人道主义。

如同李健吾看到的,富有和单身培养了福楼拜的贵族习性,比如反抗陈规的自由意识和严肃的工作精神。布尔迪厄引用福楼拜致费多的信中的一段话,"成功、时间、金钱和出版被弃置在我思想深处模模糊糊和完全微不足道的地域。这一切在我看来十分简单,不值得(我再重复

---

[1] 布尔迪厄著,刘晖译:《艺术的法则》,中央编译出版社2011年版,第64~65页。
[2] 萨特著,潘培庆译:《词语》,三联书店1992年版,第131页。
[3] 同上书,第139~140页。

一遍，不值得）让人费脑筋。文人们急不可耐地要看到自己的作品发表、上演、出名、被吹捧，我觉得他们发了疯。所有人都能像我一样干。慢慢地更好地工作。只需要摆脱某些趣味和放弃一些奉承话。我一点也没有德行，但始终不渝。而且，尽管我的需要很多（我并没有说过），但我宁肯在中学里当学监，也不愿为钱写只言片语。"❶ 无疑，照布尔迪厄的观点，他的资本越丰厚，创作条件越有利。经济资本可为未来提供保障，文化资本可通过象征力量制造未来，社会资本可提供入场权和社交网络，这些资本大大促进了作品的生产、认可和传播。在《包法利夫人》被诉有伤风化时，福楼拜家族的强大社会关系帮他解围。丑闻伤害了他，但也给他带来了名声。他得到了最珍贵的同行赞许。圣伯夫说福楼拜拿笔就像拿解剖刀一样，他在《包法利夫人》中看到了文学新征象：科学、观察精神、成熟、力量、一点点冷酷。最重要的："一种宝贵的品质使得居斯塔夫·福楼拜先生与其他或多或少精确的观察者区分开来，他们今天为诚实地描写现实而自鸣得意，而且有时竟成功了；而他有自己的风格。"❷ 最与他声气相通的波德莱尔则敏锐地看到了福楼拜对现实主义的形式革新："他怀着一种讲究辞藻的作家的贞洁，竟肯在一些枕席间的故事上蒙上了一重光荣的纱幕；而只要没有诗的乳白色的灯光的爱抚，这些故事就总是丑恶的、粗俗的。"❸ 他的朋友给了他的小说实验必不可少的支持和认可，使他有勇气走先锋的路。所以，福楼拜拥有的资本和习性，使他不惧风险，寻找、创立并坚守纯粹作家的位置，最终获得由此而来的象征利益乃至经济利益。

由此，通过对福楼拜的社会历史分析，布尔迪厄破除了对作家的偶像崇拜，在弗洛伊德和马克思以及结构主义者之后给神圣的主体沉重一击，强调先验的主体是在社会和历史中产生的。社会学分析帮人理解作

---

❶ G. Flaubert, *Correspondance*, Lettre à Ernest Feydeau, 15 mai 1859, Paris: Gallimard, 1971, T. III, p. 22.

❷ Sainte-Beuve, Flaubert, *Panorama de la littérature française*, Textes présentés, choisis et annotés par Michel Brix, Librairie générale française, 2004, pp. 1434-1444.

❸ 波德莱尔著，郭宏安译：《浪漫派的艺术》，上海译文出版社2009年版，第95页。

家的特定劳动：作家一方面与社会决定性对抗，另一方面得益于社会决定性，才成为创造者，也就是他自己的作品的主体。布尔迪厄所说的"采取作者的观点"不是一种直觉的反应，而是一种社会分析活动。这是构建一种观点，这种观点决定创造者本人可能没有意识到的诗学、他的艺术选择和特定实践的逻辑。他一再强调，"社会学家尽力如福楼拜所说的那样'经历所有的生活'，但靠的不是现象学家所说的自我向他人的投射；他靠的是对客观条件的分析，靠的是观察，等等。他试图构建的，不是生活经验，而是存在的逻辑，与他迥异的人的经验的逻辑。"❶ 这也是布尔迪厄所说的参与的客观化（objectivation participante），即对实行客观化的主体、分析主体、对研究者自身的客观化。分析主体不仅要反思自己的研究立场和研究的潜在利益，还要反思他在分析中投入的历史无意识。这就是进行社会分析，在反思时刻与行动时刻之间不断往复，获得把握不可见关系的"人类学目光"和对自身的实践掌控。最终，布尔迪厄通过这种面向创造和行动的共同实践（sympraxie），将福楼拜据为己有，借助福楼拜的反思来反思自己，同时也令他复活。如同他在《自我分析纲要》中所说的："尽管历史化与一个作者保持距离，这个作者被保存和囚禁在学院评论的裹尸布里，历史化也提供了手段，以接近作者并把他变成另一个真正的自我。"❷

【作者简介】

刘晖，文学博士，中国社会科学院外国文学研究所研究员。电子邮箱：fnliuhui@ sina. cn。

---

❶ P. Bourdieu, *Sociologie générale. Cours au collège de France 1983-1986*, *op. cit.*, volume 2, p. 274.

❷ 布尔迪厄著，刘晖译：《自我分析纲要》，中国人民大学出版社2017年版，第136页。

文学与人类学：近代法国的民间文学研究[*]

■佘振华

【摘要】目前，我国的法国文学研究事业取得巨大成就。可是，这一巨大成就亦包含着一些不足，对法国民间文学的忽视则是其中之一。因此，本文试图从文学与人类学两个领域去寻找近代法国在民间文学研究方面所做出的成就。在文学领域，则是以乔治·桑为代表的作家们开始走向民间文学，不仅从民间文学中汲取养分，而且还积极地收集和整理民间文学。在民族学（或者文化人类学）领域，则是以赛比约为代表的民俗学和民族学研究者们积极地收集和整理民间文学尤其是口头文学，把它纳入民俗学的研究范畴，并试图将其理论化。

【关键词】文学　人类学　近代　法国　民间文学研究

自西学东渐以来，西方文学亦伴随着列强的军舰进入国人的视野。其中，对法国文学的翻译和研究更是蔚为大观。从1898年林纾翻译的《巴黎茶花女遗事》开始，许多中国学者们就开始投身到对法国文学的介绍、翻译和研究事业上，并取得巨大成就。直至今日，法国文学研究仍然是我国文学研究界的一个重要阵地。借着诺贝尔文学奖的春风，自21世纪以来，国内法国文学研究已经陆续掀起"勒·克莱齐奥研究""莫迪亚诺研究"等数个研究热潮，在文学理论和文学批评等领域继续做出了许多成绩。

然而，在这长达一个多世纪的法国文学研究史上，除了赞扬成就，还要总结经验。笔者认为，目前我国法国文学界所关注和研究的几乎全

---

[*] 本文为四川省哲社2017年规划项目、国家社科2018年度资助项目。

部集中在以文字为载体的法国精英文学,对法国民间文学、口头文学乃至身体文学的关注非常少,甚至连总体性介绍和概述法国民间文学、口头文学、少数族裔文学的研究成果都是寥若晨星,更不论深入地理论探讨了。造成这一局面的原因有很多,从法国文学本身来看,文字文学、精英文学的成就过于耀眼,它们在法国本土都是占据垄断性的地位,更不要说需要通过文字才能译介到的遥远东方了;从我国文学研究界来看,亦有长期过于重视文字传统之偏颇,如徐新建教授所言,"关于文学的定义主要受限于西方。……这样的界定以精英和文字的书写为代表,扼杀了民间、口传和仪式过程中的活态文学"。❶

所幸的是,在这长达120多年的历史中,法国民间文学的身影并未彻底消失,它总是在某个地方或直面或乔装地出现在我们的视野里。早在1926年,时任国民革命军政治部宣传科长、共产党员邝墉把当时儿童传唱的一首法国童谣《雅克兄弟》重新填词后,变成了脍炙人口的《国民革命歌》。虽然"打倒列强"的愿景代替了原作的"Frère Jacques",但是至少证明,在当时法国民间的歌谣已经漂洋过海,甚至进入中国学堂。而在20世纪二三十年代,在民国早期的报刊杂志上也经常翻译一些法国的民间故事。例如,1928年文学家徐蔚南就在《文学周报》上发表了法国南部民间故事《青鸟》的译文;早在1931年,法国著名民间故事《美女与野兽》(时译《美人与兽》)也已经被翻译成中文,发表在当时上海滩非常流行的小报《明灯》上。中华人民共和国成立之后,1955年,少年儿童出版社还翻译出版了一本特拉卢编著的《法国民间故事》集。除了上述民间故事的译介之外,早在20世纪30年代,我国著名的民族学家杨堃也在《鞭策周刊》上介绍了法国民俗学的相关研究和理论,并把汪继逎波(现译范·热内普)的《民俗学》(Le Folklore)之片段译介给国内的读者。只是由于学科之界限,杨堃先生诸多关于法国民俗学和民间文学理论的研究并不为法国文学研究

---

❶ 徐新建:"文学人类学的中国历程",载《西南民族大学学报(人文社会科学版)》,2012年第12期。

者们所熟知。有鉴于此，笔者拟从文学与人类学的双重视域出发，简述19世纪法国民间文学研究几个阶段的特点。

一、从文学中开始：19世纪的法国作家与民间文学

1789年，法国大革命爆发。在这场革命中，法兰西不仅仅在人类历史上率先推翻了君主专制，更是在全国乃至整个欧洲范围内点燃了民众参与革命的热情，提高了民众的政治地位。共和国的模式、公民的身份以及教育的普及化刹那间成为民主的标志。这一时期的文学亦深受其影响，尽管仍然是文人精英在掌控着文艺的舞台，但是文学已经开始把自己的目光彻底地从王公贵族身上移开，从此注视着民间的平凡大众。如范·热内普所说：

> 就是这样一点点地，尤其是借助初级教育范围的扩大，这些旧栅栏崩塌了；同时，政治也在同样的方向上行动起来。因为通过普选制度，在今日欧洲的许多国家里，大部分的选民就来自农民，他们直接参与选举也促使了社会阶层相互混合，这也是为了更好地相互竞争。因此，与农民交谈，愉快地了解他们的需要、他们的判断方式和情感对于那些上层阶层来说也不再是什么有失身份之事了。❶

无论是浪漫主义还是现实主义、象征主义还是自然主义，都把民众作为自己的写作对象之一。不仅如此，在这场"眼光向下的运动"中，许多法国作家开始自发地关注民间的文学，甚至开始与农民交谈，整理民间故事。例如，梅里美就曾经宣称"在历史当中，我只对那些民间流传的趣闻轶事感兴趣"。❷ 其名作之一《高龙巴》的人物原型就源自在

---

❶ Arnold Van Gennep, *Le Folklore*, Paris: Librairie Stock, 1924, p. 12.
❷ Pierre Pellissier, *Prosper Mérimée*, Paris: Tallandier, 2009, p. 1.

西班牙旅行中，作者从一位名叫何塞·纳瓦罗的土匪口中听来的传奇故事。❶ 当然，从拉伯雷到夏尔·佩罗、拉封丹，法国文学史上从来都不缺乏从民间汲取养分的作家。但是，与文艺复兴、启蒙运动时期的文学，甚至上溯到中世纪的宗教文学和骑士文学相比，19世纪的许多法国作家们不仅仅是从民间获取故事题材，更是具有一种民族学家的气质，自发地收集和整理民间故事，并结集出版。仍然以梅里美为例，他在担任法国历史文物视察员期间，不仅与好友维奥莱-勒-杜克一起修复了包括巴黎圣母院在内的众多物质文化遗产，更是利用巡视和旅行的机会收集了欧洲各地的民间故事和歌谣，并陆续结集出版，如《古斯尔》等。关于这些民间故事和歌谣，法国学者玛丽-卡特琳娜·于埃-布里夏尔（Marie-Catherine Huet-Brichard）认为，梅里美站在捍卫原初民族的当代立场上，通过一种"无艺术"的诗歌（指《古斯尔》）重建了一个严密的人类学世界。❷

如果说梅里美、雨果❸等人的努力还是比较宽泛的话，❹那么乔治·桑的工作已经与当时的民俗学家们非常接近了。这位主要在法国外省生活的女作家对自己的家乡贝里注入了极大的情感。她认为"农民是史前时代留给我们唯一的历史学家"，而且"口头传统是被书籍遗漏了的历史，它在民间的符号中得以保存"。❺ 1851~1855年，乔治·桑陆续撰写了《贝里的风俗与习惯》（*Moeurs et coutumes du Berry*）、《乡间夜晚的幻象》（*Les Visions de la nuit dans les campagnes*）等作品，试图记录和分析贝里地区的风俗、习惯和民间信仰。1858年，乔治·桑更是把

---

❶ 参见 Bruno Etienne, "Carmen ou Colomba?", *La pensée de midi*, N° 22, 2007.

❷ Marie-Catherine Huet-Brichard, "Le Barbare et le Civilisé: Mérimée ethnologue dans La Guzla", *Mérimé et le Bon usage du savoir*, Toulouse: Presses Universitaires du Mirail, pp. 55-73.

❸ 在雨果的《世纪传说》中，亦收集出版了许多从民众中听来的故事和传说。

❹ 这种宽泛性主要体现在两个方面。第一，这些故事的来源地过于广泛，有来自法国的，亦有来自欧洲乃至世界其他地方的，不能充分体现某一地区和民族的独特性；第二，这些作家的目的亦非保护一个地区或民族的非物质文化遗产，甚至许多故事都有被作家改编的痕迹，仍然具有较强的精英文学特征。

❺ Georges Lubin, *Préface de la Promenade dans le Berry: Moeurs, coutumes, légendes*, Bruxelles: Editions Complexe, 1992, p. 17.

自己收集的 12 篇贝里地区传说和 5 篇描写贝里地区风俗的文章结成一个文集出版,并取名为《乡野传说》(Légendes rustiques)。法国学者达尼埃尔·贝尔纳(Daniel Bernard)把乔治·桑誉为是"法国民族志的先驱"。他认为:

> 受到浪漫主义运动和凯尔特学院之贡献的影响,乔治·桑对后来成为民族志的一切保持着一份非常特别的兴趣。她的孩提时代都是在诺昂的村民们中度过的,因此对他们的风俗、传统、习惯有着非常细致入微的观察,对来自岁月深处的口头文学亦保持着非常敏锐的意识。她用民族志学者式的目光注视自己周围的农民和乡土世界。在她的整个一生当中,她不停地标注、核实、观察和记录大量的细节,就像后来民俗学家们所做的那样。❶

然而,如果我们就此认为乔治·桑就是一位研究法国民间文学和民俗之学者的话,可能也不完全准确。"在了解了乔治·桑的作品及其本人的贡献之后,人们可能会认为应该把民俗学家们之'导师'的荣誉和成就授予她。这就犯了一个错误了!"❷ 法国民间文学研究大师、著名民俗学家范·热内普 1926 年在当时文学界最权威的刊物之一《法国信使报》上专文批评了乔治·桑的上述实践:

> 因此,我们就完全找不到一处关于房屋、村庄、服饰、首饰以及儿童游戏的详细描述。从科学的角度来看,这在我们今天是极为珍贵的。另外,我们也找不到关于各类过渡仪式的全面记录(诸如洗礼、安产感谢礼、葬礼等),只是在《魔沼》的附录部分才有一

---

❶ Daniel Bernard, "George Sand: pionnière de L'Ethnographie", *George Sand, une Européenne en Berry*, Poitiers: Amis de la Bibliothèque Municipale du Blanc et Comité du bicentenaire George Sand, p. 121.

❷ Georges Lubin, *Préface de la Promenade dans le Berry: Moeurs, coutumes, légendes*, Bruxelles: Editions Complexe, 1992, p. 19.

些关于婚礼仪式的内容。乔治·桑描写地方性风俗的目的并非是这些风俗本身，也不是为了科学，她在这些风俗中只看到了一块可以绣上"人类"以及"人道主义"普遍化的底布而已。她想以此来触及法国乃至全世界的广大民众，并推动情感、良知以及制度的进步。在这些条件下，民俗学对于她来说只是一个添加剂，而不是目标。❶

可以说，范·热内普对乔治·桑的上述评价不无道理，而且甚至适用于当时所有关注民间传统的法国作家们。然而，如果非要用民俗学家的标准去要求他们的话，也未免有失偏颇。毕竟在那个年代，"此类（指民俗学）研究还并没有一个公认的准则，而且像乔治·桑这样的艺术家所关注的也不是一门当时刚刚起步之科学的技巧。要知道，法国在1872年出版的《19世纪万能大词典》中甚至还没有收录'民俗（folk-lore）'这个单词"。❷ 倘若我们把关于"这些作家是否是民间文学研究者或者民俗学家"的争论放到一旁，反而能够更好地认识到这些作家在法国民间文学研究领域所做出的成绩，至少可以归纳为以下两点。

首先，这些作家在当时法国的影响力远远超出那些早期的民俗学家。因此，他们的号召直接掀起了一场民间文学收集整理的热潮。1843年，特奥菲尔·马里翁·杜梅尔桑（Théophile Marion du Mersan）整理出版了《法国民间歌曲与歌谣》，随后又陆续出版了5部不同的民间歌谣集。外省各个地方的名人也纷纷收集和整理本地的民间文学与风俗，如艾尔弗雷德·莱斯内尔·德·拉萨尔（Alfred Laisnel de La Salle）出版了《法国中心地区的传说与信仰》等。在这股热潮的推动下，1853年法国公共教育部委托佛尔图尔·安贝尔（Fortoul-Ampère）起草并颁布《与法国民间诗歌有关的法令》，其目的就在于指导和组织关于

---

❶ Arnold Van Gennep, "George Sand Folkloriste", *Mercure de France*, N. 671, 1926, pp. 373-374.

❷ Georges Lubin, *Préface de la Promenade dans le Berry*: *Moeurs, coutumes, légendes*, Bruxelles: Editions Complexe, 1992, p. 20.

收集整理民间文学的工作,因为"这些财富每一天都会被时间带走,乃至不久以后就会消失"。❶

其次,像乔治·桑这样热衷于民间文学与风俗的作家所做的不仅仅是收集工作,他们同样还凭借着自己高超的思维和广阔的知识去分析这些作品与现象,提出了许多即使在今天看来都是极为重要的概念与观点。例如,在谈到民间想象,乔治·桑提出了"集体记忆"的概念,她认为"民间想象一直以来都只是某种集体记忆的模糊形态或者变化形态";❷在涉及民间文学的时候,乔治·桑提出"口头文学"的概念,指出"我们可能没有很好地提醒那些研究者,要知道同一个传说会有数不尽的版本,甚至每一个村庄、每一个家族、每一个茅屋里都有自己的版本。口头文学的特点就在于这种多样性。乡村诗歌就和乡村音乐一样,有多少个个体就有多少个改编者",等等。❸

二、民族学的介入:19 世纪法国民俗学家们的民间文学研究

除了文学的源头之外,法国民间文学研究或者说民俗学研究更是与早期的民俗学家或民族学家紧密相连。法国学者大都认为,凯尔特学会(Académie celtique)的成立是早期法国民俗学研究诞生的标志,因为在法国,凯尔特学会最早系统地开始收集各地的民俗。❹的确,从 1804～1813 年该组织通过统计和纪要的方式收集各地的民俗,但是它"并不仅仅满足于'收集'和'撰写',同时还试图比较和解释所有这些古董、建筑、习俗和传统……。这也不再仅仅是为了更好地破译法兰西而进行清查盘点……而是对构成一个国家之财富和力量的物品进行实证地

---

❶ Fortoul-Ampère, *Instructions relatives aux poésies populaires de la France*, Ministère de l'Instruction publique, 1853.

❷ George Sand, *Légendes rustiques*, Paris: Calmann-Lévy, 1858, p. IV.

❸ *Ibid.*, p. V.

❹ 参见 Nicole Belmont, *préface d'Aux sources de l'ethnologie française. L'académie celtique*, Paris: CTHS, 1995.

和系统地展示。"❶然而，不幸的是，自 1814 年凯尔特学会改名为"考古学家协会"之后，涉及习俗、传统和方言的研究就逐年减少，乃至自 1830 年之后完全消失了，变成了一个纯粹的历史和考古学会。而且，哪怕是在 1830 年以前该学会还在关注民俗的时候，它的成员们"也几乎完全忽视了口头文学，仅有极少数的几篇传说而已"。❷ 因此，虽然法国的民俗学和民族学研究可以追溯至凯尔特学会，但是法国的民间文学研究并没有在这一时期得到重视。而且，法国学者尼可尔·贝尔蒙（Nicole Belmont）认为：

> 这一空缺在法国一直持续到 1870 年，然而与此同时，在欧洲的其他国家却并非如此（例如，在德国，从格林兄弟的努力开始，民俗学的大量收集工作就从未中断）。导致这一现象的原因可能是法国已经很长时间没有民间抒情诗歌了，12 世纪和 13 世纪的史诗传奇也只是以一种退化的形式在流动商贩的小人书里残存下来，而且凯尔特学会的学者们也几乎忽视了民间文学。❸

笔者认为，贝尔蒙女士虽然看出了法国民间文学在早期民俗学中的空缺，但是如果考虑到法国作家们的贡献的话，用"空缺"这个提法可能就不十分准确了。因为，如上文所述，当时法国的文学界开始关注民间文学，并激发了一个全国性的民间文学收集和研究热潮。也正因此，19 世纪后 30 年至 20 世纪初，法国的民俗学、民族学和人类学实践才掀起了一个民间文学研究的高潮。

在法国历史上，1870 年是一个非常重要的年份。那一年，普法战争爆发。随后，法兰西第二帝国的失败和巴黎公社运动让这个国家顿时陷入分裂和动荡之中。以加斯东·帕里斯（Gaston Paris）为首的法国学者

---

❶ Florence Galli-Dupis, *Aux origines de l'ethnologie française: l'Académie celtique (1804-1812) et son questionnaire (1805)*, http://www.garae.fr/spip.php?article227.

❷❸ Nicole Belmont, *FOLKLORE*, http://www.universalis-edu.com/encyclopedie/folklore/#c_2.

呼吁回到古代文学和传统文化中去找到一种爱国主义，以避免法兰西的分裂。与此同时，亨利·盖多斯（Henri Gaidoz）和欧也尼·罗兰（Eugène Rolland）主编的《梅吕西娜：神话、民间文学、传统和习俗汇编》也在1877～1912年共出版了10卷，其中民间故事、传说、神话、诗歌和歌谣占据了总篇幅的2/3以上。这套汇编的出版彻底拉开了法国民间文学研究的大幕。1885年，保罗·赛比约（Paul Sébillot）创建了法国民间传统协会，并从1886年开始每月定期出版刊物《民间传统杂志》。在这个协会里，聚集了一大批重要的法国民间文学研究者，其中有欧也尼·罗兰（Eugène Rolland）、埃米尔·亨利·卡尔努瓦（Emile Henri Carnoy）、菲利克斯·阿尔诺丹（Félix Arnaudin）、夏尔·马丁·普洛瓦（Charles Martin Ploix）、勒内·巴赛（René Basset）和约瑟夫·鲁（Joseph Roux）等人，他们共同把口头文学研究放在协会使命的第一位。[1]

当然，对于这一时期的法国民间文学研究来说，保罗·赛比约是最重要的实践者和理论家。在实践方面，赛比约所取得的成就是让人叹为观止的。自1880年发表的《上布列塔尼地区的传统、迷信与传说》之后，赛比约陆续出版了26部关于法国各地民间文学的作品。1904～1906年，赛比约完成了他的巨著《法国的民俗》（Le Folklore de France），"这部巨著……汇集了15000～16000个左右的'事实'，其中有故事、歌谣、传说、谜语、谚语，同样还有偏见、习俗、迷信、儿歌等。它是法国乃至所有法语国家民间传统的名副其实的清单"。[2]

同时期的其他民俗学家们也在法国各地收集和整理了大量的民间文学，例如，欧也尼·罗兰在梅斯地区，埃米尔·亨利·卡尔努瓦在皮卡迪地区，等等。然而与他们相比，赛比约的杰出贡献还体现在他为法国

---

[1] 在创建之时，该协会就把自己的研究对象分为六个大类，分别是（1）口头文学；（2）游戏与娱乐；（3）传统民族志；（4）激发传说与习俗观念的语言学研究；（5）民间艺术；（6）与民众信仰和叙述有关的文学创作。参见 Paul Sébillot, "Programme & But de la Société des Traditions populaires", *Revue des Traditions populaires*, 1886, tome 1er.

[2] "Avant-propos de L'éditeur", *Le Folklore de France*, Paris: Editions IMAGO, 1986.

的民间文学研究乃至民俗学研究奠定了理论基础。他的第一个理论贡献在于首先确定了民俗的含义。"1886年，保罗·赛比约提出用'传统民族志'（ethnographie traditionnelle）来指代全部的风俗、习惯、信仰、迷信、小人书和民间图画，而'民俗'则还包含'口头文学'，也就是说故事、传说、歌谣、谚语和谜语等。"❶ 由此可见，赛比约首次从学术的角度肯定了民间文学和口头文学的价值。除此之外，赛比约还从学术史发展的角度分析了民俗学的不同阶段。他认为，刚开始，民俗学的领域是非常局限的，它只包括了故事、传说、民间歌谣、谚语、谜语和儿歌等被书本所忽视的内容，也就是口头文学。后来，为了解释某些神话，民俗学也开始包含方言等内容。再后来，民族志开始进入民俗研究领域。从此，民俗学的研究进一步扩大，习俗、信仰、迷信等所有这些构成一种民众心理的事物就逐渐被补充到上述研究材料当中了。因此，民俗学也就成了一门新科学，它的定义如下：

> 一种民众阶层或者进化不发达民族之传统、信仰和习俗的百科全书，同时还兼有口头文学和上层文学的相互影响；这是对遗存的研究，如同参照某些部落之相似社会状态而进行的史前史研究那样，这些遗存亦可以上溯至人类的早期，它们多少有些变异地被保存在最文明的民族当中，有时甚至不自觉地被保存在最有学问的思想当中。❷

通过这样的定义我们可以看出，赛比约的民俗学已经深深地打上了人类学的烙印。而且，从学科发展史的角度去讲述口头文学与民俗学之间的关系亦留下了一个巨大的危险，从而导致在整个20世纪的法国，民间文学都很难从文化人类学（或者说民族学）中独立出来，并逐渐被

---

❶ Geza de Rohan-Csermak, *Ethnographie*, http://www.universalis-edu.com/encyclopedie/ethnologie-ethnographie/#i_90679.

❷ Paul Sébillot, "Le Folk-lore", *Revue d'Anthropologie*, troisième série, tome 1er, 1886, p. 293.

强势的人类学或民族学研究所掩盖。

另外，赛比约还首次把"口头文学"的概念理论化了。

> 在口头文学的名称下，我们发现了对于不识字的民众来说，到底是哪些东西替代了识字之人所创作的文学作品。这种文学先于书面文学。我们发现它存在于所有的地方，而且根据民族进化程度之不同，它所具有的活跃程度也不同。❶

于此同时，赛比约还对口头文学的内容进行分类，主要有故事、歌谣、谚语、儿歌、谜语等五个大类。其中，故事包含了个人冒险故事、宗教传说（或者仙女、超自然力量的故事）、诙谐故事等。歌谣则分别与历史、爱情、习俗、职业等相关。有些歌谣是用来说教，有些歌谣是用于舞蹈。还有一些诙谐歌谣也值得收集。而且歌谣往往与民间音乐相联系，因此也要收集歌谣的曲调。谚语则主要分为两类，第一类与道德观念相关，第二类与一些真实可见的对象相联系。儿歌长期被人们忽视，然而它们也是一种珍贵的信息来源。它们往往非常悠久，而且有一些是古老的宗教仪式遗留下来的。与儿歌相联系的还有誓言和粗话。谜语则可以分为普通意义上的猜谜和一些诙谐的问题。

由此可见，在19世纪的后30年中，由于民族学（或者文化人类学）的介入，法国的民俗学研究快速地实现着自己的学科化和理论化。与此同时，它也把民间文学纳入自己的研究范畴。这一现象可谓是一把双刃剑。一方面，法国民间文学研究也因此得以进入科学的领域，推进着自己的理论化，并且让自己的研究变得更有系统性。另一方面，由于法国民间文学逐渐融入民俗学研究，后来又进一步融入民族学研究领域，所以面临着失去自我身份的危险。面对着民族学其他研究类型的强势力量，20世纪的法国民间文学研究一度被挤压到学科的边缘。

---

❶ Paul Sébillot, "Programme & But de la Société des Traditions populaires", *Revue des Traditions populaires*, 1886, tome 1er.

今天，法国仍然是一个文学的国度，吸引着无数学人的目光，以至于法国文学界每一部获奖作品、每一位获奖作家都会快速地被法国文学的研究者们分析和评论。然而，除了塔尖上这一点点的精英文学和文字文学之外，在法兰西的广袤田野中，在法国学术的丰富内涵中，还隐藏着大量民间的口头文学、身体文学。因此，在笔者看来，今天的法国文学研究需要一个文学人类学的视野，需要"大文学观"，因为只有这样，我们才能更好地发现丰富的法国民间文学及其相关研究，更完整地了解法国文学。同时，他山之石，可以攻玉。法国在民间文学方面取得的实践经验和理论成果也可以为我们所借鉴，从而推动我国民间文学的发展。

【作者简介】

佘振华（1981~），男，文学博士，四川师范大学外国语学院副教授，巴黎第十大学人类学博士研究生，法国国家科学院比较社会学与民族学研究所（LESC）访问学者，研究方向为法国文学、文学人类学、比较文学等。电子邮箱：zhenhua.she@qq.com。

当代法国华人作家作品研究

■ 别 伟

"法国华人作家"是一个相对笼统的称呼,其实在法国的华人作家按他们创作所使用的语言可以分为两类:一类是以母语,即汉语进行文学创作。这些人在国内文化圈尚有人知晓,但因法文译本较少,在国外文化圈了无痕迹。另一类为旅居法国多年,经过"痛苦的阵痛和蜕变"之后,用法文写作的作家,他们能够更好地融入法国主流文化圈,但在国内名气不大。本文侧重研究用法文进行写作的华人作家,他们也可被称为华人法语作家。他们是有中国文化背景的第一代华人移民,拥有华人的文化属性和文化身份。选择这个群体,正是看中了这个群体的特点:在华语文化中长大,本身具有华人文化的标签,成年后离开本土文化圈,来到法国,受到法国文化的影响与冲击,与原本的母文化产生不可避免的碰撞与冲突,在这种矛盾中,他们选择了一种更为冒险的方式来进行文学创作,以更好地融入法国社会。

从时间节点上,这类作家的创作可以分为两个阶段:第一阶段是19世纪末20世纪初,这一时期迎来了一个由清末"洋务运动"带来的留洋高潮,一些能够熟练运用法语书写中国文化和知识的中国文人,成为法国人直接了解中国的途径。早期的代表人物有曾任晚清外交官的陈季同,他率先在法国翻译了《聊斋志异》,并用法语发表了《中国人自画像》《中国戏剧》《中国人的快乐》等作品,他们填补了之前依靠法国作家来转述中国文化的不足,向法国人展示了更为真实的中国文化和中国人的生活。陈季同之后,盛成是在法国文坛引起过轰动的华人作家。1928年,他在巴黎发表长篇纪实小说《我的母亲》,成为法国了解中国文化的著作。但这一时期的旅法作家更在意的是介绍和普及中国文化的本来面目，个人创作性的表达被忽略了。[1]

  20世纪下半叶，法国华人作家的文学发展进入第二阶段，作品的文学性得到重视和提升，不只是停留在最初阶段的纪实性介绍上，而是通过作品艺术地展现中国文化的各个层面，可读性和文学性增强。更多的中国学者赴法学习，中国作家的法语创作迎来一个高潮。以程抱一、戴思杰、山飒等为代表的华人作家在法国崭露头角，他们的作品在法国受到欢迎。随着他们在国外的声名鹊起，国内也掀起了对法国华人作家及其作品的研究。但由于起步较晚，相对浩大的国内文学研究而言，法国华人作家及其作品的研究相对来说还是很少的，但作为中国文学在海外延伸的一部分，这种研究对我们了解中国文化在法语国家的传播和发展还是很有意义的。

  这三位作家构成了三代人，他们在赴法之前受不同历史事件的影响，所受的家庭和学校教育也构成了各自不同的文化底蕴。来到法国后，虽然用法语写作，但是作品中洋溢着"中国味道"，小说中的主角多少带有自传色彩，折射出作者自身的经历。程抱一1949年出国，在国内经历的是民国年代，传统文化对其影响较深，出国后从事美学理论等研究。戴思杰1984年赴法，在国内经历过"文化大革命"。山飒1990年出国，是经历了改革开放的一代，但又未受"文革"等政治运动的影响，她的作品多涉及历史及女性题材，也有学者认为，她的作品中也带有个人色彩，出现在她作品中的女性形象都带有其个人性格的烙印。这三位作家代表了在法国发展的老、中、青三代华人法语作家，他们都在文化领域取得了有目共睹的成就。

---

[1] 佘振华，胡娴："从法国华裔作家的创作中审视程抱一先生的文学地位"，载《当代文坛》2008年第6期，第22页。

一、成就最高的法国华人作家

程抱一先生无疑是目前在所有用法语创作的法国华人作家中最重要的一位。程抱一1929年出生于山东济南，本名程纪贤，毕业于重庆立人中学、南京金陵大学，1949年获奖学金赴巴黎留学，在巴黎第九大学取得博士学位，任教于巴黎第三大学东方语言文化系。1973年入法国籍。喜爱中国文化的法国总统希拉克于1999年6月30日向程抱一颁赠荣誉骑士勋章。总统曾给程抱一写过数封信，尊称他为"大师"，表彰其"在法国文化上的建树"。2001年，程抱一获得法兰西学院法语系文学大奖。2002年6月当选法兰西学院院士。在法国，能够进入法兰西学院是一种极高的荣誉——这座学院仅有44个名额，只有当有人逝世后，才能进行补选。院士名单里，留下了孟德斯鸠、伏尔泰、雨果、小仲马等大名。法兰西学院400年的历史中从未出现过亚洲人，直到2002年6月14日，73岁的华裔作家程抱一，当选为学院的第705位院士。授予他的佩剑柄上镌刻着文天祥《正气歌》的第一句"天地有正气"。作为四百多年来获此殊荣的第一位亚裔作家，程抱一受到了全世界的瞩目。

程抱一旅居法国60余年，致力于文学艺术的创作，涉及领域广泛。其创作大致可分为两个阶段，入法前期，他主要从事诗学理论研究，用西方的理论特别是符号学理论来阐释中国的文化和艺术，是用法语系统阐释中国诗学和美学的第一人。20世纪60年代以结构主义方法论为指导写作《〈春江花月夜〉的形式研究》；70年代，关注中国诗语言和绘画语言，那个时期的他用法语介绍中国文化、阐释中国思想艺术，着重在于理论的探讨与搭建。[1] 他理论建树中的扛鼎之作《中国诗语言研究》和《虚与实：中国画语言研究》，不仅奠定了他在法国学术界的地

---

[1] 牛竞凡："程抱一作品研究中的几个问题"，载《云梦学刊》2006年第2期，第21页。

位，也代表着他个人思想的形成和成熟。

后期，程抱一致力于文学创作。这个时期的他更显著的身份则是诗人、作家，相比于中西文化"摆渡人"的头衔，他更喜欢别人称他为"创造者"。从 20 世纪 80 年代起，他先后用法语创作了两部小说、八部诗集、一部书法集，以及大量的诗歌绘画评论。他的作品在法国屡屡获奖，诗歌《石与树》被选入《20 世纪法国诗歌选》。1998 年以《天一言》获得法国费米娜文学大奖。

但不得不说的是，就国内的知名度而言，程抱一可能还不及他的两位后辈戴思杰和山飒，因为他们都在影视和畅销书方面取得了成绩，相比而言，程抱一获得的文学界和学术界的认可更多一些。

二、多产的影视双栖作家

21 世纪初是法国华人作家取得丰硕成果的时期，代表人物除了第一个以华裔身份入选"法兰西学院"院士的程抱一之外，旅法华人导演、作家戴思杰的创作也受到了很大的关注。戴思杰 1954 年生于四川成都，1971~1974 年作为知青在四川省插队落户，1977 年考入南开大学学习艺术史，1983 年年底赴法国留学，起初在巴黎研习西方艺术史，对电影的酷爱促使其转往电影学院就读，终成一名活跃的电影人。毕业后曾先后执导了三部法国影片：《牛棚》《吞月亮的人》和《第十一子》。

戴思杰这个名字首次广为人知始于《巴尔扎克与中国小裁缝》。2000 年，以知青生活为背景、用法文创作的小说《巴尔扎克与中国小裁缝》在法国出版，迅速销至 50 万册，并很快有了二十几个国家的不同版本，被译成 25 种语言，获得 5 项文学奖。2003 年，英文平装本持续 10 周登上"纽约时报书评周刊"畅销榜。小说采用了第一人称的传统叙事模式，以作者本人在"文化大革命"期间的知青经历为背景，是一部半自传性作品。正如一位美国评论家所言"这本书讲述了人类一个古老的故事，一个男人想要改变一个女人，最终却被那个女人所超越"。❶ 亦如作品中小裁缝随后领悟的那样："女人的美是无价之宝。"

《巴尔扎克与中国小裁缝》小说出版后不久，由戴思杰自编自导的同名电影投入拍摄。《巴尔扎克与中国小裁缝》是戴思杰独立执导的第四部影片，也是他第一次回国拍片。由周迅、陈坤、刘烨主演，作为法国电影在国际上发行。2002年在第55届戛纳电影节上首映，并获得2003年美国金球奖最佳外语片提名。影片传达的思想是知识不仅可以使人获得物质、尊严乃至爱情，同时可以愚弄和对抗现实的政治权力。戴思杰本人也表示，《巴尔扎克与中国小裁缝》讲述的"不是爱情故事，而是两种文化的冲突"。

戴思杰并不擅长类型叙事和视觉奇观的营造，其电影基本上都属于艺术电影范畴。❷ 作为一个作家和导演，戴思杰更倾向于将电影当作一种表达和书写的工具。由于其本身的特殊经历，"文化大革命"题材成为他早期作品的一个主题，从他的作品中，我们更多读到的是一种政治环境下的内心压抑和向往自由：追求解放与外界的压抑、专制所形成的矛盾对立。

继《巴尔扎克与中国小裁缝》大获成功之后，戴思杰于2003年又推出了另一部力作《狄的情节》，并获得法国文坛最有影响的奖项之一——费米娜奖，在他之前，仅有程抱一和贾平凹两位华人作家获此殊荣。小说在美国的版权售出22.5万美元的高价。在《狄的情结》这部小说中，戴思杰充分运用他痴迷的弗洛伊德精神分析法，把性分析与中国的传统文化有机地结合在一起。❸ 从小说内容来看，"狄的情结"是一种从弗洛伊德学说派生出来的"处女情结"。实际上也是作者戴思杰长期以来一直要表现的主题。作为弗洛伊德的忠实信徒，戴思杰以中国题材为载体，通过文学创作展开了有关"性"的各种想象。对弗洛伊德可

---

❶❸ 刘成富、焦宏丽："法国文坛华人文学的崛起——以戴思杰、山飒为例"，载《译林》2004年第6期，第200页。

❷ 向宇："试论海外华人电影导演的文化立场"，载《当代文坛》2008年第6期，第102页。

谓情有独钟。在法国期间，他阅读过弗洛伊德这位精神分析大师的许多作品。早在创作《巴尔扎克与中国小裁缝》的初稿时，戴思杰就想要表现弗洛伊德的"性哲学"，他想让弗洛伊德来改变一个中国女孩的命运。戴思杰曾毫不讳言地说："在写第一稿的时候，我选择的并不是巴尔扎克，而是弗洛伊德。但初稿完成之后，我觉得写弗洛伊德似乎有点离题，因为我最初是想写出对法国文学的热爱。最后，我决定用巴尔扎克来取代弗洛伊德"。[1]

《狄的情结》讲述的是以精神分析为职业的默，在法国学习十年之后，回到他的故乡四川成都，在营救他的女朋友胡灿的过程中经历的各种光怪陆离的事。尤其是在寻找一个"处女"以贿赂那个只爱睡处女的狄先生的历险中，他像堂吉诃德那样经历了各种各样的奇遇。通过各种历险，作者通过默的视角来审视处于社会转型期的中国社会存在的各种价值观：正统的、顽固的思想、传统的封建迷信、疯狂的自由主义、盲目的金钱至上、可恶的惟利是图。

从小说形式上看，与作者的第一部小说《巴尔扎克与中国小裁缝》相比，《狄的情结》结构上无疑更为复杂、更为巧妙，文笔更为成熟、更为丰富，语言也更为饱满，明显借鉴了西方小说的各种手法。从这一点说，《狄的情结》写得比《巴尔扎克与中国小裁缝》要好。但是从题材把握的力度上，从留在字里行间的创作激情上，还是《巴尔扎克与中国小裁缝》更胜一筹。

如果说2000年在世界范围内获得巨大成功的《巴尔扎克与中国小裁缝》和2003年获得费米娜奖的《狄的情结》带有轻松幽默的笔调，那么，2007年名为《无月之夜》的小说将戴思杰对自身的探索逐步深化，也开始变得沉重。《无月之夜》是他的第三部小说。故事仍以中国为背景，但同前两部小说相比，多了神秘感和宗教意味。故事发生在1978年，一个年轻的法国女子到北京学习汉语，无意中听到关于一份

---

[1] 刘成富、焦宏丽："法国文坛华人文学的崛起——以戴思杰、山飒为例"，载《译林》2004年第6期，第200页。

残经的传说，第一句话就是："如果有一个夜晚，月亮没有升起。"根据传说，手稿由佛祖本人传给弟子。从它离开佛的手开始，一直到"文化大革命"时被充公，小说一直以这份神秘的手稿为线索进行一种错综复杂的叙述，采用多条叙事线索并行的写法，糅合历史和当下，真实与虚构。从文学的表现性上来讲，作者在《无月之夜》上花了更大的力气来对自己进行不断的挑战，但是不佳的市场反应，似乎印证了作者的那句话："这也是我给纯文学爱好者写的小说"。

纵观戴思杰创作的这些作品，从选题上来说，多以较为特殊的题材为主，如《巴尔扎克与中国小裁缝》是以描写"文化大革命"时期的一段知青下乡改造、接受再教育的故事。算是经历过那个年代的人们不能抹去的一段记忆。所以，戴思杰写起来也就非常真实、深刻，也不免用诙谐的手法嘲讽那段特殊时期的人与事。随后的小说《狄的情节》则是描写另一话题——"处女情结"，这种挥之不去的情节正是东方人的无意识或潜意识中潜藏着的无数谜团。尽管已进入现代社会，可是人的思想并没有随着时代一起进化，还是停留在之前的一种根深蒂固的对女性贞洁的浅显认知上。作者运用弗洛伊德的精神分析法来创作故事情节，取得小说艺术上的成功。电影《植物园》是戴思杰筹备三年之久推出的一部女同性恋题材的影片，同样由于题材特殊，在开拍时就备受关注和争议，只可惜这部表现女同性恋主题的影片，虽由吕克·贝松制片，号称女版《断背山》，却没有引起大的轰动。在涉及女性题材的作品上，还是女性作家山飒更胜一筹。

三、最有影响的法国华人女作家

活跃于法国文坛的女性华裔作家中，荣获法国文化艺术骑士勋位和法国荣誉军团骑士勋位的山飒影响最大。与戴思杰不同的是，山飒所描述的不是自己亲历的事情，而是她烂熟于心的东西。她认为她的创作源泉主要来自她的外祖父和外祖母。中华人民共和国成立后，他的外祖父曾担任长春市市委书记,中学时代她也在长春生活过两年,所以她对中国东北有很深的感情,对那里的人民有着无法割舍的情愫。❶ 一个人的创作总是离不开她的生活轨迹,这不仅是对过去的一种缅怀。

山飒,本名阎妮,1972 年 10 月 26 日生于北京一个大学教师之家,童年时期曾学习琵琶和古琴。在浓厚的家庭氛围熏陶下,她从小深受中国传统文化影响,小小年纪就展现出文学和语言方面的禀赋。她 7 岁时便开始写诗,8 岁时她的诗歌在报上发表,11 岁出版第一部作品《阎妮的诗》,12 岁在全国少儿诗歌比赛中获一等奖,15 岁前出版了《红蜻蜓》和《再来一次春天》,1987 年,15 岁的她加入北京作家协会,成为北京作协最年轻的会员。1990 年 9 月由诗人艾青等与北京作家协会推荐,山飒赴法国巴黎留学。那年她 17 岁,法文从零起步,依靠每月 4000 法郎的奖学金为生。她起初在巴黎阿尔萨斯学校上高中,两年后进入法兰西神学院攻读哲学。在神学院读书期间,山飒认识了大画家巴尔蒂斯的女儿春美。1994 年,在春美的建议下,山飒来到瑞士,给法国著名具象派画家巴尔蒂斯当秘书,并在瑞士生活两年。在画家身边的那段经历对山飒的人生产生很大的影响,并让她有机会结识到优秀的艺术家和文学家。从那时起,山飒开始尝试用法语写作,并念给画家和他的家人们听,然后采纳他们的意见再修改。就这样在画家的启发和帮助下,山飒坚持用法语写作,于 1997 年出版了她的第一本法语小说《和平天门》(又名《天安门》),并一举获得法国龚古尔处女作奖,这一年她 25 岁。1999 年,山飒又出版法文长篇小说《柳的四生》(*Les Quatre vies du saule*, 1999),并捧得卡兹奖。《柳的四生》讲述的是由柳树幻化而成的女子绿衣、明朝皇室后裔之女春宁、现代社会独立女性静儿,三个有着三种不同身份,生活在不同时代的女性故事,而这三种身份背后的价值观,也造成了三种迥异的人生。故事穿越古今,如梦似幻。展现了一部女性成长史:女性在幼年、少年、已婚和母亲时代的形

---

❶ 刘成富、焦宏丽:"法国文坛华人文学的崛起——以戴思杰、山飒为例",载《译林》2004 年第 6 期,第 203 页。

象特点。而之所以选择"柳",是因为柳是中国文化中柔美的典型代表,用它来代指女性形象再合适不过。在这本书中,"柳"成为一种标记和符号,也是全书的一条重要线索。将穿越的时空用柳条贯穿起来,前后呼应,让人产生完整的联想。

随后在2001年,山飒又出版法语小说《围棋少女》(La joueuse de Go, 2001),并一举成名,获得中学生龚古尔奖,成为2001~2002年法国最畅销小说之一,该小说在法国的销量超过50万册,目前已有30种译本。小说《围棋少女》改编的话剧也在法国、德国成功上演。据作者回忆,在创作《围棋少女》之前的数月,她正在意大利,听闻外祖母去世的消息,深为感慨。《围棋少女》就是在这样的背景下创作出来的。这部小说描述的是20世纪30年代,中国东三省沦陷时期的某个城市,一个日本青年军官与一位中国少女,在"千风广场"刻有棋盘的石桌前相遇,并围绕一局围棋展开较量。作品结构独具匠心,整个故事分别是两个主人公"她"和"他"的自述,用一种日记式的手法将两人的生活和内心交错展露出来,并最终在故事叙述过半时不期而遇地交织在一起,从此两个人的命运又开始围绕着一盘棋局在进行着无声的较量。在日复一日的对弈过程中,双方的关系不断产生着微妙的变化。读此书时,一直到很后面都没有这种他们要产生生死爱情的预期,可是当两个人面临诀别之时,这种扑面而来的爱情却又是那么炽烈,让人无可质疑。这也许正是爱情的奇妙之处,它往往超出人们预期,在两个最不可能的人物身上发生,超越了种族、阶级与政治,却最终在战争中毁灭。

在小说结尾,日本男子为了让少女免遭日本兵的侮辱,亲手杀死了她,而后自杀。这一从未得到过表达的爱情,最终只能以死亡的方式实现。小说中的爱情凄婉而绝望,整部小说的人物与语言,始终被置于一种冷峻、严酷、残忍的氛围之中,流畅的文字却留下沉重的阅读痛感。单纯的故事中穿插着战争时期的女性生活状态、年青的抗日分子的地下活动和悲壮的牺牲。由于日本间谍和中国少女这两个完全"对立"的人物关系,便赋予了"棋逢对手"另一种含义。小说中的人物,如同对立又依存的棋子一般，只在棋盘上狡黠地无声地移动，让人明白感受爱情和表达爱情都不需要语言。围棋既是书中重要的线索，也是写作的风格。小说从"围棋"这个极小的平台，描述并折射出那个时代以及人类的终极悲哀。如此奇巧精美的构思和感人至深的叙述，可谓女性写作之上品。山飒在该书中成功地塑造了那个复杂的青年日本军官，他在军国主义教育下，满脑子狂热的报国理想，但内心又充满柔情与怜悯、对和平生活有着本能的渴望。爱情既能滋生仇恨也能化解仇恨——爱情的表述在山飒笔下抵达了人性的深度。正是由于这种纵横交错的双视角，而非绝对的女性视角，山飒的小说让我们看到女性写作的宽广前景。

山飒于2003年8月又出版了《女皇》（*L'impératrice*，2003），小说以第一人称讲述中国唐朝女皇的心路历程，演绎了一个全新的武则天形象。《女皇》现已被译成20多种文字，在几十个国家发行。作者关于女权的描写成就了这部畅销小说。

就女性而言，女皇武则天无疑是最富有传奇色彩的一位——中国历史上唯一一位女皇帝，并且还曾服侍过两代皇帝——唐太宗和唐高宗。作者对盛唐时期文化的迷恋加上武则天一生波折和传奇的人生，孕育了这部成熟的作品。小说以第一人称展开，努力演绎出一个全新的武则天形象。一个由寒门少女到统治唐朝长达50年的女皇的人生历程。在作者的理解中，武则天是一位忧国忧民、以善为本，努力解放妇女和平民百姓的皇帝。她为实现理想而展现出的强权和暴力的一面是可以被人理解的。

为了写作《女皇》，山飒多年来悉心研读唐史和佛教，并多次赴唐都西安和神秘的佛教圣地敦煌实地考察。山飒的作品中展现了女性在不同时代的魅力与境遇，剪不断的仍是那浓浓的中国情结。山飒深受中国传统文化熏陶，用法文创作的作品也是为了将中国的文化、历史呈现于异国人面前，小说中的女性形象各异，意在通过她们来展示中国文化的一面。她的作品不仅跻身欧洲畅销书榜，在亚洲如日本也深受颇受喜爱。长篇小说《女皇》在日本大受欢迎，为此，日本媒体还曾专程赴巴黎采访山飒——这位有着法兰西浪漫气息的女作家。

在完成《女皇》之后，山飒并没有按照出版社的商业意愿继续她的历史题材来迎合读者。为了实现自我超越，山飒选择了换一种文体、改变原有的创作风格，换一种思维方式、换一个角度、换一个文学的途径。之后的每一本小说都是她对自己的一个挑战，写不同的内容，用不同的笔法。继《女皇》之后，她选择了侦探小说这一文学体裁，因为故事需要通过技巧设置悬念，表现人们之间的勾心斗角，而且节奏紧凑。于是一部反映法国政界的小说《尔虞我诈》于2005年出版。

紧接着，2006年出版的《亚洲王》虽然回归了山飒所擅长的历史题材，但是一改昔日女性主题，跳跃到男性为主的故事中，并且将故事背景从东方的中国转移到古希腊时代的马其顿国王亚历山大身上。而"亚洲王"亚历山大一世所代表的是西方文化价值观。但挑战就意味着冒险，每次冒险并不一定都能够大获全胜，尤其是当作家从自己原来熟悉的擅长的方面转向另一全新领域时，读者有时也不能一下子就完全接受。所以每一次的尝试和突破都是一种阵痛。

四、挑战与成就

在国外，一个用非母语写作的作家要想成功，必须发挥出他自己的创作优势，必须描写讲母语的人所不熟悉的东西。简言之，就是异国情调，就是东西方文化意识的差异。从创作题材上看，中国历史题材更容易在法国焕发出活力和吸引力，是法国读者较为感兴趣的，这类题材的作品在法国更易取得成功，也是法语华人作家作品中一个普遍的题材。其中"文化大革命"作品在历史题材中具有一定的代表性。如戴思杰的《巴尔扎克与中国小裁缝》，是这一时期的故事。美女作家山飒的《柳的四生》《围棋少女》《女皇》也都是描写中国的历史题材。中国的文化背景是他们早期能在法国文坛取得成功的基石。而且中国作家用法语写作，是一种有助于法国人更为直接了解中国的方式。法国人对他们的作品充满好奇，期待从中了解神秘的中国。虽然法国也不乏中文作品的法文译本，来帮法国人认识了解中国，而且法国人自己也有介绍中国的作品，但这毕竟是法国人对中国的一种转述，当某一天，一个中国人用流利的法语直接讲述中国的故事时，这种效果强烈而真实。不通过任何中介的直接表达使得真实感和可信度大为提升。

另外，对这些移居法国的华人作家而言，以中国背景为素材进行创作也是一件迫不得已的事情。在他们的作品中并没有太多描写异乡的生活。当他们从中华文化的沃土上走出来，要进入法国文学界，在这样的异质文化圈内不可避免地要经历艰难的选择和蜕变。所以往往有一段不愿提及的艰难岁月。而"每逢佳节倍思亲"的乡愁也勾起他们对故土的思念和回忆。他们将这种情怀和乡愁揉到自己的作品中。通过故事又重新回到那熟悉的故土，情真意切。在这种天涯海角的描述中，自然想象的空间也跟现实拉开距离，现实与虚幻交融。正如首位华裔法兰西院士程抱一先生所言："我写小说要以语言去重新体验生活过的一切，不是简单地纪实或见证，而是一种光照和启示。用法文创作更给了我对经历过的一切进行阐释的机会。"[1] 法文如同一件道具在描述时将自己与个人历史之间隔开距离。新的语言给历史一种新的面貌，避免了过多主观情感流露而陷入对历史的重述。每一种语言都会对文学创作产生特别的影响。通过用法国人耳熟能详的典故、事例去类比在中国某一时期发生的事情，以降低阅读的挑战，同时将自己难以割舍的中国文化的情愫用于法文的语境。

然而，在作家们对自己原先擅长的文化和题材做出挑战，尝试完全融入法国文化，将法国社会背景融入其创作时，却反响平平。

法语作为一种获得语，与汉语相比，无论是语法、文字、结构、表达上都差异极大。相对而言，法文的语法更为复杂，不易上口。每个句子都存在动词变位和阴阳性配合，这对于东方语言为母语的人可不是件轻松的事。所以这些作家选择冒险用法语来进行文学创作，语言挑战的

---

[1] 程抱一、晨枫："中西合璧：创造性的融合"，载《博览群书》2002年第11月。

难度可想而知。而且就算突破了这一层，对一个外来的作家而言，更难的是要与法语读者交流，必须用法语的思维模式来写作。这其中包含着更深层次的改变。

每种语言都具有它的特点，像一种人格，法语是一种很美的文字，它读起来犹如潺潺流水，升降调起伏错落有致，重音规律有一种自然的韵律美。另外，在书写结构上，法语的逻辑性很强，语言表达严密，前后呼应，这些都很考验一个作家的书写功底。对于非母语的作家而言，在用词、表达中都受到一定的限制。也许还会不可避免地出现一些疏漏，但这样也许正好使他们的文字、作品呈现出新鲜的一面，使法语得到一种新的创造，在他们的作品中，法语重新焕发了魅力，具有东方特色。与法国本土母语作家的语言风格和表达方式呈现出一种不同，这种中西合璧产生了新的奇妙的效果，也为他们赢得了法语读者的青睐。

在作家用另外一种语言进行创作时，这种语言赋予他另一种角色。通过法文这件道具的掩护，在表达和描述时达到一种更本真、更真切的表白。如在中国文化中，人们对情感表达较为含蓄，用法语却可以脱口而出并不显突兀，达到极为自然的效果，如法国人日常生活中从不吝惜使用"Je t'aime"（我爱你），在中国传统文化中却有些"难以启齿"，在这种情况下，法语的表达习惯突破了这种在中文创作时表达上的障碍。在这里达到了以法国的价值观来关照中国文化的效果。在这两种语言文化的交融和碰撞过程中，产生了一种意想不到的效果。发生在中国的故事一经用法语写下，再将其重新还原为中文，中文所具有的弹性就使得译文存在多样性，不复其本来面目。这种重新出现的汉语译文，使原本熟悉的场景却以一种陌生的方式出现，与法语原文作品也有一定的距离，语言文字在反复的转换之间，受到所应用语言的限制，在表达上不能做到完全切合本意。将这种作品译制过来的中文作品，虽然也是中国的文化背景和题材，但是与中文直接创作的作品还是存在一定差异。

中法两国的文化界和出版界的兴趣点不同。法国是一个拥有良好阅读习惯的国家，法国的文化政策也使得这些作家能更好地施展拳脚，一且成功，不仅可以快速地在其他法语国家传播，而且他们的作品还能重新回流到中国文化圈。由于这些作品以中国历史背景为主，也算是中国文化的另一种更为直接的海外传播，为中法文化交流做出了一定的贡献。

中法两种文化碰撞在一起产生了奇妙的反应，虽然相对英语国家的华人文学发展而言，无论是法语在国内的普及率还是赴法国求学的国人数量，远不及前者，可是为数不多的华人文学创作者在法国的文坛放射出闪耀的光芒，取得的成就不容小觑。

【作者简介】

别伟，宁波大学讲师。电子邮箱：499085474@qq.com。

法文论文

Étude sur la réception de Rimbaud en Chine

■ LI Jianying

【Résummé】 le texte présente la réception de Rimbaud en Chine.
【Mots-clées】 Rimbaud Chine

Avivant un agréable goût d'encre de Chine, une poudre noire pleut doucement sur ma veillée. – Je baisse les feux du lustre, je me jette sur le lit, et, tourné du côté de l'ombre, je vous vois, mes filles! mes reines!

A ces *Phrases* de Rimbaud, Pierre Brunel a souligné: «D'abord au 'goût de cendres' s'est substitué ce goût d'encre de Chine; à ce qui était plus mortifère que propre à saluer la Nativité s'oppose une possibilité de création graphique ou scripturale; à la sorcière traditionnelle et hideuse se substituent les créatures reines de l'imagination personnelle, dont est attendu un renouvellement de la vie.[1]» Si Rimbaud s'était imaginé, pour réaliser son rêve de «renouveler la vie» par la poésie, la possibilité de substituer au français une autre langue, par exemple la langue chinoise, une écriture à la fois idéographique, pictographique et phonétique, qui permet d'avoir une «imagination personnelle», débordante et créative et propose un grand champ de s'échanger des informations entre le poète et le lecteur, cet «homme aux semelles de vent», qui rêve de s'enfuir vers l'Orient, n'avait jamais pensé qu'aujourd'hui, après plus d'un siècle de sa mort, ses œuvres sont largement et intégralement lues, interprétées et commentées en cette langue qui sent *un agréable gout d'encre de*

---

[1] Pierre Brunel, *Eclate de la violence*, José Corti, 2004, p. 276.

Chine. [*T*] *ourné du côté de l'ombre*, *je vous vois*, a dit Rimbaud. Comme chez lui «Je est un autre», alors qui voit qui ? C'est Rimbaud *en enfer* qui voit ses admirateurs chinois ou inverse ceux-ci voient Rimbaud dans leur [*s*] *Vie* [*s*] ? Cette étude a pour objet de faire une révision de l'aventure de Rimbaud en Chine, ou si vous voulez, de la rencontre de ces deux côtés.

Préalablement, il paraît nécessaire de dater la découverte de Rimbaud en Chine et d'établir un état des lieux de traductions existantes. L'arrivée de Rimbaud en Chine se fait dans les années 20 du siècle dernier avec celle de Baudelaire, Verlaine, Jarnmes, Fort, Mallarmé, etc. que les Chinois ont introduits chez eux, tout en leur collant une étiquette de poètes symbolistes de leur gré, dans l'intention de se servir d'un remède, sinon d'une arme, pour lutter contre la routine dans laquelle la poésie chinoise d'alors s'est laissé tomber et libérer l'esprit des Chinois. Dans le numéro 12, volume 2, de l'année 1921, de la revue *La Jeune Chine*❶, paraît un article, rédigé par un jeune étudiant chinois qui faisait alors ses études en France, Li Huang❷ (1895~1991), intitulé *La versification de la poésie française ou sa liberté*, où l'auteur, en faisant une présentation des règles et formules de la poésie française, a évoqué Rimbaud ensemble avec Baudelaire, Emile Verhaeren, Mallarmé, René Ghil, ce qui consiste le premier texte rédigé en langue chinoise parlant de notre poète. En plus, le

---

❶ *La Jeune Chine*, une association fondée par des jeunes Chinois inspirés de *la Jeune Italie* de Giuseppe Mazzini, en juillet 1919 à Pékin, rompue en 1925, dont le slogan est «lutte, pratique, tenace, simplicité», et le principe, «participer aux activités sociales de l'esprit scientifique pour créer une jeune Chine». Sous son enseigne s'est réunie une centaine de jeunes qui joueront un grand rôle dans l'histoire de la Chine, tels que Mao Zedong, Li Dazhao, Zhang Wentian, Tian Han, Zhu Ziqing, Zong Baihua, etc. Elle a son siège social à Pékin et 4 agences respectivement à Shanghai, Nankin, Chengdu et aussi en France, à Paris, et elle a crée deux revues: *Jeune Monde* et *Jeune Chine*, où on trouve des articles concernant de tous les domaines: d'ordre de science technique et humaine, littérature, philosophie, etc.

❷ Li Huang, né en 1895 à Chengdu du Sichuan, mort à Taibei en 1991, fondateur du Parti de la Jeunesse de la Chine, homme politique, écrivain et essayiste de la littérature française dont les chefs-œuvres sont *L'Histoire de la Littérature française*, *L'Anthologie des essais des sinologues français*, etc. Il a séjourné en France pendant les années 1918~1924.

même auteur a consacré certaines pages à notre poète dans son ouvrage *L'Histoire de la littérature française* publié chez les Editions de *Zhonghua Shuju*, en 1923, où il l'a pris pour un poète symboliste. Depuis Li Huang, les écrits sur Rimbaud commencent à s'accumuler et le poète français a un nom chinois：南波（nan bo）❶, différent du nom 兰波（lan bo）donné par Wang Duqing❷, poète et éditeur chinois. Celui-ci, à son tour, a consacré aussi deux pages uniquement à Rimbaud dans un article intitulé *Zai Tanshi* (Parlons encore de la poésie), publié dans le numéro inaugural de la revue mensuelle de *Chuangzao Yuekan* (La Création) de l'année 1926, dont il était l'éditeur.

Cinq ans plus tard vient la traduction. Il paraît que la première publication de Rimbaud en Chine date d'octobre 1931 chez les Editions dela Librairie de

---

❶ A propos du nom Arthur Rimbaud, il y avait une vingtaine de traductions chinoises, par exemple, 伦保（lunbao）、兰勃（lanbo）、兰婆（lanpo）、韩波（hanbo）、栾豹（ruanbao）、林波（linbo）、林巴特（linbate）、灵蒲（lingpu）、南波（nanbo）、林博特（linbote）、蓝保（lanbao）、凌波（lingbo）、拉姆薄（lamubu）、狼伯（langbo）、蓝苞（lanbao）、阿尔居尔·兰普（a-er-ju-er lanpu）、澜波（lanbo）、林波特（linbote）、尔朗博（erlangbo）、兰颇（lanpo）、杏圃（xinpu）、韩鲍（hanbao）、阿尔蒂尔·兰波（a er di er lan bo）, etc. Parmi toutes ces traductions chinoises, 韩波（hanbo）respecte le plus la prononciation française, tandis que 林博特（linbote）est venu de l'anglais, et actuellement les Chinois garde 阿尔蒂尔·兰波 pour identifier le poète français, pour des raisons, semble-t-il, que 韩波（hanbo）n'est pas assez exotique, car 韩 est un nom de famille très populaire chez les Chinois, on risquerait de le prendre pour un Chinois. 兰 est aussi un nom de famille, mais moins populaire que 韩, et ce caractère chinois 兰 qui veut dire des fleurs parfumées (magnolia, orchidée, eupatoire, etc.), est largement utilisé par les poètes chinois classiques dans leurs poèmes, alors il paraît que 兰波, rien qu'à ce nom chinois, a déjà un sens poétique.

❷ Wang Duqing (1898~1940), poète et éditeur chinois. Il a fait ses études d'architecture en France pendant les années 1920~1922 (?) et aussi en Italie.

Nanjing. Il s'agit des *Voyelles*❶, qui figurent dans *Song Hong Ji*❷, une anthologie des poèmes établie par Hou Peiyin. Avant 1949, l'année de la fondation de la République populaire, Rimbaud est très peu traduit en chinois, nous n'avons que la traduction de certaines proses par Dai Wangshu, du *Bateau Ivre* par Xu Zhongnian, publié dans la revue ressortie de *L'Art poétique* No 4❸. Puis ça fait un silence long et étouffant. Il a fallu attendre dans les années 1980, qui ont apparemment connu un engouement général pour les écrivains occidentaux et un intérêt sans précédent pour Rimbaud, alors que la poésie chinoise entre dans une période de développement très actif et très versatile. Et le mouvement de la (re) connaissance de Rimbaud est déclenché par François Cheng, alias Cheng Baoyi, avec sa *Présentation de Rimbaud*❹, un long article publié dans le numéro 2 de l'année 1981, de la revue *Waiguo Wenxue Yanjiu* (Foreign Literature Studies) où l'auteur, tout en suivant sa présentation du poète, a traduit, à son actif, des poèmes de Rimbaud en chinois. Au fil de sa présentation, nous lisons: les six premiers strophes du poème *A la musique*, *Les Poètes de sept ans*, *Les mains de Jeanne-Marie*, un extrait

---

❶ Le traducteur met le titre du poème *Voyelles* en chinois *yunmu wuzi* (les Cinq voyelles). *Song Hong Ji*, Hou Peiyin, la Librairie de Nankin, 1931, p. 101.

❷ *Song Hong Ji* (《淞泓集》), une anthologie poétique comprenant deux tomes, l'un est *Song*, l'autre, *Hong*. Dans le tome I, on trouve 69 poèmes de 29 poètes français dont *Voyelles* de Rimbaud, traduits en chinois par Hou Peiyin; dans le tome II, ce sont les propres créations poétiques de l'auteur. Hou Peiyin a fait ses études à l'Université sino-française qui siège à Lyon, arrosé par la Saône et le Rhône et d'où vient le nom de son anthologie *Song Hong Ji*. A ce propos, Hou Peiyin a donné les explications suivantes dans la préface: La Saône, féminin, symbolise une femme gracieuse, qui est en coquetterie avec le Rhône, un homme dont la beauté et le grandiose sont frappants. Je faisais souvent la promenade le long de ces deux fleuves dont le charme m'a fait oublier l'heure tout le temps. Je mets la Saône en *Song* (淞, ce caractère chinois se prononce *sōng*, sa clé 氵 signifie l'eau), le Rhône, en *Hong* (泓, *hóng*, qui a aussi 氵 comme sa clé.) et les compose pour donner à cet ouvrage comme son nom. Voir Mo Yu, *Anye de Xingmang* (Les Eclats des Etoiles de la Nuit obscure), Taiwan, 1994.

❸ Mo Yu, *Les parfums et les chansons*, shulin chuban youxian gongsi (Les Editions du bois des livres Co, Ltd), Taibei, 1997, p. 117.

❹ Cheng Baoyi (alias François Cheng), *Jieshao Lanbo* (une présentation de Rimbaud), *Waiguo Wenxue Yanjiu* (Foreign Literature Studies) No 2 de l'année 1981, Wuhan, pp. 111-118.

d'*Alchimie du verbe*, *Le soir*, *Les effarés*, *Le dormeur du val* et *Le Bateau ivre*, ce qui consiste le premier pas de la réintroduction rimbaldienne en Chine et un grand événement culturel dans les années 80. Dès alors, la traduction de Rimbaud en chinois ressemble en effet à *une poudre noire* qui *pleut doucement*. Doucement, parce que cette traduction est sporadique avant 1991, l'année où le recueil *Une saison en enfer* traduit par Wang Daoqian❶ a paru chez *Huacheng Chubanshe* à Canton (Les Editions de la ville des fleurs; réédité en 2004). Noire, parce que toute traduction n'a pas pu échapper à l'hermétique, du fait que le texte original déjà est plus dur à craquer qu'un noix et que tout traducteur a son interprétation, sans parler de l'impossibilité de la transmission entre deux langues complètement différentes. Dans la décennie de 80, les poèmes de Rimbaud ont été réintroduits dans la lecture universitaire et scolaire, on peut les trouver presque tous, mais dispersés dans des revues de toutes sortes d'ordre littéraire❷, et certaines œuvres, telles que *Les Effarés*, *Voyelles*, *Aube*, *Alchimie du verbe*, *Adieu*, *Les Corbeaux* ont été traduits et retraduits par de divers traducteurs. Il arrive même que *Le Bateau Ivre*, à lui seul, a une quinzaine de traductions chinoises, ce qui révèle à un certain point les

---

❶ Wang Daoqian (1921~1993), traducteur, éditeur et essayiste chinois de la littérature française.

❷ Outre François Cheng dans *Wanguo Wenxue Yanjiu* (Foreigh Literature Studies) No 2, 1981, Wuhan, dont nous avons parlé plus haut, il y a encore Luo Guolin qui a traduit *Le Bateau Ivre* publié dans *Waiguo Wenxue* (Foreign Literature mensuel) No 10, 1982, Pékin; le même poème traduit par Fei Bai et publié dans *Shi Kan* (Poésie) No 1, 1983, Pékin; Ge Lei, 10 poèmes de Rimbaud (*Orphélie*, *Les Effarés*, *le Mal*, *Ma Bohème*, *Les Corbeaux*, *Tête de Faune*, *Larme*, *Enfance IV du recueil des Illunminations*, *Bonne pensée du matin*, *Aube*), publiés dans *Guowai Wenxue* (Foreign Literatures Quarterly) No 1, 1983, Pékin; Ye Rulian, *Voyelles* publié dans *Faguo Yanjiu* (Etudes Françaises) No 2, 1983, Wuhan; Shi Kangxiang, *Voyelles* et *Aube* publiés dans *Shijie Wenxue* (World Literature) No 2, 1983, Pékin. Dans le numéro 3 de la revue Guoji Shitan (International Poetry) de l'année 1987, on lit encore en chinois *Les Effarés*, *Les Corbeaux*, *Le Bateau Ivre* traduits par Shi Zhecun. Et *Illuminations* sont respectivement parues dans la revue *Waiguo Wenyi* (Foreign Literature and Art) No 3 de l'année 1988, Shanghai et dans *Faguo Yanjiu* (Etudes Françaises) No 2, 1988, Wuhan, dont les traducteurs sont Wang Daoqian et Ye Rulian.

préférences des lecteurs chinois. Mais les poèmes au début assez populaires parmi les traducteurs, cèdent progressivement la place aux œuvres intégrales de notre poète : en 1996 un recueil qui contient l'intégrale des poèmes de Rimbaud, traduits par Ge Lei et Liang Dong, a vu le jour chez *Zhejiang Wenyi* (Les Editions de l'art et de la littérature du Zhejiang). Bien entendu, ce recueil n'est pas la seule publication de textes rimbaldiens de l'époque, mais les autres sont nettement moins visibles. On trouve encore des traductions de Rimbaud dans les recueils des poètes traducteurs, par exemple *Anthologie de Sept Poètes français* établie par François Cheng chez les Editions du Peuple du Hunan en 1984 ; A Taiwan, Mo Yu a sélectionné et traduit en 1994 des poèmes de Rimbaud et les fait publier en une anthologie (*Anthologie des poèmes de Rimbaud*) chez *Guiguan Tushu Gongsi* (La Société des Livres lauréats) ; en 1996 *Anthologie des poèmes de Rimbaud* par Zhang Qiuhong chez les Editions de traduction de Shanghai, etc.

Mais depuis la présentation de François Cheng consacrée à Rimbaud, ça fait encore presque vingt ans pour avoir la possibilité de lire Rimbaud intégralement. C'est qu'en 2000 que la version chinoise des *œuvres complètes de Rimbaud* est sortie de chez *Dongfang Chubanshe* à Pékin (Les Editions de l'Oriental). Cette édition complète établie par Wang Yipei pourrait constituer une toute nouvelle étape dans l'interprétation chinoise de Rimbaud : pour la première fois, le Rimbaud intégral, non seulement ses poèmes, mais aussi sa correspondance, surtout ses deux lettres dites «du voyant», est accessible aux lecteurs chinois, dans une traduction qui souligne justement les aspects jusqu'alors effacés : la complexité et l'agressivité du «moi» poétique rimbaldien. Or, le travail n'est pas tout à fait réussi à cause des erreurs et de la qualité arbitraire de l'expression qui caractérise ce recueil.

Et l'année 2008 est encore une année remarquable dans la genèse du corpus rimbaldien actuel quand deux publications rimbaldiennes ont vu le jour : la première est celle du recueil des *Illuminations*, dont la traduction, qui est en fait une traduction posthume de Ye Rulian (Julien YEH), pédagogue, traducteur et spécialiste de la littérature française, qui en avait traduit 31 poèmes et fait paraître dans le numéro 2 de la revue *Etudes Françaises*❶ de l'année 1988, a été complétée et achevée cette année par le traducteur He Jiawei, chez *Jilin Chuban Jituan Co, Ltd* (le Groupe de la publication de la province du Jilin, Co, Ltd.). Il s'agit de la première publication indépendante du recueil des *Illuminations*; La deuxième est la traduction d'une biographie: *Arthur Rimbaud: une question de présence* de Jean-Luc Steinmetz, mise en chinois par Yuan Junsheng et publiée chez les Editions du Peuple de Shanghai.

A propos de la qualité de la traduction de l'œuvre de Rimbaud en chinois, une telle étude ne nous permet pas d'avoir un développement en détail, mais ce qui n'empêche pas de souligner qu'elle reste beaucoup à désirer. Prenons l'exemple de la traduction des *Voyelles*, pour ces deux vers *A, noir corset velu des mouches éclatantes / Qui bombinent autour des puanteurs cruelles*, l'adjectif *éclatantes* est omis dans presque toutes les traductions en chinois, sauf celle de Ye Rulian (Julien YEH, le 3 janvier 1924 ~ le 28 août 2007), qui est hautement appréciée par René Etiemble. Plus important encore, la traduction de

---

❶ Nous ne pouvons pas parler des études de Rimbaud en Chine sans parler de la revue des *Etudes françaises*, fondée en 1983, éditée par l'Institut des Etudes Françaises auprès de l'Université de Wuhan. Depuis sa fondation, on y voit publier une vingtaine d'articles consacrés à Rimbaud, dont le numéro 2 de l'année 1988 lui doit uniquement, où on lit 31 poèmes du recueil des *Illuminations*, *Délire I*, *Délire II* et deux Lettres du *Voyant* en chinois. Encore 1988, du 23 au 26 novembre, un colloque international sur Rimbaud a été organisé par l'Institut des Etudes Françaises, dont certaines communications ont été publiées dans les numéros 2 et 3 de la revue, ce qui constitue le plus grand événement des études rimbaldiennes dans les années 80, même de l'histoire de la réception rimbaldienne en Chine. Ce qui n'est pas étonnant, car «Rimbaud, comme poète et homme, s'inscrit dans nos programmes de la formation d'aspirant-chercheurs, on a tenu pendant l'année universitaire 1986~1987 à lire selon le seul désir le texte d'*Une Saison en Enfer* et celui des *Illuminations* en même temps qu'à les traduire selon l'intelligence possible, voire au risque de la trahison.» a dit Ye Rulien (Julien YEH), le rédacteur en chef de la revue des *Etudes françaises* dans son *Discours d'ouverture* du colloque. Voir *Discours d'ouverture* donné par Ye Rulien, *Etudes françaises*, No 2, 1989, p. 23.

l'œuvre de Rimbaud a été le lieu même des débats : les textes une fois traduits ne cessent d'être repris, corrigés, présentés dans une nouvelle version, dont *le Bateau Ivre* qu'on a parlé plus haut. Parfois les corrections rapprochent le texte de l'original, parfois, l'intérêt du traducteur semble être la précision de sa propre pensée, l'élaboration d'un meilleur poème. L'œuvre de Rimbaud est, pour certains poètes traducteurs chinois, un instrument d'auto-examen de la conscience poétique. En contrepartie, les traductions en chinois enrichissent aussi l'œuvre de Rimbaud. Pour en savoir plus, voir l'article intitulé *Gains et pertes de la traduction poétique-réflexion à partir des versions chinoises des Illuminations* rédigé par Qin Haiying, publié dans le numéro 2 de 1998 de la revue des *Etudes françaises*, éditée par l'Université de Wuhai.

L'intense activité des traducteurs va de pair avec l'intérêt que la critique chinoise, en train d'explorer les rapports entre la littérature chinoise et la modernité européenne, porte à l'œuvre de Rimbaud depuis les années 1920. Le 16 mars 1926, Wang Duqing, poète-traducteur chinois, écrit ces lignes : «Parmi tous les poètes français, si l'on ne les classe ni par l'époque ni par l'école, mais par leurs valeurs et le goût de l'admirateur, j'ai la plus grande estime pour ces quatre suivants : le premier est Lamartine ; le deuxième, Verlaine ; le troisième, Rimbaud ; le quatrième, Laforgue.» Selon lui, Rimbaud est un génie d'incarner les couleurs par ses poèmes, différent des trois autres qui sont respectivement créateurs de «l'émotion», de «la musique» et des «forces» par leurs poèmes. Si Rimbaud est arrivé à *invent* [er] *les couleurs des Voyelles : A noir, E blanc, I rouge, U vert, O bleu...*, c'est parce qu'il a un «goût» particulier que seul le poète, le vrai, possède, et qui lui permet d'avoir «de la folie» pour découvrir ce qui est dynamique dans un état statique, de distinguer le clair du vague. Pour devenir poète, on doit cultiver son «goût», si le sien n'est pas assez particulier. Et il faut prendre le risque d'être hermétique aussi, car la poésie n'est pas pour tout le monde, et celui qui écrit pour le grand public n'est pas un vrai poète ! ❶ On voit bien que c'est son interprétation des Lettres du voyant de Rimbaud, ce qui est non sans importance pour faire connaître le poète français aux lecteurs chinois de l'époque. En effet, c'est dans une lettre écrite à Mu Mutian qui a publié dans la même revue *A propos de la poésie* que Wang Duqing a voulu *parl* [*er*] *encore de la poésie*. Qu'est-ce que c'est la poésie ? Quel est le rôle du poète ? Voilà la préoccupation des poètes-traducteurs du début du XXe siècle, dont Wang Duqing. Ils se sont chargés de moderniser la littérature chinoise qui se trouvait alors dans un état stagnant, et introduire des écrivains européens en Chine constituait leur mission principale dans l'intention d'élargir l'horizon des auteurs chinois. Or la littérature française a toujours eu un statut spécial aux yeux des lecteurs chinois et elle est devenue le symbole principal de cet élargissement d'horizon. Les débuts de la réception de Rimbaud s'inscrivent dans la formation de ce nouveau système de valeurs culturelles et l'histoire de la traduction de Rimbaud est très étroitement liée à la genèse de la poésie moderne de Chine.

Si Wang Duqing est le premier Chinois qui se passionne pour Rimbaud en consacrant des lignes, Liang Zongdai❷ est le premier qui ait rédigé un article consacré uniquement à notre poète sous le titre *Rimbaud*❸. Liang met l'accent sur la mysticité rimbaldienne. *L'homme aux semelles de vent* a une passion exclusive pour le départ. Du *Bateau Ivre* aux *Illuminations*, des *Illuminations* à

---

❶ Cf. note 5. *Parlons encore de la poésie*, le numéro 1 de la revue mensuelle *Chuangzao Yuekan* (La Création) de l'année 1926, Shanghai, pp. 93-94.

❷ Liang Zongdai (1903~1983), poète, traducteur, pédagogue de la littérature européenne. Il a beaucoup traduit: des poèmes de Shakespeare, *Faust* de Goethe, *les Essais* de Montaigne, des œuvres de Rilke, *Goethe et Beethoven* de Romain Rolland, etc. Comme essayiste, il a écrit *Poésie et Vérité* en deux tomes. Il est ami de Paul Valéry.

❸ *Rimbaud*, article rédigé le 12 mars 1936, publié d'abord dans un journal quotidien *Dagong Bao* de la même année; actuellement regroupé dans *les Œuvres de Liang Zongdai*, Tome II, les Editions et la traduction centrales, 2003, pp. 177-181.

Une Saison en Enfer, le poète, par ses départs en étape, nous emmène à une hauteur extrême où [l'on] ne *voyait* que *des points dans ses yeux fermés*. Devenu la proie du vertige et sous l'effet d'hallucination, le poète essaie, en se faisant voyant, d'*arriver à l'inconnu*. Liang Zongdai comprend bien Rimbaud, il est son admirateur. Mais comme un grand traducteur, il ne l'a jamais traduit en chinois, et comme un poète innovateur s'appuyant sur le symbolisme français, il n'a fait aucune tentative de pratiquer le processus rimbaldien dans sa création poétique. Si nous croyons Dong Qiang, professeur de l'Université de Pékin et l'auteur du livre *Liang Zongdai, à travers le symbolisme*, chez Liang la traduction est mystique. Pour traduire Rimbaud, le traducteur lui aussi, *il faut être voyant, se faire voyant* et il ne trouve pas qu'il est assez *voyant* pour le traduire. En plus, Rimbaud est unique, par question de l'imiter pour être poète, au moins lui, il le trouve impossible. Aussi ne s'est-il jamais engagé dans cette sorte d'entreprise[1].

Chez François Cheng, Rimbaud est unique sur tous les plans: sa précocité, sa carrière poétique trop courte mais l'influence sans précédent sur la littérature mondiale, sa vie aventureuse, etc. Héritier de Baudelaire, Rimbaud ne se contente pas d'avoir une hallucination sous l'effet de la drogue, qui est artificielle. Pour Rimbaud, ce n'est que *par un long, immense et raisonné dérèglement de tous les sens* que le poète peut *être voyant, se faire voyant* pour *arriver à l'inconnu*-connaître le secret de la vie, cette vie qui a toujours un double sens chez lui. Donc, après avoir *épuis* [é] *en lui tous les poisons*, il s'aventure en Afrique, dont l'expérience fait parti de sa tentative de renouveler la vie[2]. Par sa présentation et ses traductions, François Cheng a fait mieux connaître Rimbaud aux lecteurs chinois en leur répondant à la question:

---

[1] Dong Qiang, *Liang Zongdai, à travers le symbolisme*, Editions Wenjin auprès du Groupe des Editions de Pékin, 2005, Pékin, pp. 143-144 et p. 154.

[2] Cf. 8, p. 114.

pourquoi celui-ci abandonne-t-il la poésie et se lance dans les affaires.

Les études rimbaldiennes en Chine portent aussi sur la comparaison entre Rimbaud et les poètes chinois de l'époque ancienne et contemporaine. A propos de la comparaison, pas mal de francophones chinois et aussi une partie de sinologues français trouvent que le symbolisme français a puisé l'inspiration de la poésie classique chinoise. Quand nous les Chinois lisons Hugo, Rimbaud, Verlaine, Apollinaire...Valéry, Breton...nous avons l'impression de les avoir lus quelque part, surtout du point de vue de la langue et de leur moyen de s'exprimer. Par exemple, les correspondances chez Baudelaire, Rimbaud, etc., Bai Juyi (772~846), poète chinois, les a déjà pratiquées dans ses poèmes. Pour décrire l'agréable mélodie, il a su mettre ce vers : *Des petites et grandes perles tombent dans une assiette de jade.* Et *A noir, E blanc...*, ces vers de Rimbaud ressemblent à ceux de Li Qingzhao (1084~1155), poétesse chinoise, *le rouge gras, le vert maigre.* Par rapport aux poètes français, les poètes chinois ont connu la technique de ne pas utiliser les mots «inutiles» il y a un siècle plus tôt.

Mais à Rimbaud, on pense d'abord à opposer Li He (790~817), poète de la dynastie des Tang, dont la vie courte et aventureuse, l'esprit de révolte, l'imagination créative et la sensibilité sublime nous conduisent à le mettre à côté de notre poète français. L'enfant prodige, Li He commence à composer des vers à l'âge de sept ans. Il se fait connaître surtout par son génie de créer des images fabuleuses et osées que seuls les poètes peuvent voir. Lisons ces vers : *A Nez-Géant convient la bure des ermites montagnard / Larges Sourcils chante son amer chagrin*❶ ; *Une paire de pupilles coupe l'eau automnale*❷. Et

---

❶ Li He, *ba tong da* (《巴童答》) : 巨鼻宜山褐，庞眉人苦吟。

❷ Li He, *tang er ge* (《唐儿歌》) : 一双瞳人剪秋水. *L'eau automnale* veut dire des œillades ; Tout le vers signifie "L'homme a une vue limpide".

encore ceux-là pour décrire la mélodie de la musique d'un instrument à cordes appelé *konghou*: *Au ciel où Nuwa*❶ *colmata la brèche en faisant fondre une pierre de cinq couleurs / les pierres brisées et le ciel effaré s'amusent avec la pluie d'automne*❷. Dans un autre poème, *la bougie froide et verte*❸qui veut dire «phosphore» fait penser à *l'éveil jaune et bleu des phosphores chanteurs* de Rimbaud. Dans les poèmes de Li He, la mort est un thème majeur, et les mots tels que «tombe», «diable», «sorcière», «crépuscule», «automne», «pluie», etc., ceux qui signifient le déclin, la tristesse et la mort, y ont une très grande fréquence, ce qui le caractérise comme le premier poète qui a tant parlé de la mort dans ses poèmes. «La vraie poésie, celle qui est recommencement, celle qui ranime, naît au plus près de la mort.》 a souligné Yves Bonnefoy dans *Rimbaud par lui-même*❹. La mort est un thème que tout vrai poète ne peut pas s'en détourner. Et il n'y a rien d'étonnant si le grand sinologue René Etiemble prend Li He pour un Rimbaud chinois qui se révolte en criant son désespoir absolu.

Après Li He, c'est Li Bai (701~762), un poète chinois classique, auquel Rimbaud ressemble le plus par l'allure libre, la fraicheur et la puissance poétique. Ceux qui partagent cet avis ne manquent pas. Par exemple, Liu Ziqiang, professeur de l'Université de Pékin, a trouvé la joie identique chez l'un et chez l'autre incarnée par leurs poèmes. La joie rimbaldienne: *J'ai tendu des cordes de clocher à clocher, des guirlandes de fenêtre à fenêtre ; des chaines d'or d'étoile à étoile, et je danse* est exactement celle de Li Bai dans le poème

---

❶ Nuwa est un personnage de la mythologie chinoise dont l'origine remonte à l'antiquité. Déesse créatrice, elle a façonné les premiers hommes avec de la glaise, leur a donné le pouvoir de procréer, a réparé, en faisant fondre une pierre de cinq couleurs, le ciel brisé par Gonggong lors de son combat contre Zhurong (ou Zhuanxu).

❷ Li He, *Li Ping konghou yin* (《李凭箜篌引》), 女娲炼石补天处, 石破天惊逗秋雨。

❸ Li He, leng cui zhu (《冷翠烛》), dans le poème du *Tombe de Su Xiaoxiao* (《苏小小墓》).

❹ Yves Bonnefoy, *Rimbaud par lui-même*, Seuil, 1961, p21.

Le Mont Tong (铜山)：*J'aime le mont Tong / C'est ma joie. / Mille ans j'y resterais, / sans retour. Je danse à ma guise： / Ma manche flottante / Frôle, d'un seul coup, / Tous les pins des cimes！* ❶

Au sujet du rêve, Ge Lei, le traducteur du recueil des *Poèmes complets de Rimbaud* a trouvé l'affinité entre Li Bai et Rimbaud dans leurs poèmes❷. D'après lui, tous les poètes sont des rêveurs, et bien entendu, le rêve est un thème clé chez ces deux poètes. Li Bai compose beaucoup de poèmes sur le thème de randonnées en rêve dont le plus célèbres est *Adieu au mont de la Mère-céleste* (*Ballade onirique* 《梦游天姥吟留别》), où il voyage en rêve dans la montage, tandis que *le Bateau Ivre* de Rimbaud voyage sur la mer. Mais la Terre n'est pas assez grande pour leurs voyages, il leur faut tout l'univers. *Enfilant les sabots de monsieur Xie / Je grimpe à l'échelle des nuages bleus / A mi-falaise, j'aperçois le soleil sur la mer / Dans le ciel j'entends le cri du coq céleste*, écrit Li Bai. Et Rimbaud dit：- *Petit-Poucet rêveur, j'égrenais dans ma course / Des rimes. Mon auberge était à la Grande-Ourse.* - *Mes étoiles au ciel avaient un doux froufrou*. Tous les deux cherchent par leurs rêves à atteindre la vérité essentielle, la vérité humaine de l'univers. Ce qui est différent, c'est qu'on lit du taoïsme dans les poèmes de Li Bai, qui, après avoir essuyé bien des revers au cours de sa vie, fait une navigation avec une tranquillité dans son univers céleste, qui est en effet un Vide. Chez Li Bai, la réalité est rigoureuse, il rêve de la révolutionner en s'en allant vivre dans ce Vide. Autrement dit, c'est dans l'allure impassible que Li Bai fait connaître son révolte. Chez Rimbaud, nous ne pouvons pas savoir s'il s'est inspiré de la civilisation chinoise, mais il nous est évident qu'il nourrit une aspiration de s'enfuir vers l'Orient. Lisons ces vers dans *L'Impossible*：*J'envoyais au diable les palmes des martyrs, les rayons*

---

❶ Liu Ziqiang, *La « poésie objective » de Rimbaud et les paysages des poètes chinois classiques*, Etudes françaises, No 2, 1989, Wuhan, p. 45.

❷ Ge Lei, *Les rêves de Rimbaud*, Guowai Wenxue (Foreign Literatures Quarterly) No 2, 1992, Pékin, pp. 53-70.

de l'art, l'orgueil des inventeurs, l'ardeur des pillards; *je retournais à l'Orient et à la sagesse première et éternelle. – Il paraît que c'est un rêve de paresse grossière*! Or, l'Orient désiré de Rimbaud n'est pas le monde du taoïsme, donc pas celui de Li Bai, car Rimbaud poète, comme tous les jeunes ayant le sang qui bout dans les veines, est quelqu'un qui «brûle toujours» (Breton) et se sent tout le temps poussé d'une main où qu'il s'installe. Même dans ses rêves, il prépare l'esprit à la conquête prochaine pour avoir une poésie de *bohémien*. Les poèmes de Li Bai sont plus calmes, tandis que Rimbaud est chargé d'émotion, émotion manifestée par les points d'exclamation et le point d'interrogation.

Li He et Li Bai ne sont pas les seuls poètes classiques chez qui on trouve une ressemblance. Et on ne se contente pas de comparer des vers à des vers, des thèmes à des thèmes. On commence à penser à l'affinité conceptuelle entre des poètes très éloignés dans le temps et dans l'espace. Dans le *Discours d'ouverture* donné par Ye Rulien au colloque international sur Rimbaud, l'auteur a voulu partager avec nous le fruit de ses études en soulignant: « [La] formule – *Je est un autre*, pratique fameuse du poète, [...] paraît moins évasive qu'un au-delà, ce qui n'est pas révélation moindre par rapport à ce qu'il existe d'une certaine analogie avec une expérience vécue par la poésie classique chinoise. ❶» Qian Zhongshu a bien étudié, particulièrement à la page 1206 dans le volume III de son ouvrage monumental – *Le Bambou et le Poinçon* (dont le titre original: Guan Zhui Pian, éd. Zhoinghua, Pékin, 1982), le rapport du poème avec le poète, lorsqu'il fait allusion à ce *Je est un autre*, souligne Ye Rulien encore. Selon Qian, nos meilleurs poètes classiques provoquent et maintiennent la passion pour produire un monde d'existence en essayant d'obtenir leur mot étonnant et de trouver des moyens pour évoquer l'enchaînement des rythmes et la densité d'images et figures. Le

---

❶ Ye Rulien, *Discours d'ouverture* donné, *Etudes françaises*, No 2, 1989, pp. 23-24.

créateur poétique se définit par une relation entre un moment de son esprit et le langage dont il possède, et là où il y a une tierce puissance. «Cette puissance est équivalente à celle de la pensée susceptible de façonner le verbe commun à des fins inattendues, sans faire sauter les formes consacrées, mais en conduisant la syntaxe, l'harmonie et les idées à la fois, dans la tentative de saisir et reproduire les choses difficiles à exprimer. Voilà le point de la création poétique, sur lequel Rimbaud avait mis l'accent, et avec celui-ci, Qian a tracé dans la critique poétique chinoise une même et unique voie, tout en constatant les propriétés inspiratrices du langage, qui exercent un rôle primordial chez les grands poètes de toute race.» A propos de la poésie objective opposée par Rimbaud à la poésie subjective, certains arrivent même à poser la question: Est-ce que Rimbaud préconisait, en écrivant deux Lettres du voyant, une conception poétique orientale et précisément chinoise? Liu Ziqiang a fait une analyse dans son article intitulé *La «poésie objective» de Rimbaud et les paysages des poètes chinois classiques*, en citant de nombreux poèmes de divers poètes chinois, tels que Du Fu, Li Bai, Wang Wei, Liu Zongyuan, pour nous persuader que la poésie objective de Rimbaud est presque omniprésente chez nos poètes chinois. Par exemple chez Du Fu, quand il écrit «*Ayant lu plus de dix milliers de volumes, j'écris comme s'il y avait un dieu dans ma plume*, ce dieu de Du Fu est un 'autre' de Rimbaud, qui n'est vraiment autre que le poème en marche.» Du *Shi Jing*[1], la première anthologie de poèmes de la Chine, dans lesquels le pronom personnel «je» est presque uniformément omis, aux poèmes de la dynastie des Tang qui marque l'apogée de la poésie classique chinoise, où le «je» est manifestement présent, mais un «autre», d'innombrables poèmes cités par Liu mettent en évidence que les

---

[1] *Shi Jing* (《诗经》), le Classique des vers, ou Livre des Odes, est un recueil d'environ trois cents chansons chinoises antiques dont la date de composition pourrait s'étaler des Zhou occidentaux (1046~771 avant l'ère chrétienne) au milieu des Printemps et des Automnes (770~476 avant l'ère chrétienne). Il contient les plus anciens exemples de poésie chinoise.

poètes classiques chinois possèdent «une tournure objective qui devient le trait caractéristique de la poésie classique chinoise», et ce qui suggère un rapprochement avec le taôisme d'une part, avec le bouddhisme de l'autre[1].

Le rôle constitutif de l'œuvre rimbaldienne est perceptible dans l'espace littéraire de Chine. Au début du 20ᵉ siècle, les tendances esthétiques et idéologiques prédominantes dans la littérature occidentale retiennent l'attention et marquent les esprits des poètes chinois et la poésie occidentale traduite en Chine constitue le vrai début de la poésie chinoise en vers libre (les poèmes modernes 新诗). Dès alors, au lieu de composer des poèmes d'après des structures définies que la poésie classique exige, les poètes chinois de l'époque ont cherché le moyen de se libérer de la culture classique en s'inspirant des modèles occidentaux. Xu Zhimo, par exemple, suivait scrupuleusement le style des poètes romantiques avec des rimes finales, tandis que Dai Wangshu, Li Jinfa, Wang Duqing, Mu Mutian, Liang Zongdai, Ai Qing, etc. font partie des «gallicisants», de ceux qui se sont tournés vers la France pour y chercher leurs modèles, et ce sont les poètes que Michelle Loi qualifie de *Poètes chinois d'écoles françaises*[2]. La littérature occidentale, notamment la poésie française, a accompagné la littérature chinoise dans son évolution vers la modernité, et on peut dire que l'impact laissé par la modernité esthétique occidentale, dont l'œuvre de Rimbaud est énorme. «Le mal *des Fleurs du mal* de Baudelaire, la liberté du *Bateau Ivre* de Rimbaud, l'aventure du *Cimetière marin* de Valéry, l'aliénation de *la Terre vaine* d'Eliot, tous ont leur empreint dans la poésie moderne chinoise des années 30», a souligné Cao Wangsheng

---

[1] Liu Ziqiang, *La «poésie objective» de Rimbaud et les paysages des poètes chinois classiques*, Etudes françaises, No 2, 1989, Wuhan, p. 45. pp. 40-49.
[2] Paris, A. Maisonneuve, 1980.

dans sa thèse❶. Cela ne veut pas dire que l'œuvre des poètes chinois de cette époque ressemble à celle des poètes français ou américain. Quel que soit l'univers poétique des poètes chinois qui ont traduit les poètes occidentaux comme Rimbaud, quels que soient les parallèles et les différences avec leur poésie, le rapport entre cet univers et le sujet poétique qui les habite n'est plus ce qu'il était chez les poètes classiques: Avec Baudelaire, Rimbaud, etc. les poètes chinois accomplissent à leur tour la séparation du sujet poétique et du moi empirique en faisant une opération d'auto-métamorphose. Le sujet poétique peut revêtir tous les masques, s'introduire dans toutes les formes d'existence, de toutes les époques et de tous les peuples. La poésie est le lieu où se rencontrent «le déconcertant, l'insondable, le répugnant, le charmant». Toutes les catégories sont nivelées, celles du Beau comme celles du Laid. Par exemple, Li Jinfa a réussi à subvertir le dualisme radical qui prédomine à cette époque par ses poèmes subtils. Dans ses textes, on perçoit une nouvelle interprétation de Rimbaud: l'image décadente construite par Li commence à céder la place à l'image du premier poète de la modernité. Le poète lointain et énigmatique, victime de son temps et de son milieu étranger, devient un poète visionnaire qui a des questions à interroger sur le temps et sur la vie. Ce qui est regrettable sur le plan de la critique, c'est que l'on ne voit chez Li que l'influence de Baudelaire, mais pas celle de Rimbaud. Cependant, chez lui le style rimbaldien est très évident, et son étiquette de «poète monstre» (shi guai) équivaut «poète maudit». Pour parler de Li Jinfa et Rimbaud, ce serait un autre sujet.

Les poètes-traducteurs des années 30 - 40 ont exercé une influence profonde sur les poètes plus jeunes en offrant les exemples d'une poésie d'expression moderne, aux rythmes nouveaux, aux thèmes originaux, où se fondent agréablement la tradition chinoise et des résonances occidentales. Cela

---

❶ Cao Wangsheng, *La poésie des poètes modernes et la poésie occidentale et orientale* (《现代派诗学与中西诗学》), Editions du Peuple, 2003, p. 78.

explique la naissance d'un groupe de jeunes poètes dans les années 1980 qui s'appellent «poètes flous», dont le style est très différent de celui des poètes de l'époque de Mao (1949~1976), ceux-ci, sous le titre de poètes du peuple écrivant pour les masses populaires, sont des porte-parole du gouvernement.

  Voilà un phénomène très intéressant. Dans la poésie classique chinoise, on voit la silhouette de Rimbaud, de Baudelaire, des poètes symbolistes français. Mais la révolution de celle-là s'est réalisée par l'introduction de ceux-ci en Chine, d'où vient la poésie moderne chinoise. Et à un intervalle de vingt ans, l'évolution poétique se poursuit grâce aux «poètes flous» dans les années 80. Pour cela, nous croyons que le grand sinologue Etiemble pourrait en donner une explication: « [L]es littératures, et plus généralement les cultures, ne peuvent être considérées comme des entités pures et hermétiques: les formes et les idées circulent sans cesse et depuis toujours, même entre des univers culturels sans rapports apparents, et cette circulation est créative, même quand elle repose sur des contre-sens; Etiemble a ainsi montré comment l'esthétique poétique symboliste, stérile et obsolète en Europe, a eu en revanche un effet novateur et fécondant dans les littératures chinoise ou japonaise; de même que des formes littéraires orientales comme lehaïku ou le pantoum ont inspiré les poètes européens, même quand ils en avaient une conception erronée. ❶» Ces processus se situent dans le contexte de changements socioculturels fondamentaux. L'émergence du monde moderne, urbain, industriel, technologique, articulé par de nouvelles structures de pouvoir, nous confronte à une réalité encore plus pénible qu'avant. Et Rimbaud semble plus indispensable que jamais pour nous tous.

---

  ❶ René Étiemble, Wikipédia.

Bibliographie

1. *Poésie complètes*, éd. Pierre Brunel, Le Livre de Poche classique.

2. Yves Bonnefoy, *Rimbaud par lui-même*, éd. du Seuil, 1961.

3. Pierre Brunel, *Eclate de la violence*, José Corti, 2004

4. *L'œuvre complète de Rimbaud*, traductions en chinois et postface de Wang Yipei, Pékin, Editions de l'Oriental (*Dongfang Chubanshe*), 2000

5. Dong Qiang, *Liang Zongdai, à travers le symbolisme*, Editions Wenjin auprès du Groupe des Editions de Pékin, 2005, Pékin

6. François Cheng, *L'écriture poétique chinoise*, Edition du Seuil, 1996

【作者简介】

李建英,浙江越秀外国语学院外国语言文化研究院首席研究员,上海师范大学人文学院教授、博士生导师。电子邮箱:ljy@ shnu. edu. cn。

Du choix des mots chez Mallarmé

■LIU Aiping

【Résumé】 Mallarmé croit d'abord que la poésie a pour but d'exprimer les idées qui puissent émouvoir le poète, comme les autres symbolistes. Il choisit ses mots non seulement d'après leur sens propre, mais aussi d'après leur pouvoir émotif. Un mot peut toujours exprimer plus qu'il ne signifie. Ici on traitera comment Mallarmé choisit-il ses mots et on découvrira les règles de ses choix.

【Mots-clés】 choix des mots　mysticité　émotion　art poétique

Mallarmé croit d'abord que la poésie a pour but d'exprimer les idées qui puissent émouvoir le poète, comme les autres symbolistes. Il choisit ses mots non seulement d'après leur sens propre, mais aussi d'après leur pouvoir émotif. Un mot peut toujours exprimer plus qu'il ne signifie. Un mot a une histoire ou son étymologie; il a un passé, il a vécu dans des œuvres diverses, aidé, appuyé par d'autres mots ou bien il est venu lui-même à leur secours et les a soutenus. En un mot, le mot choisi vise à exprimer une émotion, une idée; de plus, ses harmoniques doivent être en accord avec le sentiment que l'écrivain veut suggérer; il faut que les images indistinctes qu'il répand autour de lui correspondent à la disposition d'âmes où le lecteur doit être mis. Mais au fil des ans, sa conception poétique évolue:

> La poésie estl'expression, par le langage humain ramené à son rythme essentiel, du sens mystérieux des aspects de l'existence: elle joue

ainsi d'authenticité notre séjour et constitue la seule tâche spirituelle. ❶

Plus tard, il croit que la mission du poète est de donner une explication orphique sur la Terre. Autrement, elle doit découvrir les rapports entre l'Univers et l'Humanité. Ainsi, il utilise notamment la métaphore, parce que le poète devrait exprimer les rapports cachés derrière ce qu'on a vu. De plus la métaphore lui permet d'exprimer les idées finales et parfaites. Ainsi ses mots deviennent-ils de plus en plus difficiles, même hermétiques; et leurs sens paraissent plus ambigus et plus mystérieux. Voyons comment Mallarmé a choisi ses mots pour atteindre son but poétique.

1 Le choix des mots par leur mysticité (leur origine)

Mallarmé ne veut ni une poésie descriptive, ni une poésie d'idées. Au début de sa carrière, dans un article publié en 1867 sous le titre *Hérésie artistique : l'Art pour tous*, il indique :

> Toute chose sacrée et qui veut demeurer sacrée, s'enveloppe de mystère. ❷

Puisque la musique a les siennes, la peinture aussi, pourquoi la poésie n'a-t-elle pas encore les siennes ? Ce point de vue est devenu la clé de son œuvre. L'essence de la poésie est mystérieuse, insaisissable. Les mots poétiques doivent être hermétiques. On voit par des exemples comment Mallarmé a choisi ses mots.

---

❶ Mallarmé, *Correspondance, Lettres sur la poésie*, Paris : Gallimard, 1995, p. 572.
❷ Cité dans *Mallarmé, l'homme et l'œuvre* de Guy Michaud, Paris : Gallimard, p. 17.

> *Je t'apporte l'enfant d'une nuit d'Idumée*!
> *Noire, à l'aile saignante et pâle, déplumée.* («Don du poème»)

Le mot «*Idumée*», dans le vers «*Je t'apporte l'enfant d'une nuit d'Idumée*», est le nom d'une région méridionale de la Palestine et celui d'un peuple généralement ennemi des Hébreux à l'époque biblique. La ligne des Hérodes, qui participa au gouvernement de la Palestine sous la domination romaine, était d'origine iduméenne, ainsi qu'Hérodiade, femme et parente d'Hérode Antipas. Ici *Idumée* semble bien être une allusion à *Hérodiade*, que Mallarmé avait entrepris d'écrire depuis un an. Voyons une lettre de Mallarmé adressée à Henri Cazalis en octobre 1864 :

> J'ai enfin commencé mon Hérodiade. Avec terreur, car j'invente une langue qui doit jaillir d'une poétique très nouvelle, que je pourrais définir en ces deux mots : Peindre, non la chose, mais l'effet qu'elle produit. ❶

Cette lettre montre que Mallarmé a commencé *Hérodiade* en 1864, et *Don du poème* est publié en 1867 dans *l'Avant-Coureur*. De plus, Mallarmé a subi la Crise de Tournon en travaillant *Hérodiade*. Donc le poème comparé à un enfant né infirme serait donc un fragment d'*Hérodiade* en cours de composition : Mallarmé couronne son majestueux exorde d'un de ces noms de lieux orientaux. Ainsi l'auteur a-t-il choisi ce mot par son origine, la métaphore et son histoire. Le vers paraît-il plus mystérieux et demande réflexion.

Le deuxième quatrain et le premier tercet de : *Ses purs ongles très haut...*

> 5 *Sur les crédences, au salon vide : nul ptyx,*
> *Aboli bibelot d'inanité sonore,*

---

❶ Cité dans *Selon Mallarmé* de Paul Bénichou, Pairs: Gallimard, 1995, p. 38.

> (*Car le Maître est allé puiser des pleurs au Styx*
> *Avec ce seul objet dont le Néant s'honore.*)
> *Mais proche la croisée au nord vacante, un or*
> *Agonise selon peut-être le décor*
> *Des licornes ruant du feu contre une nixe* ❶

Ses purs ongles très haut ... est un des poèmes mallarméens les plus commentés. Mallarmé utilise les mots bien difficiles dont «*nixe*» et «*ptyx*» en particulier. La *nixe*, d'après le *Petit Robert*, désigne «Génie ou nymphe des eaux, dans les légendes germaniques». ❷ Mallarmé emploie ici ce mot, d'une part, par le besoin de rimer; d'autre part, non seulement «la *nixe*» disparaît-elle dans le miroir, elle y meurt, mais encore entraîne avec elle les images des êtres qui se regardent dans la glace aussi bien que les éléments du décor. Cette «*nixe*» est dévêtue pour mieux signifier le corps féminin, sa surface blanche, figure de celle du miroir, en laquelle l'homme peut disparaître. Mourir, c'est regagner le ventre de la femme, disparaître sous la surface continue et pure de son corps. Tout cela concerne le mythe mallarméen. L'hermétisme mallarméen nous fait rappeler le mot «*Syrinx*» dans *l'Après-midi d'un faune* :

> 52 *Tâche donc, instrument des fuites, ô maligne*
> *Syrinx, de refleurir aux lacs où tu m'attends!*
> *Moi, de ma rumeur fier, je vais parler longtemps*
> *Des déesses; et par d'idolâtres peintures,*
> *A leur ombre enlever encore des ceintures;* ❸...

---

❶ *OC.*, p. 68.
❷ Paul Robert, *Le petit Robert*, Paris: Le Robert, 1983, p. 1273.
❸ *OC.*, p. 51.

Alors comment expliquer S*yrinx* dans «*Syrinx, de refleurir aux lacs où tu m'attends*! »«Syrinx», d'après le *Grand Larousse* en 5 volumes (1992), est «Nymphe d'Arcadie, qui poursuivie par Pan, fut changée en roseaux, avec lesquels Pan construisit la flûte champêtre». *Syrinx* désigne non seulement la nymphe d'Arcadie, mais la flûte de Pan. S'il s'agit de la flûte, la métonymie ne fera pas oublier l'histoire de la nymphe *Syrinx*, aimée de Pan. *Syrinx* désigne ici la flûte, mais inséparable de cette mythologie. Parce que ce mot *Syrinx* correspond parfaitement à l'histoire de *l'Après-midi d'un faune*. Mais *Syrinx* est la flûte du Faune ou la nymphe que Faune poursuit ? Certainement les deux à la fois. Mallarmé emploie cette métonymie originelle pour remettre à l'esprit les éléments de la transposition de l'amour charnel à l'exercice de la musique. Cette mythologie donne un exemple de dérivation vers la sublimité du souffle musical, voilà la dématérialisation mallarméenne.

Donc, Mallarmé choisit les mots non seulement selon leur sens propre, mais aussi selon leur étymologie. Leur origine ou leur histoire nous donne le sens de la mysticité.

2 Le choix des mots par leur effet musical

Mallarmé, sous l'influence de Wagner, prête toujours plus d'attentions aux effets musicaux de ses mots ou de ses vers. Voyons le mot *«ptyx»* dans son sonnet *Ses purs ongles très haut*... cité précédemment. Qu'est-ce qu'un *«ptyx»*? On ne peut pas le trouver ni dans le *Grand Larousse* (1992) ni dans le *Dictionnaire encyclopédique* (Larousse, 1979). Finalement on le trouve dans l'*Encyclopédie du bon français de Dupré Trévise* : «Mallarmé a-t-il inventé de toutes pièces le mot « *ptyx* » (Ses purs ongles) que l'on considère parfois comme né de la rime ?» Evidemment, ce mot est l'invention de Mallarmé.

«*Ptyx*», disait Mallarmé, est un mot qui n'existe pas, un rien, une invention du poète, qui n'a pas de réalité, et c'est précisément ce que veut dire le quatrième vers. ❶

Le mot « *ptyx* » n'existait pas en français quand Mallarmé a écrit ce poème. C'est un mot vide de sens. Et le vide, qui donne des signes évocateurs, conduit le lecteur à retourner dans le thème mallarméen : le Néant. L'emploi de ce mot est dû à la rime [iks] fort aigue et très rare dans le français. Rappelons une lettre à Lefébure écrite au printemps 1868 à Cazalis dans *Correspondance* :

> Concertez-vous pour m'envoyer le sens réel du mot ptyx, ou m'assurer qu'il n'existe dans aucune langue, ce que je préférerais [sic] de beaucoup afin de me donner le charme de le créer par la magie de la rime. ❷

La répétition de ce mot «*ptyx*» pourrait nous rappeler la musique, le son d'une corde d'instrument, violon ou mandoline, que l'on fait vibrer entre les doigts. De même, comme Paul Benichou l'indique :

> Le ptyx est voué à la qualité essentielle d'énigme : mieux qu'«insolite», qui lui concédait l'existence, il est dit aboli, [...] . ❸

Mallarmé a mis ce mot«*ptyx*» dans le poème pour que celui-ci, composé de vocables, ait un but d'être deviné, d'incarner le motif musical. Dans les deux vers 5 et 6 :

> 5   *Sur les crédences, au salon vide : nul ptyx,*

---

❶ Cité dans *Un arbre par dessus le toit montre sa palme* de Charles Audic, p. 334 (en ligne).
❷ Mallarmé, *Correspondance*, Préface d'Yves Bonnefoy, Édition de Bertrand Marchal, Paris : Gallimard, 1995, p. 330.
❸ Paul Benichou, *Selon Mallarmé*, Paris : Gallimard, p. 194.

6 *Aboli bibelot d'inanité sonore.*

« Aboli bibelot d'inanité sonore », est un des vers les plus cités et commentés. L'ordre grammatical de ce vers est *avoir aboli le bibelot d'inanité sonore*. Mallarmé souligne le thème de ce sonnet: nul. Le salon est vide. Le seul objet qui aurait pu être présent est ce bizarre ptyx, mais il a été emporté par *le Maître* et, de plus, ce ptyx est néantisé par lui même, «aboli», comme le soulignent les allitérations en [b] et en [l] du vers 6. Donc il ne reste que le vide qui pourrait produire le son, voici l'effet musical. Autrement dit, Mallarmé a choisi ces mots pour leurs sons.

Donc, Mallarmé choisit les mots tantôt par leur signifié, tantôt par leur signifiant, ou par les deux, ou par d'autres choses. « A la nature apparenté, écrit Mallarmé dans un livre scolaire, et se rapprochant ainsi de l'organisme dépositaire de la vie, le mot présente, dans ses voyelles et ses diphtongues, comme une chaire, et dans ses consonnes comme une ossature délicate à disséquer. »❶

3 Le choix des mots par les correspondances visuelles

Pour l'écrivain, chaque mot possède une existence propre. Sur le plan visuel, il aura un visage, une physionomie. Donc, l'écriture est mimique, suite de signes, sourires ou grimaces; elle manifeste les gestes des idées. Bien sûr, par la seule vertu de son allure, chaque lettre jouera une essence. Tout caractère pourra être considéré comme un début de métaphore. Cela incite Mallarmé à avoir recours à la calligraphie, ainsi qu'à la typographie. Le caractère, tout comme la danse, est déjà pour lui une sorte de langage,

---

❶ Cité dans *La poésie de Stéphane Mallarmé* par Albert Thibaudet, Paris: Gallimard, 1926, p. 202.

moyen immédiat de transposition. Comme il l'indique dans *Ballets* :

> A savoir que la danseuse n'est pas une femme qui danse, pour ces motifs juxtaposés qu'elle n'est pas une femme, mais une métaphore résumant un des aspects élémentaires de notre forme, glaive, coupe, fleur, etc., et qu'elle ne danse pas, suggérant, par le prodige de raccourcis ou d'élans, avec une écriture corporelle ce qu'il faudrait des paragraphes en prose dialoguée autant que descriptive, pour exprimer, dans la rédaction, poème dégagé de tout appareil du scribe. ❶

La danseuse, comme une écriture corporelle, est une métaphore qui résume *« un des aspects élémentaires »*, Mallarmé pense-t-il : la typographie et la calligraphie sont aussi une écriture, pourquoi le poète n'a pas pu mettre cette écriture corporelle dans la poésie ? Il réclame alors un graphisme : le caractère qu'on a fait doit être semblable à celui de la danse ou de la musique. *Le coup de dés* produit ainsi, les mots imprimés en toutes sortes de caractères, de grandes et de petites capitales romaines, des capitales italiques, des bas de casse en romain et en italique, tous s'y trouvent et sont comme les astres dans le ciel. Autrement dit, Mallarmé a employé les écritures dès qu'il pouvait du point de vue corporel ou musical. Pour lui, la typographie, composée de toute écriture, est aussi une sorte d'auxiliaire de la pensée poétique. Par conséquent, la calligraphie mallarméenne donne aussi des signes de suggestions : signes de la musique ou de la danse ou les astres dans le ciel. Tout cela dépend de vous. Selon Mallarmé, la mission du poète est de «donner une explication orphique sur la Terre». Rappelons le mot *«la gloriole »* du vers 5 dans *Petit air* :

---

❶ Mallarmé, *Ballets*, dans *OC.*, p. 304.

> *Quelconque une solitude*
> *Sans le cygne ni le quai*
> *Mire sa désuétude*
> *Au regard que j'abdiquai*
>
> 5   *Ici de la gloriole*
> *Haute à ne la pas toucher*
> *Dont maint ciel se bariole*
> *Avec les ors de coucher.*

« La gloriole » signifie vanité qui a pour objet de petites choses. et le *Grand Larousse* explique ainsi : « Vaine gloire qui se tire de petites choses : Agir pour la gloire. » Evidemment la gloriole ici est un mot péjoratif, mais ce mot évoque le couchant du soleil, non pas comme disparition dans l'eau mais comme gloriole. Le soleil qui disparaît donne toutes ses couleurs aux nuages hauts dans le ciel. Comme Paul Bénichou l'indique :

> On peut alléguer, en faveur de la seconde, que le coucher de soleil est ici fort mal traité : la gloire solaire est dite gloriole, vanité futile, haute à ne la pas toucher, affectant distance et dédain qu'on est tenté de lui rendre, ses couleurs sont comme un fard dont maint ciel se bariole, peinturlurage banal en somme, pour lequel les ors de coucher sont l'ordinaire palette. ❶

Mallarmé les qualifie du terme étrange de «*gloriole*». L'emploi de ce mot se lie beaucoup à « gloire ». En référence à « gloire », il signifie en français la béatitude céleste, l'éclat dont la grandeur est environnée, la magnificence et,

---

❶   Paul Bénichou, *Selon Mallarmé*, pp. 438-439.

dans les beaux-arts, l'auréole enveloppant le corps du Christ; la magnificence du couchant serait affectée d'un terme diminutif et quelque peu péjoratif, explicable par le vers 6: comme on ne peut pas l'atteindre, elle présente moins d'intérêt. Ce n'est pas la raison majeure: Mallarmé a toujours rejeté la gloire parce qu'elle est la négation absolue d'un élément essentiel de son esthétique, à savoir la disparition dans le rêve, image du corps féminin:

> La Gloire! je ne la sus qu'hier, irréfragable, et rien ne m'intéressa d'appeler par quelqu'un ainsi. ❶

Le thème se retrouve dans le sonnet *Quelle soie aux baumes de temps* et dans son dernier vers «le cri des Gloires qu'il étouffe». Autre chose: Mallarmé préfère «gloriole» à «gloire», parce que «gloriole» désigne ici le soleil couchant qui a les ors de coucher, le vocable lui-même contient «or». La péjoration se double du jeu poétique appuyé sur le signifiant: «gloire» ne présente pas les mêmes avantages.

Le plus important est que Mallarmé inverse ses phonèmes [l] et [o] ouvert «*lo--ol*» et se divise au moyen de la diérèse. Ce procédé rend le mot précieux, pour faire le détail de la diérèse et le répéter. On le retrouve dans «*bariole*» qui constitue avec «*gloriole*» une rime riche à cinq éléments. De plus, la diversité de la diérèse correspond exactement au motif suivant: «*barioler*» signifie peindre de diverses couleurs, vives et bizarrement assorties. Mallarmé choisit ses mots par l'analogie visuelle, cela nous rappelle ce que Albert Thibaudet a écrit dans *La poésie de Stéphane Mallarmé*:

> Enveloppé de musique et de mystère, un mot souvent s'impose à lui, non par sa signification, mais par son corps, qui est sa forme ty-

---

❶ Mallarmé, *La gloire*, dans *OC.*, p. 288.

pographique, par son âme, qui est sa sonorité, [...]. ❶

4 Le choix des mots pour toute correspondance

En tenant toujours au choix des mots, Mallarmé pèse les mots comme un bijoutier discerne les pierreries afin que ses mots se purifient et qu'ils puissent s'harmoniser. Dans son sonnet *le Cygne*, Mallarmé a réalisé au minimum trois harmonies. Rappelons ce sonnet:

> *Le vierge, le vivace et le bel aujourd'hui*
> *Va-t-il nous déchirer avec un coup d'aile ivre*
> *Ce lac dur oublié que hante sous le givre*
> *Le transparent glacier des vols qui n'ont pas fui!*
>
> *Un cygne d'autrefois se souvient que c'est lui*
> *Magnifique mais qui sans espoir se délivrer*
> *Pour n'avoir pas chanté la région où vivre*
> *Quand du stérile hiver a resplendi l'ennui.*

Cygne, un des sonnets les plus connus de Mallarmé, est paru d'abord en mars 1885. Mallarmé y décrit un cygne pris dans la glace d'un lac. Après avoir repris conscience, le cygne fait un vain effort pour se délivrer, il prend parti de son «*exil*». Le cygne, symbole de Mallarmé, n'aurait pas pu franchir le seuil suivant, ni déboucher dans l'éternité libre du génie. Comme entités objectives, Mallarmé décrit lac, givre, glacier, cygne, plumage et sol couvert de givre dont leur couleur est blanche; le thème de ce sonnet est le cygne, cygne

---

❶ Albert Thibaudet, *La poésie de Stéphane Mallarmé*, p. 200.

blanc, donc on voit que tous les mots employés par Mallarmé sont blancs comme la neige : c'est l'harmonie de la couleur des mots et du paysage naturel. Voyons ces liens :

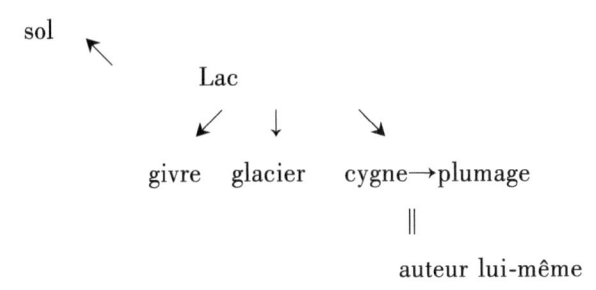

```
   sol  ↖
            Lac
          ↙  ↓   ↘
       givre glacier cygne→plumage
                ‖
             auteur lui-même
```

Comme ce tableau indique, dans le lac où le cygne est pris, on voit givre, glacier et sol, qui sont tous blancs, comme la grande nature (en hiver), et le cygne est blanc aussi. Ainsi la couleur de ce sonnet est-elle blanche, en harmonie avec la couleur des mots.

Autre chose : la versification de ce sonnet est toute particulière, soit la dernière voyelle tonique de chaque vers (12e syllabe de l'alexandrin) est toujours un i. Le i français est aigu et bref dans les finales dites masculines, un peu moins aigu et plus long dans les prétendues féminines, ainsi accomplit l'harmonie du son dans chaque fin du vers. Comme Albert Thibaudet l'a remarqué :

> Les quatorze rimes du sonnet en i, comme dans une laisse assonancée de chanson de geste. Elles développent sur la voyelle aiguë et contractée la monotonie d'un vaste espace solitaire, silencieux, tout blanc de glace dure. ❶

Dans ce poème le poète a conçu au minimum trois harmonies : celle de la

---

❶ *OC.*, p. 1486.

couleur des mots, celle du paysage existant et celle du son. En fait il existe aussi une autre harmonie cachée par les mots et interprétée par le texte: le cygne symbolise le poète, qui est pris dans la recherche de la poétique nouvelle, et il a horreur de sa présente situation, comme le cygne est pris dans le lac froid. Ainsi naît l'harmonie du Cygne et de je-auteur. A travers l'analyse de ce sonnet, on conclut que Mallarmé choisit ses mots par l'harmonie des mots, des vers et des sujets. De plus, on déchiffre souvent que les mots mallarméens sont souvent en mouvements. Autrement dit, l'image que les mots reflètent ne reste jamais fixe. Voyons quelques exemples:

Dans *Apparition*:

La lune s'attristait. Des séraphins en pleurs
Rêvant, l'archet aux doigts dans le calme des fleurs
Vaporeuses, tiraient de mourantes violes
De blancs sanglots glissant sur l'azur des corolles

Dans ce quatrain, *s'attristait*, *rêvant*, *tiraient* et *glissant* esquissent les images bien mobiles; de plus, *en pleurs*, *l'archet aux doigts* et *Vaporeuses* expriment aussi les images en mouvements. Dans *Soupir*, on voit des images dans les six premiers vers:

Mon âme vers ton front où rêve, ô calme sœur,
Un automne jonché de taches de rousseur,
Et vers le ciel errant de ton œil angélique
Monte, comme dans un jardin mélancolique,
Fidèle, un blanc jet d'eau soupire vers l'Azur!
—vers l'Azur attendri d'Octobre pâle et pur.

Chaque fois qu'on voit la préposition *vers*, on entrera dans une image en mouvement. Les mots *rêve* et *jonché* montrent aussi les actions. Dans *Billet à Whistler*, on voit l'image de la danseuse :

> *Mais une danseuse apparue*
> *Tourbillon de mousseline ou*
> *Fureur éparse en écumes*
> *Que soulève par son genou.*

Mallarmé décrit ce qu'il a vu : la danseuse danse, saute et s'élance dans l'air. Les mots *Tourbillon* et *Fureur* évoquent les gestes rapides du ballet. D'ailleurs la couleur s'attache à l'image reflétée chez Mallarmé. Dans *Tout orgueil*

> *Tout orgueil fume-t-il du soir,*
> *Torche dans un branle étouffé*

Dans ces deux vers, on voit non seulement la forme de la torche, mais aussi son mouvement. Dans *Tombeau* :

> *L'astre mûri des lendemains*
> *Dont un scintillement argentera la foule.*

Mallarmé est sensible à la nuance de lumière, mais il s'intéresse aussi aux couleurs les plus fortes et les plus douces. Il met les éléments mobiles dans ses vers et dans sa poésie, puisque la poésie, comme la musique et la peinture, est aussi un art. Ainsi il essaie de mettre tout art dans ses œuvres.

Conclusion : le choix des mots reflète une esthétique poétique

En un mot, Mallarmé choisit les mots non seulement d'après leurs sens propres, mais aussi leurs mythologies, leurs signifiants, les couleurs qu'ils reflètent, leurs formes d'écritures, etc. Mais Albert Thibaudet indique dans *La Poésie de Mallarmé* :

> L'usage du mot, en toute poésie, comporte deux limites, dont l'une est tantôt plus proche de lui, et tantôt l'autre : c'est le sens de la phrase d'abord, c'est le vers ensuite, mot supérieur, élargi « le vers », dit Mallarmé, n'étant autre qu'un mot parfait, vaste, natif. ❶

Ce paragraphe nous pointe les principes du choix des mots mallarméens. Et plus tard, il a indiqué dans *Le Mystère dans les lettres* :

> Les mots, écrivait-il, d'eux-mêmes s'exaltent à mainte facette reconnue la plus rare ou valant pour l'esprit, centre de suspens vibratoire, qui les perçoit indépendamment de la suite ordinaire, projetés en parois de grotte, tant que dure leur mobilité ou principe, étant ce qui ne se dit pas du discours : prompts tous, avant extinction, à une réciprocité de feux. ❷

Si les mots mallarméens sont difficiles et mystérieux, c'est que la poésie doit s'envelopper de mystère ; s'ils sont évocateurs, c'est que le rôle du poète consiste à suggérer ; s'ils s'entendent harmoniquement, c'est que la poésie est un art comme la musique.

Bibliographie

1. Paul Bénichou, *Selon Mallarmé*, Paris, Gallimard, 1995, Paris.

---

❶ Albert Thibaudet, *La poésie de Stéphane Mallarmé*, p. 206.
❷ *Le Mystère dans les lettres*, dans *OC.*, p. 386.

2. Paul Robert, *Le petit Robert*, Paris, Le Robert, 1983, Paris.

3. Guy Michau, *Mallarmé, l'homme et l'œuvre*, Paris, Hatier, 1958.

4. Stéphane Mallarmé, *Correspondance*, Préface d'Yves Bonnefoy, Édition de Bertrand Marchal, Paris, Gallimard, 1981.

5. Stéphane Mallarmé, *Œuvres complètes*, établies par Henri Mondor, Paris, Gallimard, 1989.

6. Albert Thibaudet, *La poésie de Stéphane Mallarmé*, Paris, Gallimard, 1926.

【作者简介】

刘爱萍，河南大学外语学院法语教授。电子邮箱：hbulusi@163.com。